徵人啟事

THE TURN OF THE KEY

Ruth Ware

露絲・韋爾——著　周倩如——譯

二〇一七年九月三日

親愛的雷克斯姆先生，

我知道你不認識我，可是拜託你一定、一定、一定要幫幫我。

二〇一七年九月三日
查恩沃斯監獄

親愛的雷克斯姆先生，

你不認識我，但你可能在報紙上讀過我的案子。我之所以寫信給你，是想拜託你

二〇一七年九月四日

查恩沃斯監獄

親愛的雷克斯姆先生，

希望這樣稱呼你沒有錯。我從來沒有給出庭律師寫過信。

首先，我要說的是，我知道這麼做不符常情。我知道我應該透過我的事務律師，可是他

二〇一七年九月五日

親愛的雷克斯姆先生，

你是一位父親嗎？是哪個孩子的叔叔或舅舅？如果是的話，請聽我說

親愛的雷克斯姆先生，

請你一定要幫幫我。我沒有殺人。

二〇一七年九月七日
查恩沃斯監獄

親愛的雷克斯姆先生，

你不曉得這封信我起頭了多少次，寫到最後卻統統被我搞砸。後來我才明白，沒有所謂的神奇說法。我不可能逼你聽我解釋我的案子。所以我只能盡我所能把事情的來龍去脈講清楚。不管得花多久時間，不管內容寫得多糟，我都要堅持下去，說出真相。

我的名字是……寫到這裡我停下筆，又一次想把信紙撕爛。

因為如果我告訴你我的名字，你就明白我為什麼要寫信給你了。我的案子鋪天蓋地出現在每一份報紙上，我的名字印在每一條新聞標題上，我痛苦的表情在每一個頭版版面上瞪大眼睛——每一則報導都影射我有罪。如果我告訴你我的名字，我有不好的預感你可能會認為我已經無藥可救，直接把我的信丟了。我不怪你，可是拜託——在你這麼做之前，請先聽我把話說完。

我是個二十九歲的年輕女子，你從上面的寄件人地址也看到了，我目前人在蘇格蘭的查恩沃斯女子監獄。我沒有收過從監獄寄來的信，所以我也不知道信寄到家門口時是什麼樣子。但我猜在你打開信封前，我現階段的棲身之處就挺顯而易見的了。

你可能不知道的是，我正遭到羈押。

而你絕對不知道的是，我是無辜的。

我懂、我懂。所有人都這麼說。我在這裡遇見的每一個人都是無辜的——起碼他們是這麼說的。但以我的情況，我真的是無辜的。

你八成已經猜到我接下來要說什麼。我寫這封信是想請你在我開庭時擔任我的辯護律師。

我明白這麼做不符傳統，也明白這不是被告聯絡律師的方法（我不小心在前一封信裡說你是開庭律師——我對法律一竅不通，更別說蘇格蘭的法律體系了。我所知道的一切都是從監獄裡的其他女人口中學會的，包括你的名字）。

我已經有一名事務律師了——蓋茲先生——就我所知，他才是正式開庭時負責替我指派辯護律師的人。但一開始害我淪落於此的人就是他。他不是我選的——他是當初我越來越害怕、最後總算恢復理智閉上嘴巴，要求警方替我找一名律師過來，否則我拒絕回答任何問題的時候，他們派給我的人。

我以為他會釐清一切——替我辯護。可是他抵達後——我不知道，我不曉得怎麼解釋。他只是讓一切雪上加霜。他不肯讓我說話。每次我企圖解釋，他都以「我的當事人目前無法回應」這句話打斷我，反倒讓我看起來更有嫌疑。我總覺得要是能讓我好好解釋，情況不至於淪落到這步田地。可是不知為什麼，我說出口的話總不斷遭到扭曲，警方讓一切聽起來涉嫌重大。

蓋茲先生並不是沒聽過我這邊的說法。他當然聽過了——可是不知為什麼——喔，天啊，這實在很難用文字解釋。他是坐下來跟我談過了，但他根本沒在聽。或者即使他聽進去了，他也不相信我。每次我試圖從頭開始告訴他發生了什麼事，他就用一堆我聽不懂的問題打斷我，害我的故事變得牛頭不對馬嘴。我只想大聲叫他給我閉嘴。

而且，他一直拿那可怕的第一天晚上，我在警局做筆錄時說過的話詢問我。當時我在警方一再拷問下所說的那些——天啊，我不知道我到底說了什麼。抱歉，我哭了。抱歉——紙沾上了淚漬真的很抱歉。但願這些汙漬沒有影響到你閱讀。

我當時說過的話已經不可能收回了。這我知道。警方錄下了所有的對話。而且內容很糟——真的很糟。這我也知道。可是我得坦承我說錯了，我總覺得如果有人願意再給我一次機會讓我把案子解釋清楚，有人願意真的真心聆聽的話……你懂我在說什麼嗎？

喔，天啊，也許你不懂。畢竟你從來沒有吃過牢飯。你從來沒有坐在一張桌子前，累得身心俱疲，怕得噁心想吐，面對警方一而再再而三地質問，直到最後你根本已經不知道自己在說什麼。

我猜到頭來，這就是問題的癥結。

雷克斯姆先生，我就是艾林庫爾一案的那個褓姆。

而那個孩子不是我殺的。

昨晚我提筆寫信給你，雷克斯姆先生。今早醒來後，我看著皺巴巴的信紙上佈滿自己絕望潦草的字跡時，第一個衝動就是全部撕碎，像過去十幾次那樣重新開始。我本來打算要冷靜，要鎮定，要處之泰然——我本來打算把整件事一五一十解釋清楚，讓你明白。結果到頭來，我卻在信上拚命指責他人的不是。

但後來，我把我寫的內容重新讀了一遍。我心想，不行，我不能再重來一次。我必須硬著頭皮寫下去。

自始至終，我一直告訴自己，要是有人願意讓我整理思緒，把我這邊的故事版本講明白，不受打擾。說不定能釐清這團混亂。

我就在這裡。這就是我的機會，對吧？

一百四十天，開庭前他們可以把你羈押在蘇格蘭一百四十天。雖說這裡有個女人已經等了將近十個月。十個月！你知道十個月有多漫長嗎，雷克斯姆先生？你可能以為你知道，但讓我告訴你吧。以她的情況來說，等於是兩百九十七天。她錯過了跟孩子共度耶誕節的時光。她錯過了每個孩子的生日。她錯過了母親節、復活節和孩子們上學的第一天。

兩百九十七天。而他們仍繼續把她的開庭日往後延。

蓋茲先生說他不認為我的時間會拖那麼久，因為全國媒體都在關注。但我不懂他怎能如此肯定。

總之，一百天、一百四十天、兩百九十七天……這是很充足的寫作時間，雷克斯姆先生。很多時間可以思考，回想，努力搞清楚到底發生了什麼事。因為我有好多事情都搞不懂，除了一件事以外。那就是我沒有殺了那個小女孩。我沒有。無論警方再怎麼扭曲事實，挑我毛病，都不能改變這一點。

她不是我殺的。這表示兇手另有其人，而那個人正逍遙法外。

我卻被關在這裡，無人聞問。

我必須停筆了。我知道我不能把這封信寫得太長——你是個大忙人，太長你就不讀了。

可是拜託你，你一定要相信我。你是唯一能幫我的人。

拜託，雷克斯姆先生，請讓我見你一面。讓我把情況解釋給你聽，解釋我是如何被捲入這場夢魘之中。要說有誰能讓陪審團明白的話，那就是你了。

我已經把你的名字寫進訪客通行的名單上——或者如果你還有其他問題的話，可以寫信給我。反正我哪裡也不能去。哈。

抱歉，我不是有意以笑話作結。這絕對不是什麼好笑的事，我知道。如果我被判有罪，我將面臨——

不，我不能想到那裡去。現在不行。不會的。我不會被判有罪，因為我是無辜的。我只是得讓所有人明白這一點，就從你開始。

求求你，雷克斯姆先生，說你會幫我。求求你一定要回信給我。我不想表現得太戲劇化，但我覺得你是我唯一的希望。

蓋茲先生不相信我，我從他的眼神看得出來。

但我想你也許會相信我。

二〇一七年九月十二日

查恩沃斯監獄

親愛的雷克斯姆先生，

上次寫信給你至今已經過了三天。老實說，我一直懸著一顆心在等待你的回音。每天送來信件的時候，我都能感覺我的脈搏加快，帶著一種期待又怕受傷害的心情。而每天（到目前為止）你都讓我大失所望。

對不起。這聽起來像是情緒勒索。這不是我的本意。我理解。你是個大忙人。我把信寄出至今也才三天，可是……我想我有點希望以媒體對這個案子的關注程度，別的不說，起碼給了我某種病態的知名度——讓你願意在其他客戶、準客戶和瘋子之中率先挑出我的信來。

雷克斯姆先生，難道你不好奇到底發生了什麼事嗎？是我我會想知道。

總之，至今已經過了三天（我是不是已經說過了？）然後……呃，我開始擔心了。這裡沒什麼事情可做，很多時間思考、煩惱，在腦中編造各式各樣的災難。

過去幾天，我日日夜夜都在幹這種事。擔心你沒收到信。擔心監獄當局沒有把信寄出去（他們可以瞞著我這麼做嗎？我真的不曉得）。擔心我解釋得不夠清楚。

最後一個原因讓我擔心得夜不成眠。因為真是如此的話，那就是我的錯了。

我盡量把內容寫得簡潔有力。但現在我想，我當初不該那麼快停筆。我應該補充更多事實，盡量讓你明白為什麼我是無辜的。因為你不能平白無故相信我的話——這我懂。

我剛到這裡的時候，我得老實告訴你，雷克斯姆先生，其他女人感覺就像另一個物種。我的意思不是認為我比她們優越。但她們全都看起來……看起來適合這裡。即使是那些飽受驚嚇的、那些會自殘的、那些拚命尖叫、用腦袋撞牆的，以及在夜裡啜泣，甚至是才剛畢業的那些女孩。她們全都看起來……我不知道。看起來是屬於這裡的人，掛著蒼白憔悴的臉，一頭往後梳起的頭髮和模糊不清的刺青。她們看起來……呃，看起來罪有應得。

但我不一樣。

首先，我是英格蘭人。想當然耳，這對我沒幫助。當她們突然抓狂，當著我的面大聲咆哮的時候，我不明白她們在說什麼。我聽不懂半數以上的俚語。而且，我明顯就是個中產階級分子，我也說不上是怎麼回事。但看在其他女人眼中，差不多跟寫在我額頭上一樣顯而易見。

但主要原因是，我從來沒有坐過牢。仔細想想，來到這裡之前，我甚至連坐過牢的人都沒遇過。這裡有許多我無法解讀的秘密暗號，我無法駕馭的洪流。有個女人在走廊上遞東西給另一個女人，突然之間一群獄卒就氣急敗壞地衝了過來，我也不明白是怎麼回事。我不知道衝突何時爆發，我看不出來誰沒吃藥，或誰嗑了藥情緒激動，隨時可能攻擊別人。我不知道該避開哪些人，或哪些人總是處於經前症候群的易怒情緒中。我不知道該穿什麼或做什麼，哪些舉動會害自己被其他獄友吐口水或挨揍，或激怒獄卒對自己破口大罵。

我的口音聽起來不一樣。我的外表看起來不一樣。

我覺得格格不入。

有一天，我走進廁所瞥見一個女人從遠方的角落朝我走來。她像所有人一樣頭髮往後梳，眼睛有如兩塊花崗石，表情凝重，冷酷又蒼白。我第一個想法是，喔，天啊，她看起來很生氣，不知道她想幹什麼。

我第二個想法是，也許我最好改去別間廁所。

後來我才恍然大悟。

遠方的牆壁上有一面鏡子。那個女人就是我。

這應該是一次震撼教育──了解自己根本別無不同，只是另一個在這個體系內被抽乾靈魂的女人。奇怪的是，這幫助了我。

我仍然沒有完全融入。我仍是那個英格蘭來的傢伙──所有人都知道我入獄的原因。監獄不喜歡會傷害孩童的人，這你大概知道，雷克斯姆先生。當然，我跟她們說過事實並非如此──我是被冤枉的。但她們只是盯著我看，我也知道她們心裡在想什麼──所有人都這麼說。

我知道──我知道你八成也是這麼想。這就是我想說的。如果你心存懷疑，我能理解。畢竟我沒能說服警方。我人都進來了，無法保釋。我肯定有罪。

但這不是真的。

我有一百四十天來說服你。我要做的就只是說出真相，對吧？我只需要從頭開始，冷靜有條理地把一切說清楚，直到尾聲。

而一切的起源就是那則徵人啟事。

徵人啟事：大家庭尋求經驗豐富的住家褓姆

關於我們：我們是擁有四個小孩的忙碌家庭，住在蘇格蘭高地一棟美麗（但偏遠！）的鄉村別墅。父母共同經營家族建築事務所。

關於你：我們在尋找一名有經驗的褓姆，照顧過的孩子涵蓋從嬰兒到青少年的各個年齡層。你務必要心靈手巧，從容鎮定，有自信能夠獨自照顧孩子。優秀的推薦信、無犯罪紀錄證明、急救證照和無違規紀錄的駕照是必備文件。

職位介紹：父母雙方大多在家工作。這段期間，上班時間是單純的早上八點至下午五點，每週加班一晚，週末休息。我們會盡可能把時間安排妥當，好讓父母其中一方隨時都在。然而，有時候會碰到父母雙方都必須離家的時候（頻率不高，時間不超過兩個禮拜），而遇到這種情況時，你就成了代位父母。

作為回報，我們提供非常有競爭力的薪資待遇，年薪五萬五千元英鎊（總收入，包含分紅在內），加上用車和一年八週的假。

申請表請寄到卡恩橋的海瑟布雷別莊，珊卓和比爾．艾林庫爾夫婦收。

我還記得這篇徵人啟事，幾乎一字不差。好笑的是，廣告從我的谷歌搜尋結果跳出來的時候，我根本沒有在找工作——我是在找……嗯，我在找什麼其實不重要。反正是八竿子打不著關係的事。結果那則廣告就這樣映入眼簾——像從天而降的禮物，我差點來不及接住。

我從頭到尾讀了一遍，然後又讀了第二遍，一顆心越跳越快，因為這簡直是完美。可以說有點太完美了。

我讀到第三遍的時候，不敢去看申請截止日——深信我已經錯過了。

但截止日剛好就在當天傍晚。

我簡直不敢相信。我說的不只是薪水——雖然那確實是一筆驚人的數字。也不只是職位本身，而是那難以置信的好運。一整套完善安排就這樣從天而降，在我處於最適合申請的完美狀態時。

事情是這樣的，我的室友剛出遠門，旅行去了。我們是在佩克漢的小童幼兒園認識的，一起在嬰兒室工作。我們一起嘲笑我們討厭的老闆和霸道難搞的家長，譏笑他們那些他媽的布尿布和他們的自製——

抱歉，我不應該口出穢言。雖然我寫得很潦草，但你大概可以透過信紙看見那幾個字。天知道，說不定你也有孩子，說不定你還買了Little Plushy Bottoms或其他時下的流行品牌給他們穿。

我明白，我真的明白。你的孩子是你的寶貝。再多麻煩都不是麻煩。這個我懂。只是把屎把尿了一整天，在放學時間頂著被阿摩尼亞熏得流淚的雙眼把他們還給家長的時候……我其實並不介意，你懂嗎？這是工作的一部分，我明白。但人人都應該有吐苦水的權利，不是嗎？人人都需要三不五時宣洩一下情緒，否則就要悶出病了。

抱歉，我開始胡言亂語了。也許這就是蓋茲先生老是要我閉嘴的原因。因為我用自己的話替自己挖了一個坑，不但不知道何時該閉嘴，甚至還一直往下挖。你現在大概正在拼湊手邊的訊息。似乎不太喜歡小孩。坦承有工作倦怠。當她有四個孩子得照顧，卻沒有可以「宣洩情緒」的大人在一旁的時候，會發生什麼事？

警方就是這樣子，抓住每一個微不足道、隨口說說的言論——每一個無意義、沒營養的事實。每一次失言，我都能看見他們臉上的勝利表情，看著他們把那些話當成麵包屑一一拾起，變成更多對我不利的論點。

但事情是這樣的，雷克斯姆先生。我可以編織天花亂墜的屁話，告訴你我是多麼完美、體貼的聖人——但說了老半天還是一樣。是屁話。我不是來跟你說屁話的。我希望你相信我——這是我天底下再希望不過的事。

我在告訴你事情的真相。毫無遮掩的醜陋真相。就這麼簡單。真相是未經修飾的，是令人難受的，我也不打算假裝自己是一個天使。但是我沒有殺人。我他媽的沒有。

對不起。我又口出穢言了，我真的不是有意的。

天啊，這封信被我搞得一團亂。我必須讓頭腦保持清醒——在腦中把這整件事搞清楚。就像蓋茲先生所說的——我應該要堅守事實。

好吧。事實。那則徵人啟事。廣告是事實，對吧？

那則廣告……以及那好得不可思議的豐厚薪水。

你知道嗎？那本該是我的第一個警示。那份薪水。因為那筆數字簡直優渥得不合常情。即便是在倫敦或以一個到府褓姆而言仍是非常優渥。何況是寄人籬下的褓姆，提供免費住處，免繳水電帳單，甚至有車可開，真的太誇張了。

誇張到我懷疑廣告是不是打錯字了，或是雇主有話沒說——比如其中一個孩子有嚴重的肢體障礙之類的？可是他們難道不會在廣告上提及嗎？

如果是六個月前，我大概會皺個眉頭，稍微好奇一下，然後就把廣告滑掉不再多想。但話說回來，如果是六個月前，我打從一開始就不會去看那個網頁。六個月前我有室友和一份喜歡的工作，甚至有望升遷。六個月前，我過得挺好的。可是現在……呃，現在情況有點不一樣。

我的朋友，我跟你提到在小童幼兒園工作的那女孩，在幾個月前出門旅行去了。她告訴我的時候，也算不上什麼壞消息——老實說，我覺得她挺煩的。她的習慣很差，髒碗盤放進洗碗機後老是忘記按啟動鈕。一天到晚放著歐洲流行樂，那低沉的隆隆聲穿透我房間的牆壁吵我睡覺。我知道我會想她，只是沒料到會那麼想她。

她把她的東西留在她的房間。我們說好了她付一半的房租，我把房間留給她。聽起來是個很好的協議——我遇過不少糟糕的室友，後來才好不容易找到彼此。我可不想重新回到臉書上徵求室友，用簡訊和電子郵件過濾一堆怪胎。況且，就某些方面來說，這彷彿一種精神支柱——像在保證她一定會回來。

但等到初期自由自在的感覺消磨殆盡，獨自霸佔整個空間、在客廳的共用電視上想看什麼就看什麼的新鮮感逐漸削弱了，我開始覺得很孤單。我想念我們夜晚一起下班回家時，她會說：

「親愛的，『酒』點鐘到了。」我想念向她大聲抱怨我們幼兒園的老闆瓦爾，分享恐龍家長的八卦軼事。爭取升遷失敗的那一天，我獨自走進一家酒吧，借酒澆愁，最後捧著啤酒大哭，心想倘若她還在這裡，情況會有多不一樣。我們可能會一起一笑置之，她可能會趁上班時在瓦爾背後比中指，等瓦爾轉身差點當場逮到她的時候，當著他的面捧腹大笑。

我不太善於面對失敗，雷克斯姆先生。這就是問題所在。考試、約會、工作。任何形式的測驗。我的一貫直覺是降低標準，省得自己日後痛苦。或者，就約會來說，乾脆完全不要設立標準，好過冒著被拒絕的風險。這就是我沒上大學的原因。我成績不錯。但一想到被拒絕，想到校方一邊輕蔑地竊笑，一邊讀著我的申請表，我就受不了。「她以為她是誰啊？」

寧為雞首，不為牛後。這就是我的座右銘。我一直都知道我是這樣的人。但等我的室友離開之後，我才知道原來我也不是非常善於獨處的人。我想這就是激勵我離開舒適圈的主要原因，讓我屏著呼吸滾動螢幕，瀏覽那篇廣告，想像另一頭是什麼在等待我的緣故。

警方初次偵訊我的時候，把重點全放在薪水這回事上。但其實，金錢不是我應徵那個工作的原因。甚至也不是因為我的室友。雖說我不否認，如果她沒離開的話，這一切說不定都不會發生。不，真正的原因是……你大概猜得到真正的原因是什麼。畢竟，那刊登在每一份報章雜誌上。

我打電話向幼兒園請病假，花了一整天的時間準備履歷，湊足所有我知道的必要資料，好說服艾林庫爾夫婦我就是他們在找的人。無犯罪紀錄證明——有了。急救證照——有了。完美的推薦信——有了、有了，都有了。

唯一的問題是駕照。但我暫時把問題推到一邊。船到橋頭自然直——如果我走得了那麼遠的話。目前為止，我還沒想過我會通過面試。

我隨信附上一張紙條，要求艾林庫爾夫婦不要聯絡小童幼兒園提供推薦信——我告訴他們我不希望我現任雇主知道我去應徵另一份工作。這是真的——接著我把文件以電子郵件寄到他們提供的地址，屏息以待。

我已經使出渾身解數爭取與他們面對面的機會。現在已經沒有什麼我能做的了。

接下來的幾天很難熬，雷克斯姆先生。當然沒有我在這裡難熬，但也夠艱難的了。因為天啊，我真的好想得到面試的機會。事到如今，我才漸漸明白這份渴望有多深。日子一天天過去，我的希望也一點一滴削弱。我不得不忍住聯絡他們求出個答案的衝動。阻止我的唯一理由是我明白萬一他們仍在做決定的話，表現得太心急對我肯定沒有幫助。

但六天後，回信總算來了，叮一聲傳進我的郵件信箱。

收件者：supernanny1988@ymail.com
寄件者：sandra.elincourt@elincourtandelincourt.com
主旨：褓姆一職

艾林庫爾。光是那個姓就足以讓我的腸胃如洗衣機一般翻攪。我的手抖得厲害，一邊把信點開，心臟在喉頭劇烈跳動。當然了，他們當然不太可能聯絡落選的應徵者。來了一封郵件當然肯定就是代表……

我咔一聲點開郵件。

嗨，蘿溫！非常感謝能收到妳的申請表，很抱歉拖了那麼久才回覆妳。我得承認，申請表的數量多得讓我們有點驚訝。妳的履歷非常出色，我們希望能邀請妳前來面試。我們家比較偏遠，所以我們很樂意支付交通費，並且提供妳在我們家過夜的房間。相信妳應該沒辦法從倫敦當天來回。

不過，有件事我一定得事先讓妳明白，免得影響妳對這份工作的熱忱。

自從買下海瑟布雷別墅那天起，我們漸漸認識到這棟歷史悠久的房子圍繞著各式各樣的迷信故事。這是一棟老房子，過去發生的死亡案例和意外事故都在合理的數字範圍內，結果卻莫名其妙地演變成一些當地的鬼故事之類的。遺憾的是，這個事實讓我們最近幾名褓姆感到不舒服，以至於在過去的十四個月內，有四名褓姆自動請辭。

妳可以想像這嚴重擾亂了孩子們的正常作息，更別提對我和我先生的事業有多難堪。

基於這個原因，我們希望把我們的窘境誠實以告，並提供優渥的薪資，希望吸引到可以真正長期留在我們家服務的人——至少一年的時間。

如果妳自覺這不適合妳或對這棟房子的歷史有所顧慮，請提前告知。我們非常希望能把對孩子們的影響減至最低。考慮到這一點，薪資結構會以月付基本的生活津貼為主，然後在期滿一年後發放優渥的年終分紅。

如果妳仍想參加面試，請讓我知道妳未來一週方便的時間。

祝安好，期待與妳相見。

珊卓・艾林庫爾

我關掉郵件，有那麼一會兒就只是坐在那裡，盯著螢幕。接著，我站起來，嗓音壓低著輕聲尖叫，開心地手舞足蹈。

我成功了。我成功了。

我早該知道這太美好了，不可能是真的。

我成功了，雷克斯姆先生。我清除了第一個障礙。但這不過是第一個障礙。接下來，我必須通過面試——避免搞砸。

點開珊卓・艾林庫爾的電子郵件至今正好過了一個禮拜，我正在前往蘇格蘭的一列火車上，做足準備展現出完美褓姆的好印象。我平時凌亂的頭髮梳得柔順光滑，束成整齊自信的馬尾。我把指甲拋了光，化上恰到好處的淡妝，穿上最高級的衣服——整潔的粗花呢短裙，合身的棉質白襯衫，最外面披上一件喀什米爾開襟毛衣，傳達出我「和藹可親但認真負責，有趣但勤奮，夠專業但不會高傲得不肯跪下來清理嘔吐物」的訊息。說不上是諾蘭學院畢業的皇家褓姆，但也頗有樣子了。

我緊張得七上八下。我以前從來沒有做過這種事。我的意思不是當褓姆。當然了。我做這一行將近有十年了，不過大多在幼兒園，而不是在私人住所。

我的意思是……這個。把自己放到火線上，讓自己置於可能遭拒的風險之中。

我真的好想得到這份工作，想得簡直不敢去面對結果。

煩的是，火車誤點了，導致我花了將近六個鐘頭才抵達愛丁堡，而不是表定的四個半鐘頭。在威瓦利站下車、伸展僵硬的雙腿後，我發現已是下午五點，我早在一個小時前就錯過了我的轉車時間。幸好，下一班車就快到了，我只好等，同時傳簡訊給艾林庫爾太太，拚命道歉，知會她我抵達卡恩橋的時間可能會延誤。

最後，火車總算進站——外觀比城際火車小得多，也比較老舊。我找了靠窗的位置坐下。火車駛向北方的同時，我凝望著鄉間的景色變化，從連綿起伏的綠野到混合煙藍和紫紅的曠野。群山在後方隆起，每停一站就越來越漆黑荒涼。風景是如此美麗，讓我忘了遲到的焦慮。壯闊的山巒在周圍勢不可擋地起起伏伏，不由得讓人以更客觀的角度觀看其他萬物。我感覺到盤踞在體內那有如硬塊般的不安開始軟化。我的內心深處開始……我不知道，雷克斯姆先生。我好像開始對未來出現希望，希望這件事真的能夠實現。

我有種奇怪的感覺，覺得自己彷彿正在回家的路上。

我們經過一個又一個半生不熟的站名，伯斯、皮特洛里、阿維默爾，天色也越來越陰暗。最後，我總算聽見「卡恩橋站，下一個停靠站是卡恩橋站」。接著，火車在一座維多利亞式的小車站停妥，我下了車。我站在月台上，緊張兮兮，不知道該怎麼辦。

有人會來接妳，艾林庫爾太太在信上這樣說過。那是什麼意思？是計程車嗎？有人會舉著一個寫有我名字的指示牌？

我跟隨三三兩兩的乘客來到出口，其他人分散走向車邊和等候的親友時，只有我尷尬地站在原地。我放下沉重的行李，擱在腳邊，上下打量那昏暗的月台。影子越拉越長滲入傍晚的夜色，我在火車上暫時湧起的樂觀精神逐漸消失。萬一艾林庫爾沒收到我的訊息怎麼辦？她至今尚未回覆。也許一輛預訂的計程車在幾小時前來了又走，而我被標記為未出現的黃牛乘客。

突然間，緊張的感覺又回來了——而且更甚以往。

現在是六月上旬，但我們在頗遠的北方，倫敦悶熱的夏季過去後，夜晚的空氣出奇寒冷。一陣冷風從山頭凜冽吹來，我發現我在發抖，用外套裹緊身子。月台空無一人，剩我孤零零的。

我出現來支菸的強烈衝動，但就過去的經驗，我知道渾身菸味赴約面試不是個很好的開始。於是，我改而查看手機。火車準時抵達——至少跟我在簡訊裡告知艾林庫爾太太的更正時間是一樣的。我決定再等五分鐘，然後就打給她。

五分鐘過去了，但我告訴自己我再等最後五分鐘。我不想一開始就把事情搞砸，他們明明塞在路上我卻不停打電話煩人。

五分鐘再度一點一滴過去了。我正準備翻包包，找出艾林庫爾太太的電子信箱影本的時候，看見一個人影雙手插著口袋，沿著月台走來。是一個男人。

有那麼一會兒，我感覺心亂如麻。但後來他越走越近，抬頭與我四目相對，我才明白就是他，又覺得不可能是他。他實在太年輕了。外表看起來大約三十歲，頂多三十五。再加上他長得簡直太帥，連我那麼緊張都還是注意到了。他是那種滿臉鬍碴的粗獷的帥，頂著一頭亂髮，身形高瘦。

他穿著一條工作褲。走到我面前時，他把雙手從口袋抽出來。我看見他的雙手沾了黑黑的東西——可能是土，或機油。起初，我以為他大概是鐵路員工，但他一跟上我，就開口說起話來。

「蘿溫．凱恩？」

我點頭。

「我是傑克．格蘭特。」他露齒一笑，嘴角親切上揚，彷彿聽懂某個只有他自己才知道的笑話。他有一口蘇格蘭口音，但比起我以前放學後一起打工的那個格拉斯哥女孩的口音更柔和、更清晰。他唸起他的姓氏時，發音抑揚頓挫，尾音短促，不像英格蘭口音習慣把尾音拉長。「我替海瑟布雷別莊的比爾和珊卓工作。珊卓請我來接妳。抱歉我遲到了。」

「你好。」我說著，不知為何突然害羞起來。我咳了一聲，絞盡腦汁找話說。「呃，沒關係。沒事的。」

「所以我才會是這副德性。」他低下頭，無奈地看著自己的雙手。

「我想幫妳提行李，但妳大概不會感謝我。她三十分鐘前才告訴我妳需要搭便車。我本來割草機修理到一半，但我怕會錯過妳的火車，所以只好滿手泥土直接出發了。」

「真的，沒關係的。」我拿起行李。「我的行李不重。謝謝你跑一趟。」

他聳聳肩。

「不必謝我。這是我的工作。」

「你替艾林庫爾一家工作？」

「是，替比爾和珊卓他們倆。我……我不太確定我的職稱是什麼。我想比爾在他公司的工資名單上寫我是司機，但說是雜工可能更適合。我打理花園、修車、載他們進出卡恩橋。妳就是那個褓姆嗎？」

「還不是。」我緊張地說。他側著臉對我露齒一笑，於是我也不由自主笑了。他的表情有一種感染力。「我是說，那就是我要爭取的職位沒錯。他們見過很多面試者了嗎？」

「兩三個。妳比第一個好。她不太會說英語。我不知道她找了誰替她寫申請表，但以珊卓的說法，絕對不是她自己。」

「喔。」他的話不知怎地讓我覺得好多了。我想像一個個服裝硬挺、精明能幹的魔法褓姆排成一列的畫面。我挺起胸膛，撫平粗花呢裙的皺褶。「很好。我是說，對她不好。是對我很好。」

我們來到車站外，穿過沒幾輛車的小停車場，走向對街的一輛黑色轎車。傑克在口袋裡的遙控鑰匙上按了一個鍵，車燈瞬間亮起，車門也像海鷗翅膀張開，讓我不由自主張大了嘴。我想起繼父引以為傲的那輛淺灰色富豪，不禁苦笑了一聲。傑克再次咧開嘴笑。

「有點招搖，對吧？這是特斯拉。電動車。我不知道，是我的話可能不會選這種車。可是比爾……妳等等就知道了。他是科技迷。」

「這樣啊？」這個回答在字面上毫無意義，但不知為何……光是知道這件小事就頗具價值，彷彿與這位無臉男子搭上線。

傑克往後讓開，我把行李放進車子後座。

「妳想坐後座，還是前座？」他問。我感覺到我的臉紅了起來。

「喔，前座。謝謝！」

光是想像自己如帝王般坐在後座，把他當成司機對待，就足以讓我窘迫不安。

「前座的景色也比較好。」他說完這句，按了某樣機關讓後座的鷗翼式車門關上，然後用手打開前座的車門。

「妳先請，蘿瀶。」

一瞬間，我愣在原地，差點忘記他在跟誰說話。後來，才猛然清醒，坐進車內。

我想，我在某種程度上早知道艾林庫爾一家很有錢。他們擁有一個司機兼雜工，提供褓姆一職的年薪高達五萬五千元英鎊，所以他們肯定綽有餘裕。但一直等我們抵達海瑟布雷別莊後，我才漸漸明白他們到底多有錢。

得知這點給了我一種奇怪的感覺。

我不在乎錢。我們在一扇高大柵門前停下車時，我想這樣告訴傑克。柵門緩緩向內打開，顯然是感應到車上的某種傳送器。但這不完全是真的。

*珊卓和比爾到底賺多少啊？*我發現我在心中暗自思忖。

我們駛上漫長蜿蜒的車道時，特斯拉顯得異常安靜。輪胎輾過碎石子路的聲音遠比電動馬達吵雜。

「天啊。」我低聲自語。我們又拐過一個彎，但仍然不見半棟建築物。傑克斜眼看了我一下。

「這地方很大，對吧？」

「有一點。」

這裡的地價肯定比南部便宜沒錯，但不可能有那麼便宜吧。我們顛簸著開過一座橋，下方是湍急的溪流，溪水因泥炭而呈黑色。接著，我們開過一片松樹林。我以為自己在樹林裡看見某個深紅色的東西一閃而過，於是歪過頭看。但天快黑了，我不太確定我看到的是不是幻覺。

最後，我們終於離開林蔭，駛進一片空地。我也總算看見了海瑟布雷別莊。

我一直以為會看見某種豪華浮誇的建築物，也許是以廉價建材建造的偽豪宅，或佔地廣闊的木造農場。但映入眼簾的卻完全不是這麼一回事。在我面前的房子是一棟低調的維多利亞式鄉間小屋，外觀方正，像孩子會畫的那種房子。正中央是一扇亮黑色大門，兩側各有窗戶。房子不大，但以堅固的花崗岩塊所建，兩側爬滿了蔥翠茂密的五葉地錦，散發著溫暖、奢華和舒適，雖然我說不上是為什麼。

夜幕已降。傑克把特斯拉的引擎熄火，再關掉車頭燈之後，四面八方唯一的光源只剩下繁星，以及屋內的各式檯燈，照亮著碎石子地。看上去彷彿一幅維多利亞時代的插圖，巧克力外盒或我奶奶喜歡的拼圖外盒上會有的那些閃亮懷舊插圖。

柔和的灰色石牆上長滿青苔，歷經風霜。維多利亞式的澄淨玻璃窗透映出金色燈光。黃昏下盛開的玫瑰，花瓣開始一片片掉落——說不上哪裡奇怪，但可以說有點太完美了，完美得讓人透不過氣。

我下車，夜晚的冷空氣頓時把我包圍，帶著松香，凜冽，又有如礦泉水般清新。我突然一陣哽咽，因為這嚮往已久的生活及其代表的一切而情緒激動。我在一個沉悶無趣的郊區長大，跟父母親住在那種外表千篇一律的五〇年代平房裡。除了我的房間外，每個房間都非常整潔，卻毫無特色，缺乏舒適感。兩相比較之下，我的內心突然一陣苦澀。但我很快甩掉這個想法，因為我已經準備好與珊卓見面。我往前走進有頂蓋的門廊下。

突然間，不知道有哪裡感覺很突兀。到底是什麼呢？前方的大門相當傳統，漆成亮黑色的鑲板木門。但總有哪裡不太對勁，甚至可以說是不見了。我過了一會兒才明白問題所在。門上沒有鑰匙孔。

發現這個事實不知怎地叫人不安。雖然是如此微小的細節，但少了鑰匙孔讓我不禁納悶——這扇門是假的嗎？我是不是應該繞到房子的另一邊？

門上也沒有門環，我只好回頭尋求傑克的指引，想知道我該如何表示我的到來。但他仍在車內，查看一大塊發亮的觸控螢幕，那是電動車的儀表板控制鍵。

我回過頭，伸手準備用指關節敲門。但我往前走，某個嵌在大門左手邊牆面上的東西引起我的注意，於是我探頭一瞧。一個幽幽發光的鈴鐺圖示莫名其妙出現，似乎是從硬石裡照映出來的。我這才發現我本來以為是牆壁的部分，其實是一塊內嵌面板。我準備按壓，但這想必是靠動作偵測的。因為我都還沒碰到圖示，房子裡就傳出一記鈴聲。

我眨眨眼，突然想起先前傑克在車內的那句話。比爾……妳等等就知道了。他是科技迷。這就是他的意思嗎？

「蘿溫！妳好啊！」一個女人的聲音突然冒出來，把我嚇了一跳。我東張西望尋找攝影機、麥克風，尋找可以說話的格柵。但到處都沒有。至少我視線所及之處沒看見。

「呃……妳—妳好。」我對著空氣說話，覺得自己像個徹徹底底的笨蛋。「嗨。請問是……珊卓嗎？」

「我是！我正在換衣服，再十秒鐘就下去。抱歉讓妳久等了。」

說完，沒有「咔」的聲音告訴我對講機是否已經掛斷，或其他表明對話已經結束的跡象，只有慢慢恢復空白的面板。我站在原地等候，有一種既被監視又被無視的矛盾感受。

最後，一段感覺無比漫長的時間過去了，但其實大概不超過三十秒吧。刺耳的狗吠聲突然傳來，接著大門打開了。兩隻黑色的拉布拉多犬衝出來，後面跟著一位年約四十歲的苗條金髮女子，在牠們繞著她打轉，興奮吠叫的時候，一面開懷大笑，一面徒勞地抓著狗項圈。

「英雄！克勞德！快過來！」

但兩隻狗根本不予理會，直接朝我撲上來。我接連退後了好幾步。其中一隻狗用鼻子狠狠撞上我的胯部，真的很用力。我緊張大笑，企圖推開牠的狗鼻子。我想起我的包包裡多帶了一條緊身褲，一邊緊咬著牙，只怕狗咬破了我現在身上穿的這一條。牠再次撲上來，我打了個噴嚏，感覺到後腦勺開始發麻。該死。我有帶我的吸入器嗎？

「英雄！」女人再次大笑著說。「英雄，不行。」她踏出門廊朝我走來，伸出她的手。「妳一定就是蘿瀘了。冷靜點，英雄，我是認真的！」她好不容易把手上的狗繩扣進狗的項圈，把牠拉回自己身邊。「抱歉、抱歉，她太熱情了。妳怕狗嗎？」

「一點也不怕。」我說。儘管這話只有部分屬實。我不怕狗，但我沒服用抗組織胺的話，牠們會引發我的氣喘。況且，不管有沒有氣喘，我都不希望在正式場合上讓牠們的鼻子塞進我的兩腿之間。我感覺胸口一緊，不過現在人在戶外，所以大概只是心理作用。「乖孩子。」我拍拍牠的頭，竭盡所能熱情地說。

「英雄是母狗，克勞德是公狗。牠們是兄妹。」

「乖女孩。」我敷衍地改口說。英雄起勁地舔我的手，我忍住在裙子上擦手的衝動。我聽見後方傳來車門用力關上的聲音，接著是傑克走在碎石子路的嘎吱聲。我看見狗的注意力轉移到他身上，在他幫我取出後座的行李時開心地汪汪叫，不禁鬆了一口氣。

「妳的行李，蘿溫。很高興認識妳。」他說著，把行李放在我腳邊，接著轉向艾林庫爾太太。「沒事的話我繼續去修理那台割草機了，珊卓。除非妳還有什麼需要我幫忙的嗎？」

「什麼？」艾林庫爾太太心不在焉地說，接著點點頭。「喔，割草機。是的，麻煩了。你修得好嗎？」

「我想應該可以。如果不行，我明早再打給艾力克．布朗。」

「謝謝你，傑克。」珊卓說著，搖搖頭，目送他繞到房子側面離開，後方的夜空襯著他高壯的剪影。「說真的，那傢伙真的是個不可多得的人才。沒有他，我真不知道我們該怎麼辦才好。他和瓊恩是我的重要支柱——所以褓姆來來去去這檔事就讓我更無法理解了。」

褓姆來來去去這檔事。出現了。她首次提起我從來這裡的路上就一直掛念在心的怪異情形：已經有四個女人離開這個職位。

起初欣喜若狂的我，對珊卓信上所寫的那部分不是非常在意。以爭取面試機會的前提下，那似乎並非至關重要的事。但在前往卡恩橋的路上，我重新把電子郵件和旅遊須知讀了一遍，偶然又讀到那部分。這一次，那些話變得特別突出——尤其是考慮到當中的古怪和些微的荒謬。我在漫長又沉悶的車程中花了不少時間思考這件事，在腦中反覆琢磨她的話，一下子覺得想笑，一下子又覺得困惑不安。

我不相信什麼怪力亂神——我應該把話說在前頭，雷克斯姆先生。我不是迷信的人。房子的各種傳說絲毫沒有造成我的困擾。事實上，神秘的靈異事件把褓姆和員工逐出家門的想法簡直荒唐可笑——像維多利亞時代才有的事。

但光是去年，就有四個女人辭去艾林庫爾家的工作。運氣不好請到一個緊張兮兮的迷信員工可能性很高，但連續請到四個似乎就……沒那麼高。

這表示這份工作另有隱情的機會很大。在前往蘇格蘭的長途旅程中，我的腦海跑過各式各樣的可能性。我本來以為海瑟布雷別莊會是一棟到處漏風的破敗房屋，或是艾林庫爾太太會是非常難搞的雇主。起碼到目前為止不是這麼一回事。但我保留我的看法。

進到海瑟布雷別莊裡，狗甚至更喧鬧了，很興奮看見有陌生人獲准進入屋內。艾林庫爾太太總算放棄控制牠們，抓住狗項圈把牠們拉到後面的一個房間裡，好讓牠們閉嘴。

趁她暫時離開之際，我連忙拿出口袋裡的吸入器，偷偷吸了一口，然後站在大門邊等她，一邊感受這棟房子的魅力。

這不是一棟大房子，只是一棟居家小屋。傢俱也不奢華，只是無比舒適，製作精良。但給人一種……財富感。我不知道還能怎麼形容。從擦得光亮的木製扶手，鋪在優雅弧形長梯的深灰色地毯，一直到塞在樓梯底下柔軟的深紅色天鵝絨扶手椅，以及鋪在玄關舊石板地上的波斯地毯。從佇立在高窗旁邊那座慢了的精美老爺鐘，到牆邊那張長餐桌因為經年累月而形成的深銅綠光澤。所有東西加在一起塑造出一種無可比擬的奢華感。這裡說不上一塵不染——沙發旁散落著一堆報紙，孩子的一只防水長靴也隨意扔在大門邊。但沒有一樣東西讓人覺得格格不入。沙發坐墊被羽毛塞得蓬鬆飽滿，每個角落都不見半根狗毛，樓梯上也沒有磨損的痕跡。就連氣味都恰到好處——沒有一絲狗味或不新鮮的飯菜味，而是瀰漫著蜂蠟護木油和燒木柴的氣味，以及乾燥玫瑰花瓣那似有若無的香味。

一切都……太完美了，雷克斯姆先生。如果我有錢、有品味、有時間深刻打造出某個極其舒適溫暖的東西，這就是我會替自己建造的房子。

我正在想像這一切的時候，突然聽見一扇門闔上。只見珊卓從玄關盡頭走回來，一邊甩著她那頭濃密的金髮，一邊開懷大笑。

「喔，親愛的，真抱歉。牠們不常見到陌生人，所以只要有新面孔出現，牠們就會變得超級興奮。我向妳保證，牠們不是一天到晚都這個樣子的。我們從頭來過吧。妳好，蘿溫。我是珊卓。」

她第二次伸出她那纖細、健美又黝黑的手，上面戴著三、四枚看起來很昂貴的戒指。我與她握手，感受到她那結實的手勁，再對她回以微笑。

「好了，經過這番舟車勞頓，妳肯定又餓又累了吧。妳從倫敦過來的，對嗎？」

我點頭。

「我先帶妳到妳的房間。然後等妳換完衣服，安頓好了，就下樓來。我們弄點東西吃。真不敢相信那麼晚了，都已經超過九點鐘了。一路上還好嗎？」

「很好。」我說。「只是有點慢。約克站好像遇到什麼系統故障，所以我錯過了我的轉車時間。我真的很抱歉。我平時非常準時的。」

至少這是實話。無論我有多少弱點和缺陷，但我鮮少遲到。

「我有收到妳的簡訊，抱歉沒有回覆。訊息剛傳來的時候我沒看見，我正忙著幫孩子們洗澡。後來也是好不容易才趕快跑出去，請傑克去接妳。但願妳在車站沒等太久。」

這其實算不上問題——比較像是一句話，但我還是回答了她。

「沒有很久。孩子們都睡了嗎？」

「三個小的睡了。麥蒂八歲，艾莉五歲，最小的佩特拉剛滿一歲半，所以她們早早就上床睡覺了。」

「還有一個孩子呢？」我問，想起駛在車道上的時候，我在樹林間瞥見的那抹紅色。「廣告上說妳有四個孩子？」

「蕾安娜十四歲，但我看心智年齡就快二十四歲了。她在寄宿學校——可以選擇的話，我比較希望她能待在家，但沒有夠近的中學。最近的公立學校超過五小時的車程，天天這樣往返太辛苦了。所以她進了印威內斯附近的寄宿學校就讀，週末大多都會回家。每次她要離開時我都覺得好傷心，但她似乎很喜歡那裡。」

如果妳那麼希望她能留在家，為什麼不搬家呢？我心想。

「所以我見不到她嘍？」我問。珊卓搖搖頭。

「恐怕是見不到了，但說實話，妳的時間主要會花在三個小的身上。總之——這表示我們現在可以來好好聊一聊，明天妳就能有機會認識一下孩子。喔，還有我丈夫比爾，他恐怕也不會出現。」

「喔？」我挺訝異的——甚至有點震驚。所以說，我不會見到他。我一直以為人人都會想要與他們打算雇用來照顧自己孩子的人見面……但我盡量保持中立的表情。不帶批判的表情。

「喔，太可惜了。」

「是啊，他出差去了，工作上的事。不得不說，今年走了那麼多個褓姆，這段日子過得挺難受的。可想而知，孩子們的狀況變得非常不穩定，生意也不太好。我們都是建築師，共同經營一間兩人公司。一個男人，一個女人！」她綻開笑容，露出完美又整齊的潔白皓齒。「公司就只有我和他。這代表旺季期間，手上不止一個案子在進行的時候，我們完全忙不過來。我們盡量兩邊兼顧，家裡總是會有我們其中一個人。但自從凱佳離開後——她是我們上一個褓姆——簡直是一團混亂。我接替所有褓姆的工作，比爾則是在努力維持生意——我必須很誠實地說，不管是誰獲得這個職位，大概不會有一段平順的適應期。通常第一個月我會在家工作，確保一切上軌道，但這次可能沒辦法。比爾無法同時出現在兩個地方。公司有些案子急需我過去一趟。我們需要經驗豐富、提早與孩子獨處卻不會亂了陣腳的人。他們必須可以盡快開始。」她看著我，略顯焦慮，眉頭緊皺。「妳覺得妳是這樣的人嗎？」

我用力嚥下一口口水。是時候擺脫顧慮，進入完美褓姆蘿溫的角色之中了。

「毫無疑問。」我說，語氣中的自信差點把我自己都給說服了。「我是說，妳看過我的履歷——」

「我們對妳的履歷非常滿意。」珊卓說。我微微臉紅，點頭表示感謝。「老實說，是我們收到最出色的履歷之一。妳符合我們需要的所有條件，帶過各種不同年齡層的孩子。但話說回來，妳的離職通知時間是多久？我是說當然了——」她越說越快，彷彿有點尷尬。「當然了，請到適合的褓姆是最重要的事。但其實我們確實需要可以早點上工的人……這個嘛，要我完全坦白的話，最好是可以立刻上工。假裝這不是條件之一，我就太不真誠了。」

「我的離職通知時間是四週。」我說完，看見珊卓有些為難地癟起嘴，又很快加上一句：「可是我想我應該可以協商一下，早點離職。我還有很多年假……我必須拿著日曆坐下來算一算，但我想我有很大的機會能縮減到兩週，說不定更短。」

前提是如果小童幼兒園願意變通的話。天知道，他們可沒有給我太多忠誠的理由。

我沒有漏掉珊卓的臉上那一閃而過的希望和寬慰。但就在這時，她似乎才發現我們人在哪裡。

「看看我，一直讓妳站在玄關說話。妳都還沒脫外套我就開始面試妳，實在太無禮了！我先帶妳到妳的房間吧。然後我們可以到廚房，好好聊一聊，順便讓妳吃些東西填肚子。」

她轉身，開始沿著弧形長梯往上走，雙腳踩在柔軟如天鵝絨的厚地毯上安靜無聲。抵達樓梯平台，她停下腳步，一根手指湊到嘴邊。我停在原地，欣賞這片寬闊的空間，小桌上的花瓶裡插著一束剛開始凋謝的紅牡丹。一條走廊消失在陰暗中，僅靠嵌在牆上的一盞玫瑰色小夜燈提供光源，分別通往好幾扇門。走廊盡頭的那扇門上貼著一些歪斜的木頭字母。等雙眼適應昏暗的光線後，我才認出那些字來。艾莉公主和麥蒂皇后。最靠近樓梯口的那扇門開了道門縫，一盞夜燈在房裡的壁龕微微發光。我能聽見裡面傳來小嬰兒輕柔的氣息聲。

「孩子們都睡了。」珊卓輕聲說。「但願是睡了。早先我聽見嘰嘰喳喳的聲音，但現在似乎都安靜了！麥蒂特別淺眠，所以我走路時得稍微躡手躡腳的。我和比爾睡在這個樓層，小蕾睡樓上。這邊。」

走上第二段樓梯的頂端後，來到一處稍小的樓梯平台，這裡有三個房間。

中間的門是開著的。我往裡看，原來是儲藏了一堆拖把和掃把的小壁櫥，牆上還有一台無線吸塵器在充電。珊卓匆匆把門關上。

左手邊的房門緊閉，鑲板木門上寫著滾一邊去，否則你就死定了，看起來像是糊掉的紅色唇膏。

「那裡是蕾安娜的房間。」珊卓說著，稍稍挑起眉毛，可能表示好笑或無奈。「這一間，」她把手放在樓梯最右邊的門把上。「是妳的。呃，我的意思是——」她停住，看起來有點慌張。「我是說，這裡向來是我們安排給褓姆的房間，也是妳今晚過夜的地方。抱歉，我不想表現得太專橫！」

她開門時，我緊張地擠出笑聲。裡面漆黑一片，但與其摸黑找電源開關，珊卓拿出了她的手機。我本來以為她要打開手電筒，卻是按了某樣東西，房裡立刻亮起燈光。

不只是天花板上的主燈——事實上主燈調得非常暗，散發著某種微弱的金色光暈。床邊的閱讀燈也亮了起來，連同一張小茶几旁邊窗台上的立燈和盤繞在床頭櫃四周的小彩燈。

我的訝異之情想必完全表現在臉上，因為珊卓很高興地笑了一聲。

「很酷，對不對！當然了，我們也有開關——嗯，應該說是面板，不過這是一棟智慧型房屋。所有的東西，包括暖氣和燈光都可以用手機控制。」她滑動某樣東西，主燈突然變得明亮許多，然後又暗下來。房間另一邊的獨立浴室也亮起一盞燈，然後又突然變暗。

「不光是燈……」珊卓說著，拉開另一個視窗，按下一個按鈕。看不見的喇叭開始輕柔播起音樂。邁爾士．戴維斯，我心想。儘管我不是非常了解爵士樂。

「還有聲控選項。」珊卓說。「可是我覺得有點詭異，所以不常用。不過我可以示範給妳看看。」她咳一聲，提高嗓門用不太自然的語氣說：「關音樂！」

我們等了一會兒，接著邁爾士．戴維斯的嗓音赫然停止。

「當然妳也可以用面板控制設定。」她為了示範，在牆上按了某樣東西。一座白色面板微微亮起，接著對面窗戶上的窗簾咻一聲闔上，然後又再度打開。

「哇。」我說。我真的不確定該說什麼。一方面，這確實令人印象深刻。但另一方面……我發現我不由自主回想起珊卓說過的話：詭異。

「我知道。」珊卓輕笑一聲說。「這是有點誇張，我明白。但身為建築師，試用這些新潮的玩意兒是我們的職責。」她又看了一眼她的手機，這次是查看時間。「我非得閉上嘴巴，把烤箱的晚餐拿出來了。妳也得脫掉外套，整理行李。等會兒樓下見嘍……十五分鐘夠嗎？」

「很好。」我有點有氣無力地說。她對我咧嘴一笑，然後就關上她身後的門消失了。

她離開後，我把行李擱在地上，穿過房間來到窗邊。外面黑得伸手不見五指，但我把臉貼上玻璃窗，雙手在太陽穴兩側窩成杯狀時，隱約可見天空的繁星，以及山巒在地平線上的漆黑輪廓。外面幾乎是一片昏暗無光。

明白到這個地方有多偏僻真的讓我覺得毛骨悚然，但只有那麼一下子。接著，我轉身背對窗戶，開始檢視整個房間。

首先令我驚訝的是，這個房間結合了傳統和現代的奇怪混搭。窗戶是純正的維多利亞時代風格，連黃銅門鎖到波紋玻璃窗等細節都沒放過。但燈具是二十一世紀的風格——在天花板中央沒有無趣的燈泡。而是多不勝數的聚光燈、檯燈和向上照射的照明燈，每盞燈分別聚焦在房間的各個角落，營造出一種特別的溫暖和明亮的感覺。房間裡也沒有暖氣。事實上，我看不見暖氣是從哪裡來的，但肯定有某種來源——夜晚的氣溫冷得讓我吐出的空氣在玻璃窗上留下白霧。是地熱系統嗎？還是某種隱藏式通風口？

傢俱比較傳統，強烈散發出一種奢華鄉村飯店的氛圍。在我對面的，是一張面窗的加大雙人床，擺滿了一整排的錦緞抱枕。一張舒適鬆軟的小沙發正對著雙人床，旁邊放著一張小茶几——用來招待朋友或坐下來喝一杯的絕佳空間。此外，還有幾個抽屜櫃、一張書桌、兩張直背椅和床腳的上掀式箱型收納櫃，表面鋪有軟墊，可以同時作為儲藏空間或額外座位。幾扇門通往房間的左右兩側。我隨意打開其中一扇，發現是一間滿是空衣桿和空層架的衣帽間。我拉開門的瞬間，空層架上方的聚光燈便自動亮起。我接著試著打開第二扇門，但門似乎上了鎖。

第三扇門半開半掩著。我記得珊卓就是打開那扇門的燈，照映出裡面的浴室。進門後，我看見牆上有一塊面板，就跟珊卓在房門邊按過的面板一樣。我輕輕一碰，沒預期面板會啟動，但面板亮了起來，顯示許多令人困惑的方塊和圖示。我隨便按了一個，不太確定會發生什麼事，接著燈光慢慢變亮，出現一間高級浴室，配有超級寬敞的淋浴間和大小有如我家廚房中島的清水模盥洗台。這間浴室沒有任何地方與維多利亞時代沾得上邊。風格俐落、現代，一塊磁磚就比多數浴室整體看上去還要奢華美麗。

我想起我家的浴室——生鏽的排水孔堆滿頭髮，髒兮兮的毛巾隨意扔在角落，鏡子沾上了化妝品。

天啊，我想要這些。

之前……我不知道之前的我想要什麼。當初我只是全心全意想要來到這裡，與艾林庫爾夫婦見上一面，找出徵人啟事背後的真相。僅僅如此而已。我甚至沒有認真想過真的拿下這份工作。如今……如今我真的想要這份工作。不只是五萬五千英鎊的優渥年薪，而是所有的一切。我想要這棟漂亮的房子，這間美到不行的房間，奢侈的大理石淋浴間，無水垢的閃亮玻璃和拋光金屬配件。

不僅如此，我還想要成為這個家的一分子。

就算我對自己來這裡的理由有過任何疑慮，也被這個房間完全擊碎了。

有好長、好長一段時間，我就只是站在盥洗台前，張開雙手放在檯面上，凝視著鏡中的自己。回望著我的那張臉不知怎地看起來令人不安。確切來說不是表情的問題，而是我的眼神。眼神中彷彿透露著什麼——透露著一種飢渴。我在珊卓面前絕對不能看起來太飢渴。看起來興趣濃厚可以，但飢渴——正如現在我從鏡中的自己看到的那種孤注一擲的渴望——只會讓人倒盡胃口。

我慢條斯理地撫平我的頭髮，舔濕一根手指，把亂翹的眉毛弄整理。接著，我伸手摸摸我的項鍊。

自從離開學校，配戴首飾不再受到校規禁止後，我天天都戴著這條項鍊。即使還是孩子的時候，我也會趁週末或可以蒙混過關的時機戴上它。不管我媽無奈的嘆氣聲，也不管她說這條便宜的劣質品會把皮膚染成綠色的言論。項鍊是我五歲的生日禮物，如今已經超過二十個年頭，感覺就像我身體的一部分，某個我鮮少注意到的東西，即使每次我感到無聊或壓力大的時候就會伸手去撥弄它。

現在的我定睛看著它。

一條鍊子懸吊著一個華麗的銀色字母R。或者，如同我母親三不五時提醒我的，不是真正的銀飾，而是一條鍍銀的鍊子。墜飾在我每次漫不經心摸擦的地方，慢慢顯露出底下的黃銅，更讓這個事實變得越來越明顯。

沒理由把項鍊拿下來。這並不會不得體，甚至根本不會有人注意到。但是……

我緩緩把手繞到脖子後面，解開扣環。

接下來，我抹上一層唇蜜，整理裙襬的皺褶，綁緊我的馬尾，準備回到一樓與珊卓．艾林庫爾見面，接受這輩子最重要的面試。

我來到一樓時，到處不見珊卓的蹤影，但我能聞到玄關盡頭傳來某種美味可口的味道。我想起那裡是珊卓帶狗進去的地方，於是小心翼翼往前走。但在我把門推開後，發現自己踏進了另一個世界。

這裡就像房子的後半部被狠狠切掉，接上簡直能用驚世駭俗形容的二十一世紀現代主義盒子。高聳的鋼架支撐著玻璃屋頂，玄關踩著的維多利亞花磚赫然消失，取而代之的是閃著淡淡光澤的水泥地板，看起來就像野獸派教堂和工業風廚房的合體，擁有閃亮的金屬料理檯面以及跟整個廚房一樣長的清水模長桌。中央是一座金屬早餐吧檯，四周擺放著拋光金屬高腳椅，把空間劃分成明亮的廚房區和後方昏暗的用餐區。

廚房中央是站在前所未見的巨大獨立式爐具前的珊卓，她正把某種燉肉舀進兩個碗中。我一走進，她立刻抬起頭來。

「蘿溫！抱歉有件事我忘了問，妳沒有吃素吧？」

「沒有。」我說。「沒有。我幾乎什麼都吃。」

「呼，那我就放心了。因為我們這裡只有燉牛肉，沒別的了！我一直拚命在想我有沒有時間做烤馬鈴薯。這倒提醒了我。」她走向超大的不鏽鋼冰箱，伸手用指關節敲了敲冰箱門上的隱形按鈕，咬字清晰地說：「幸福，請訂購馬鈴薯。」

「馬鈴薯已加入購物清單。」一個機械式的聲音回應，接著一面螢幕亮起，顯示一列食材清單。「用餐愉快，珊卓！」

我錯愕得忍不住想放聲大笑，但我壓抑這股衝動，看著珊卓把兩個碗放上長桌，連同放在木板上的一條脆皮麵包和看起來像盛了酸奶油的小碟子。碗是骨瓷製成的，看起來大概是維多利亞時代的古董，手繪的精美碎花圖案，並以金葉點綴細節。然而，玻璃屋一板一眼的俐落線條對照於脆弱易碎的骨瓷，兩者的反差近乎荒誕，讓我有種輕微失衡的感覺，與房子的其他地方以死板的維多利亞風格為主體，點綴零星的超現代風格恰恰相反。這裡，現代風格才是主角，瓷碗和沉甸甸的銀餐具旨在提醒我們緊閉的廚房門後有哪些東西。

「好了。」珊卓不自覺地說著，坐下來，手一揮請我在她對面的位置上就座。「燉牛肉。妳可以拿麵包沾醬汁，別客氣。那個是加了辣根醬的法式酸奶油。」

「聞起來好香。」我真心地說。珊卓把頭髮往後撥，對我微微一笑，彷彿想表現謙遜，但其實是在說我知道。

「都是爐具的功勞，La Cornue，法國品牌。簡直不可能搞砸——妳只要把食材丟在一起，就沒妳的事了！我有時候確實會想念瓦斯爐，但我們這裡沒有瓦斯管線，所以所有東西都是用電力，爐具用的是電磁爐。」

「我從來沒用過電磁爐。」我說著，半信半疑地看了爐具一眼。那東西巨大得有如野獸，將近兩公尺長的金屬門片、控制旋鈕、抽屜和把手。頂部是烹飪用的平滑表面，看樣子劃分了許多區域，各區域的用途我甚至不知道如何猜起。

「我花了點時間才習慣。」珊卓說。「但我向妳保證，這台爐具使用起來真的很簡單。中間的平板是鐵板燒。我對價錢挺有意見的，但比爾很堅持。我不得不承認，這東西是物超所值。」

「喔。」我說。「原來如此。」儘管我根本聽不懂。鐵板燒是什麼鬼東西？我吃了一口燉肉，味道濃郁又美味，是那種我不可能有時間或能力在家為自己烹煮的菜色。我讓珊卓在最上方放入一坨法式酸奶油，再遞給我一塊脆皮麵包。桌上擺著一瓶已經開瓶的紅酒。她為我們把酒倒進兩只刻有精美雕花的維多利亞玻璃高腳杯，其中一杯推給我。

「好，妳想先吃再聊，還是直接開始？」

「我……」我低頭看著我的碗，然後在內心聳了聳肩。沒必要拖下去。我拉拉裙子，在金屬高腳凳上坐直一點。「我想就直接開始吧。妳想知道些什麼呢？」

「這個嘛，妳的履歷非常詳盡，而且非常出色。我已經和妳之前的雇主聯繫過了——她叫什麼名字來著？葛麗絲．德文希爾？」

「呃……對，沒有錯。」我說。

「她不停說妳的好話。希望妳不介意我在面試前與推薦人聯絡，我因為幾個不適任的人選上了好幾次的當，所以我想沒道理浪費大家的時間，把妳大老遠拖來這裡卻在最後一關碰壁。但葛麗絲對妳讚譽有加。哈考特一家人似乎已經搬家，但我跟格蘭傑太太聊過了，她也給妳非常高的評價。」

「妳沒有和小童幼兒園聯絡，對吧？」我有些不安地說，但她搖搖頭。

「沒有。我完全可以理解。在職的情況下找工作向來不容易，不過或許妳可以跟我聊聊妳在那裡的工作？」

「嗯，其實跟我在履歷上說的差不多——我在那裡工作兩年了，負責的是嬰兒室。我本來為一個家庭做專職褓姆，但想有點改變，而幼兒園感覺是不錯的選擇。接觸到更多管理層面的職位是個很棒的經驗，安排人員的值班表什麼的，但老實說我發現我很想念為一個家庭做褓姆的感覺。我喜歡孩子，但不是私人褓姆很難有一對一相處的時間。我先前之所以裹足不前，是因為換工作感覺像在酬勞和責任上開倒車，但妳開的職位似乎是我在尋找的挑戰。」

搭車過來的途中，我在腦中排練過這段話，現在一字一句準確熟練地飛快說出口。我的面試經驗豐富，知道這是關鍵——妳得解釋離開現職的原因，卻又不能詆毀現在的雇主，讓自己看起來像個背信忘義的員工。而我這稍微更動過的說法似乎正中下懷，因為艾林庫爾太太正同情地點頭如搗蒜。

「我能想像。」

「再加上，」我補充說道，「我迫不及待離開倫敦。那裡總是匆匆忙忙的，汙染又嚴重。我猜我只是想轉換一下環境。」

「這我頗有同感。」艾林庫爾太太笑著說。「幾年前，我和比爾也跟妳有同樣的心境。蕾安娜大約八、九歲的時候我們開始思考公立學校的事。當時麥蒂還是個學步兒，我已經受夠推著她在骯髒的公園散步，每次讓她進沙坑玩耍前還得先檢查有沒有針頭。這裡似乎是擺脫一切的完美機會——建立一個新生活，替蕾安娜找一間很棒的私立學校。」

「你們很慶幸做了這個決定嗎？」

「喔，當然。雖然那段時間孩子們很辛苦，但絕對是正確的決定。我們非常喜歡蘇格蘭——而且我們不想成為那種買了第二個家再放到Airbnb上一年出租九個月的家庭。我們想要真正住在這裡，成為社區的一分子，妳懂嗎？」

我點點頭，彷彿第二棟房子的困擾存在於我生活的一部分。

「海瑟布雷別莊真的是個大案子。」珊卓繼續說。「房子數十年來疏於照顧。屋主是一個非常古怪的老人，後來住進了養老院。他過世前，房子就已經變得破敗不堪。到處都是腐朽，管線生鏽，電路有毛病——是非得打掉重練的情況。我們整整辛苦奮鬥了兩年，重新設計格局，從拉電線到安置汙水池全部自己來。但成果再值得不過——當然了，這也為公司提供了精采的案例分析。我們有滿滿一疊改造前和改造後的照片，這些真的說明了好的建築學不只是從零開始創造一棟新房子，也包括有能力帶出一棟現有房子的精髓。不過當然了，我們也蓋新房子。我們的專長是風土建築。」

我點頭，一副聽得懂風土建築是什麼意思似的，喝了一口紅酒。

「不聊我和房子了——我們來聊聊妳吧。」珊卓說，帶著進入正題的氣氛。「告訴我，是什麼吸引妳進入褓姆這一行的？」

哇。這是個很大的問題。我的腦海瞬間閃過十幾個畫面。六歲那年，父母因為我在廚房的拼貼地毯上玩黏土而對我破口大罵。九歲那年，母親看著我的成績單搖頭，毫不掩飾她的失望。十二歲，那場沒人出席的學校話劇表演。十六歲，「真可惜，妳的歷史再多複習一下就好了。」而不是恭喜我的數學、英文和科學拿了A。十七個不夠好的年頭，十七個沒能成為理想女兒的年頭，十七個不如別人的年頭。

「嗯……」我感覺到自己支支吾吾，不知所措。這部分的答案我沒練習過，如今我為此自責不已。這顯然是面試會問的問題，我早該做好準備才對。「嗯，我想……我是說……我只是很喜歡小孩子。」好爛的回答。爛死了。而且也不是完全屬實。但這些話剛出口，我就發現到事有蹊蹺。珊卓仍面帶微笑，但她的表情出現了方才沒有的冷靜自若，剎那間我才明白為什麼。一個快三十歲的女人，滔滔不絕說著自己多喜歡小孩……

我趕緊彌補錯誤。

「可是不得不說，我超佩服那些想要成為父母的人。我絕對還沒準備好！」

賓果。珊卓的臉上閃過如釋重負的表情，儘管她很快就克制住了，但我絕對沒有看錯。

「倒也不是說我有這個選擇。」我說著，恢復足夠的信心敢開個小玩笑。「畢竟我現在單身。」

「所以……倫敦那邊沒有羈絆嗎？」

「老實說沒有。當然我有些朋友，不過我父母幾年前退休到國外去了。事實上，等我處理完幼兒園那邊的事情之後，倫敦就沒什麼值得我留戀的了。我差不多可以馬上接手一份新工作。」

我盡量避免說你們的工作，不想看起來像是我在假設自己會得到這份工作。但珊卓只是微笑，一邊點頭如搗蒜。

「是，妳從我們早先的對話大概聽得出來這是一項很重要的因素，我不想說謊。暑假就快到了，我們非得在學校放假前找到人擔任這個職位，否則我就完蛋了。此外，幾個禮拜後有一場非常、非常重要的貿易展覽會。我和比爾兩人都得到場才行。」

「妳的最後期限是什麼時候？」

「蕾安娜六月底放假，所以是……三、四個禮拜之後？可是貿易展覽會在她放假前那個週末開始。老實說，越快越好。兩個禮拜可行。三個禮拜……呃，勉強可以。四個禮拜就開始進入災難地帶。妳說妳的離職通知時間是四個禮拜？」

我點點頭。

「是，不過我剛剛在整理行李的時候算了一下，我至少還有八天年假，所以如果把年假算進去的話，我可以把上工時間縮減到兩個禮拜沒有問題，或許還能更快。我想跟他們是能溝通的。」

實際上，我完全不曉得他們會多寬容。我的猜測是，不是非常樂觀。我的上司珍妮，也就是嬰兒室的現任主管，不太喜歡我。我想她不會太遺憾見我離職，但我也不認為她會反過來幫我。無論如何，方法還是有的——例如，嬰兒室的員工得了腸胃炎的話，照規定必須休息四十八小時才能上班。我準備在六月中左右飽受腸胃炎之苦。不過同樣地，我沒有對珊卓這麼說。基於某些原因，沒人想要喜歡耍小手段的褓姆，即使她耍手段是為了幫助他們。

我們一邊用餐的同時，珊卓又問了幾個面試時常見的制式問題，都是那類我早有預備的問題——簡單敘述妳的優缺點……說說妳碰過的難題，以及妳是如何解決的……全在預料之中。我在其他十幾次的面試場合中回答過這些問題，所以答得很熟練，只是有稍做調整，改成我認為珊卓特別想聽到的說詞。每次被問到遇過什麼難題的時候，我的標準答案總是提及一個全身佈滿瘀青來到幼兒園的小男孩——以及我基於對兒保的關切應對父母的方法。應徵幼兒園的時候，這個答案很奏效，但我想珊卓大概不想聽到我把家長出賣給兒保組織。於是，我給了不同的說法，提及前一份工作遇到一個四歲小孩，個性霸道跋扈，但我想盡辦法在她開始上小學期間，追溯到她自身的恐懼。

珊卓邊聽我說，邊翻閱我帶來的文件，無犯罪紀錄證明和急救證照。當然，所有文件都合乎程序，這我知道。但看著她檢查那些文件，我還是覺得有點緊張。我的胸口變得緊繃，儘管說不上來是因為緊張還是狗的緣故。我克制自己拿出吸入器猛地吸一大口的衝動。

「那麼駕照呢？」我說完四歲小孩的軼事時她問道。

我把叉子放回光滑發亮的清水模桌面上，深吸一口氣。

「啊，是的。這裡恐怕有些問題。我確實有完整的英國駕照，也沒有任何違規紀錄。只是上個月我弄丟錢包的時候，實體卡片被偷了。我已經申請了新駕照，但需要更新照片，整個手續辦下來大費周章花了好長的時間。但我向妳保證，我會開車。」

起碼最後那句話是真的。我在心裡祈禱，所幸她點點頭，繼續詢問我的職業抱負。我有沒有計畫考取其他資格。我認為自己一年後會在什麼地方。真正要緊的是第二個問題。我從珊卓放下酒杯，正眼看著我回答的模樣可以看得出來。

「一年後？」我說得緩慢，拚命猜想她希望從我口中聽到什麼答案。她要的是抱負嗎？投身奉獻的精神？個人發展？選擇一年是一段很奇怪的時間，大多數的面試官會說的是五年。這個問題真的把我考倒了。她在測試我嗎？

最後，我拿定了主意。

「嗯……妳知道我很想要這份工作，珊卓。老實說一年後我會希望留在這裡。如果妳決定給我這份工作的話，我不願意只是為了一份短期職位而離開倫敦，並且與所有的朋友分開。我為一個家庭工作時，會希望我和孩子之間擁有的是一段長期關係。我想要真正去了解他們，看他們一點一滴長大。如果妳問我自己五年後會在什麼地方……嗯，這又是不一樣的問題了，我大概也會給妳不一樣的答案。我有野心——日後我計畫找時間攻讀幼兒教育學或兒童心理學的碩士。但一年的話——現在我接受的任何職位，都絕對希望能做超過一年以上，為我們所有人著想。」

珊卓咧嘴綻開燦爛的笑容。我知道——我就知道我給了正確的答案，她一直期待能聽見的答案。但這樣足以讓我得到這份工作嗎？我真的不知道。

我們繼續聊了大約一小時左右，珊卓替我和她的酒杯重新斟滿，但到了第二或第三杯的時候，我理智地用手蓋住杯口，搖了搖頭。

「我最好別再喝下去了。我不太能喝，很容易醉。」

這並非完全屬實。我和我多數的朋友一樣酒量尚可，但我知道再一杯黃湯下肚，可能會讓我變得口無遮攔，到時候想維持得體和切題的回答就更困難了。故事會亂成一團。我會把名字和日期搞混。隔天醒來時，我會雙手抱頭納悶自己不小心脫口講了哪些大實話，又犯下什麼嚴重的失誤。

就在這時，珊卓替自己的酒杯斟滿的同時看了一眼時鐘，然後驚訝得倒抽一口氣。

「老天，十一點十分了！我都不曉得已經那麼晚了。妳一定累壞了，蘿澀。」

「是有點累。」我誠實地說。我坐了一整天的車，疲倦感開始慢慢湧上。

「這個嘛，我想問的問題差不多都問完了，不過我也希望明天妳可以和孩子們見個面，看看你們是否合拍。然後傑克會載妳回卡恩橋站趕火車，不知道這樣可以嗎？火車什麼時候離開？」

「十一點二十五分，所以我這邊沒問題。」

「太好了。」她起身，將所有器皿堆疊起來，放進水槽。「這些留給瓊恩就行了，今天就這樣吧。」

我點頭，再度好奇這個神秘的瓊恩到底是誰，但又不太想開口問。

「我先離開把狗帶到外面。晚安了，蘿澀。」

「晚安。」我回答。「謝謝妳的招待，珊卓。晚餐很好吃。」

「不客氣。祝妳一夜好眠。孩子們通常在六點左右起床，但妳不必那麼早——除非妳想早起！」

她發出銅鈴般的輕笑聲，我牢牢記住要把鬧鐘設成早上六點，即便光用想的眼皮就沉重不已。珊卓把狗趕到後院的時候，我回到房子的古老區域，往另一個方向前進。我仍然和先前一樣，有種詭譎的錯亂感。挑高的玻璃天花板突然降低，改以結婚蛋糕般的雕花設計。我的貓跟鞋踩在水泥地上的迴盪聲變成鑲木地板的輕柔咔嗒聲，接著是走上樓梯時，踩在地毯的安靜無聲。來到第一個樓梯平台時，我停了下來。最接近我的嬰兒房，房門半開著。我忍不住用輕得不能再輕的力道推開門，走進去，聞到乾淨舒適的嬰兒所散發出的溫暖香氣。

佩特拉仰躺著，張大手腳，像小青蛙一般。她踢掉她的被子。我非常溫柔地把被子蓋回她身上，感覺到她輕柔的氣息吹撫著我手背上的寒毛。

我把被子塞回她身邊時驚動了她。她一手用力揮到半空，我瞬間靜止不動，心想她就要醒來大哭。但她只是嘆了口氣，繼續安穩熟睡。我安靜踏出房門外，上樓前往等待我的那間豪華臥房。

我一邊梳洗刷牙，一邊踮著腳尖，小心走動，聽著腳下的木地板小聲地嘎吱作響，不希望吵到樓下的珊卓。但最後，我終於準備上床睡覺，鬧鐘設好了，明天要穿的衣服也整齊地放在鬆軟的小沙發上。

這時我才發現，我還沒拉上窗簾。

我穿上睡袍，走過房間，把窗簾輕輕一拉。窗簾紋風不動。

我一臉困惑，於是加重力道，但又停下手，往後方探頭一看，免得發現窗簾其實是假的，只是裝飾性的布料，而我真正該關上的是百葉窗。但不是，這些是真正的窗簾，掛在真正的窗簾軌道上。後來我想起來了——珊卓曾經在牆上按了某個按鈕，然後窗簾就咻一聲自動闔上，再自動打開。這是自動窗簾。

該死。我走向門邊的面板，在前方揮揮手。面板立刻發亮，又是那些令人困惑的方塊和圖示。沒有半個看起來像窗簾的按鈕。倒有一個可能是窗戶，但我謹慎地按下去時，爵士小號吹奏而出的響亮樂曲劃破寧靜，我連忙用手指用力一戳。

謝天謝地，聲音立刻中止了。我站在原地等了一會兒，準備聽見佩特拉的哭嚎聲，或是珊卓踩腳上樓厲聲質問我為什麼把孩子吵醒。所幸沒事發生。

我回頭繼續研究面板，但這次我什麼也沒按。我努力回想早先珊卓做了什麼。中央的大方塊是主燈，這我很確定。右手邊那堆小方塊大概是用來控制房裡的其他燈光。可是那螺旋狀的東西，還有左手邊的滑動條是什麼？調整音量的嗎？還是溫度？

就在這時，我想起珊卓說過有關聲控的事。

「拉上窗簾。」我壓低聲音說。結果令我訝異的是，窗簾果真疾疾闔上，幾乎沒有發出聲響。太棒了。好。現在只剩搞清楚該怎麼關燈了。

床頭燈有開關，而其他的我靠著反覆嘗試也好不容易弄明白。但就是扶手椅旁邊的那盞檯燈，我怎麼也關不掉。

「關燈。」我嘗試用聲控，但沒有用。「關上檯燈。」

床頭燈瞬間熄滅。

「關上扶手椅的燈。」沒有反應。真是見鬼了。

最後，我沿著電線找到牆上一個奇形怪狀的插座，與一般的電器插座不一樣，接著把插頭拔掉。房間瞬間陷入漆黑，黑得彷彿可以觸摸得到。

我慢慢穿過房間，摸黑來到床腳，接著爬進被窩。才剛躺好，我就想起手機還沒充電，不禁嘆了口氣。該死。

我不想再次面對開燈關燈的窘境，所以我打開手機的手電筒，下床，開始翻找行李。充電器不在裡面。已經被我拿出來了嗎？我肯定我有放進行李箱。

我把行李箱倒過來，讓所有衣服和物品掉在厚地毯上，但電線並沒有與其他東西一起彎彎曲曲掉出來。該死。該死。要是手機沒充飽電，明天我就得面對史上最無聊的一趟旅程了。我身邊連一本書都沒有——我所有的讀物都放在Kindle的應用程式裡。我忘記帶了嗎？還是忘在火車上了？無論如何，總之不在我的行李箱裡。我暫時呆站在那裡，咬著嘴唇，然後隨便打開床頭櫃的一個抽屜，期望上一個住客可能不小心把一個充電器留下。

接著……賓果。不是充電器，但是一條充電線。我只需要這個就夠了——插座附有一個USB接口。

如釋重負的我，解開抽屜裡與傳單和紙張纏在一起的電線，插進接口，接上我的手機。小小的充電圖示亮起，我感恩地爬回床上。我正要關掉手電筒，在床上躺平時，赫然注意到有東西從抽屜掉到我的枕頭上。是一張紙。我正準備揉成一團丟到地上，但在這之前，我看了一眼，只是想確定那不是什麼重要的東西。

確實不是。只是一張小孩子的圖畫。至少……

我再次拿起手機，手電筒對準頁面，把圖畫看個仔細。

圖畫說不上是美術作品，只是幾個火柴人和粗粗的蠟痕。畫上有一棟房子，房子上有四面窗戶和一扇亮黑色大門，與海瑟布雷別莊頗為神似。窗戶全被塗黑，唯獨一扇例外，黑暗中冒出一個蒼白小臉向外窺視。

畫面詭異不安，但上面沒有署名，也不知道為什麼這張畫會放在床頭櫃裡。我把紙翻面，尋找線索。背面寫有字跡。不是小孩子的字跡，而是大人的——傾斜、花俏，文法有點不像英文，說不上哪裡怪怪的。

致新來的褓姆，上面用工整的斜體字寫道。我的名字叫凱佳，是妳來之前在這裡工作的褓姆。我之所以寫這個字條給妳，是因為我想告訴妳，請妳要

接著，就沒有後續了。

我皺起眉頭。誰是凱佳啊？這個名字很耳熟，這時我想起珊卓在晚餐時說過的話：但自從凱佳離開後——她是我們上一個褓姆……

所以凱佳曾經住在這裡。甚至是睡在這裡。但她到底想對她的繼任者說什麼呢？還有，她是沒時間說，還是想了想又決定不說了？

請妳要……對孩子們好一點？請妳要……在這裡過得開心？請妳要……記得告訴珊卓妳喜歡狗？

可能性多不勝數。所以，為什麼一直掛在我嘴邊的句子是請妳要小心呢？

那張詭異的圖畫和那句未完的字條放在一起，讓我有種說不清的奇怪感覺。一種惴惴不安的感覺，儘管我說不上為什麼。

反正，不管她本來想說什麼，現在都已經太遲了。

我把圖畫摺起來，塞回抽屜裡。接著，我關上手機，把棉被拉到下巴，企圖拋開懸而未決的一切，進入夢鄉。

等我醒來時，是因為鬧鐘堅持不懈的尖銳聲響所致。有那麼一會兒，我想不起來自己人在何處，也不知道自己為何如此疲倦。接著我想起來了。我在蘇格蘭。而現在是早上六點——比我平常習慣的起床時間早了整整一個半鐘頭。

我坐起來，撫平我的亂髮，揉揉眼睛趕跑睡意。我能聽見樓下鏗鏗鏘鏘的聲音和興奮的尖叫聲。聽起來孩子們八成起床了……

窗簾不透光，但陽光已經從邊緣的縫隙流瀉進來。我不得不強迫自己下床，走到對面把窗簾拉開，但在這之前，我想起了昨晚。

「打開窗簾。」我大聲說道，覺得有夠蠢。窗簾如變魔術般嘩一聲打開。我並沒有太多期待，但無論如何，這都絕對遠遠超過了我的想像。

眼前的美景讓我差點忘了呼吸。

某個維多利亞時代逝世已久的建築師替房子選了一個完美的位置，俯視一望無際的藍山綠谷和深綠色的松樹林。景色無限延伸，可見許多烏黑小溪蜿蜒流經一片連綿起伏的丘陵，遠處農地上的波紋瓦片屋頂，幾公里外還有一片湖泊，在晨光照映下散發粼粼波光，彷彿雪景一般。遠方，凌駕這一切的，是凱恩戈姆山脈——蘇格蘭蓋爾語中藍色山脈的意思，根據谷歌的說法。

當初查詢名字的起源時，翻出來的意思似乎有些荒謬。網路上的照片顯示出所有想像得到的顏色——青綠的草地、褐色的鳳尾草、略帶紅色的大地和偶爾點綴著紫色斑點的石南花。到了冬天，則是一整片的銀白色。認為山脈是藍色的似乎非常奇怪。

但在這裡，隨著山間的薄霧在清晨的陽光下升起，山後的天空仍沾染著黎明初起的粉紅色調時，它們看起來確實是藍色的。我指的不是山下廣大的丘陵，而是遠在森林線之上、高低起伏的雄偉花崗岩山脈本身。即使在六月，最高峰看起來仍覆蓋著白雪。

我感覺到精神振奮，接著聽見下方的花園傳來聲音，於是低頭一看。是傑克·格蘭特。他正從隱匿於房子轉角處的一排側屋走出來。他頂著一頭濕髮，彷彿剛洗完澡似的，手裡拿著一袋工具。我看了他一會兒，凝視他的黑色頭頂，在開始變得像偷窺前，趕緊把臉別開窗戶，前往浴室沖澡。

浴室裡一片漆黑，我直覺伸手找開關。但後來，我嘆了口氣，想起那該死的面板。經我一碰，面板映入眼簾，再次呈現那些複雜難解的方塊、圓點和滑動條。我隨手按了一個，但願不是更多的邁爾士·戴維斯。我一直在找昨天按的同一個鍵，但顯然按錯了，因為踢腳板突然亮起微弱的藍光。大概是某種夜間模式，如果想上廁所但另一半在睡覺的時候可以使用？不管怎樣，沖澡的話不夠亮。

我壓下的下一個按鈕讓藍光消失，浴缸上方的金色檯燈亮起，讓我的全身皮膚泛著漂亮的暖色調光澤。如果我打算泡一個長時間的熱水澡，這會是我想要的燈光。但淋浴間仍黑漆漆的，我需要再明亮一點，再……嗯，再多點早晨的氣氛。

試了第四次還是第五次，我總算找到了適合的設定——光線明亮，又不至於刺眼，鏡子亮起一圈微光，用來化妝剛剛好。我總算鬆口氣，把睡袍脫到地上，走進淋浴間。沒想到又面臨了不同的挑戰。眼前有一大堆令人眼花撩亂的各式噴嘴和蓮蓬頭。問題是，該怎麼操作呢？看樣子答案又在另一個面板上，這次是防水面板，安裝在磁磚中。我輕輕一碰，立刻亮起幾個字：凱佳早安。

這個名字把我嚇了一跳。我再次想起昨晚寫在那張孩童畫作上的未完字條。那行字旁邊有一張笑臉和一個小小的向下鍵。呃，我不是凱佳。我按下向下鍵，文字改變了。喬早安。我再按一次。蘿倫早安。荷莉早安。訪客早安。

沒有其他選項了。那就選訪客吧。我按下笑臉。毫無動靜。反之，顯示面板又變成那些神秘的方塊、圓點和滑動條。我隨意按下一個，發出尖叫，因為出現了大約二十個噴嘴朝我的肚子和大腿噴出強勁的冰水。情急之下，我朝面板左側的取消鍵用力一拍，噴嘴立刻關上，徒留我拚命喘氣，渾身發抖，整個人惱怒不已。

好吧。沒關係。也許在我搞清楚這玩意兒怎麼運作前，應該先試試預設選項。我觸碰面板，凱佳早安的字眼再次亮起。這次，我帶著些許惶恐按下笑臉，接著正在準備您最喜歡的沖澡體驗。祝您洗得愉快！的訊息出現在螢幕上。訊息逐漸消失後，令我驚訝的是，其中一個蓮蓬頭平順往上移到預設的高度，傾斜至某個角度，一柱溫水開始噴湧而出。我瞠目結舌，呆站在原地好一會兒，接著伸出一隻手測試水溫。無論凱佳是誰，總之她的身材非常高。而且她沖澡時喜歡的水溫比我燙一些。水溫我還可以忍受，可惜她實在太高，蓮蓬頭的水完全越過我的頭頂，噴上對面的玻璃門反彈，洗起頭髮非常棘手。

我按下取消鍵，再次嘗試。這次，我隨意選了荷莉早安，咬牙等待結果。

賓果。荷莉的設定是由頭頂的花灑淋下如豪雨般的大量熱水，感覺簡直……嗯，簡直美妙級了。沒有其他字眼可以形容。熱水洶湧澎湃地噴湧而出，讓我沉浸在暖意中。我感受熱水強勁沖著我的頭頂，驅除了最後一絲睡意和昨晚紅酒帶來的宿醉。無論荷莉是誰，這個女人顯然與我志同道合。我洗髮、潤絲，接著淋浴。我站在那裡，閉著眼睛，純粹享受熱水流在我赤裸肌膚上的感覺。

留在浴室享受這份奢侈的欲望非常強烈，但剛才我光是搞懂浴室的運作就花了大約十分鐘。如果再繼續浪費時間，我設鬧鐘提早起床就失去意義了。要是不露面，向珊卓展現我的熱誠，這樣大清早逼自己起床就功虧一簣。

我嘆口氣，按下面板的取消鍵，伸手拿起電熱毛巾架上烘得溫暖的柔軟白浴巾，提醒自己如果這次的面試成功的話，我不會是最後一次享受這個淋浴間。恰恰相反。

下樓後，第一個迎接我的是吐司的香味，以及孩子的歡笑聲。我繞過樓梯底部，迎接我的是一件扔在樓梯口的迷你格紋睡袍，和玄關中央的一只拖鞋。我一一拾起，走向廚房，珊卓正站在閃閃發亮的銀色烤吐司機前，手拿一片微焦的麵包，對著身穿亮紅色睡衣、坐在吧檯前的兩個小女孩揮舞著。兩顆頂著凌亂捲髮的小腦袋瓜，一黑一金，正不能自已地咯咯大笑著。

「別慫恿她！她會再做一次。」

「什麼再做一次？」我說。珊卓轉身。

「喔，蘿溫！天啊，妳起得真早。但願孩子們沒有把妳吵醒。我們還在訓練家中的某些成員乖乖在床上睡到六點……」她毫不掩飾朝兩個女孩之中年幼的那一個點點頭。她有一頭淡淡的金髮，看起來五、六歲左右。

「沒關係的。」我真心地說，然後有點不符事實地加上一句：「我習慣早起。」

「有這樣的天賦在這棟房子裡絕對是好事。」珊卓嘆口氣說。她穿著一件晨袍，看起來疲倦不堪。

「佩特拉亂丟燕麥粥。」女孩咯咯笑著說，指向坐在角落一張兒童高腳椅的紅潤幼童。我親眼看見她說得沒錯。

一坨雞蛋大小的燕麥粥沿著爐具正面往下滑，撲通一聲掉在水泥地上。佩特拉開心地歡叫，又舀了一大匙，準備往外丟。

「佩拉拉丟！」她說著，瞄準目標。

「嗯？」我微笑著說，把手伸向湯匙。「佩特拉，湯匙拿過來，別鬧了！」

佩特拉打量著我，遲疑地看了我一會兒，淡金色的眉毛皺在一起，模樣可愛。接著，她的小胖臉揚起大大的笑容，又說了一次：「佩拉拉丟！」把燕麥粥朝我扔過來。

我連忙閃躲，但動作不夠快，燕麥粥正中我的胸膛。

我驚訝得倒抽一口涼氣，接著才明白她幹了什麼好事，內心湧起一陣熊熊怒火。我蠢得沒帶一套備用衣物，昨天穿的上衣皺巴巴的，上面還有我不記得何時沾到的酒漬。

我沒有半件多餘的乾淨衣服。我得沾著燕麥粥度過接下來的一整天了。小王八蛋。及時救了我的，是兩個女孩之中年幼的那一個。她忍不住咯咯大笑起來，然後用雙手摀住嘴巴，彷彿嚇了一跳。

我想起了我的身分、我人在哪裡，以及我來到這裡的原因。

我擠出一抹微笑。

「沒關係。」我對小女孩說。「妳是艾莉，對嗎？笑出來吧，這是挺好笑的。」

她放開雙手，靦腆地咧嘴一笑。

「喔，老天啊。」珊卓帶著一種莫可奈何的語氣說。「蘿溫，我真的很抱歉。人家都說兩歲的孩子最可怕。但我發誓，佩特拉已經練習了六個月。妳的上衣還好嗎？」

「珊卓，別放在心上。」我說。上衣沒救了，至少在我能清洗之前肯定是沒望了，說不定連洗了也沒用。這是一件絲質罩衫，只能乾洗。選擇這種衣服面試褓姆一職簡直夠蠢，但我沒料到我會和孩子們有互動。也許我能藉由這個情況取得一點小小的道義優勢。「真的沒關係，有了孩子就是會發生這種事，對吧？只是燕麥粥罷了！不過呢，」我伸長手，趁佩特拉還沒搞清楚狀況前，拿走她的那碗燕麥粥，放在她搆不到的地方。「我想妳玩夠了，佩特拉小姐。在我收拾的時候，這個就由我來保管吧。珊卓，妳的拖把在哪裡？我得趁其中一個女孩滑倒前把地上那坨燕麥粥清乾淨。」

「在雜物間，那邊那扇門。」珊卓說著，露出感激的微笑。「真的很謝謝妳，蘿溫。妳真的不需要這樣無償幫忙，這遠遠超出妳的義務。」

「我很樂意幫忙。」我說得堅定。我經過佩特拉身邊時，有點不情願地摸摸她的頭髮，然後對艾莉眨了眨眼。麥蒂沒有看我。她低頭盯著自己的盤子，彷彿整件事與她無關。也許她對於自己先前慫恿佩特拉的行為感到難為情。

結果雜物間位於房子更古老的區域——從維多利亞時代的水槽和石板地來判斷，大概是以前的洗碗間——但我目前沒心情欣賞這些建築細節。我只是關上身後的門，做幾次深呼吸，努力平復惱怒的情緒，然後準備去拯救我的上衣。最慘的情況已經解決，燕麥粥已經甩進水槽，但我還是必須用海綿輕輕擦拭殘渣。洗了幾次之後不見成效，只是害裙子濺上燕麥水，於是我用一根拖把抵在廚房門把上，然後脫掉上衣。

我穿著胸罩和裙子站在那裡，在水龍頭底下輕輕擦洗沾上燕麥粥的汙漬，盡量不讓襯衫其他地方碰到水。就在這時，我聽見雜物間另一頭傳來聲響，轉頭一看，發現通往花園的門打開，傑克．格蘭特走了進來，雙手在他的吊帶褲上抹了抹。

「割草機修好了，珊——」他大叫道，接著突然語塞，驚訝得睜大了眼。他那突出的顴骨刷上明顯的紅暈。

我嚇得大叫一聲，抓起濕漉漉的上衣遮住胸口，盡其所能保持鎮靜。

「喔，天啊。對不起。」傑克說。他遮住眼睛，一下子抬頭看著天花板，一下子低頭看著地板，總之除了我以外的任何地方都好。他的臉頰彷彿著了火似的。「我——我準備去——對不起。」

說完，他轉身逃跑，甩上他身後的花園大門，留下驚魂未定的我，不確定自己該哭還是笑。但是哭是笑也沒什麼意義，所以我匆匆拿著掛在暖氣片上的毛巾擦乾我濕漉漉的上衣，把水擠進拖把桶，然後帶著幾乎和傑克一樣紅的臉頰回到廚房。

「襯衫沒事吧？」我進門時，珊卓回頭說。「我幫妳倒杯咖啡吧。」

「好。」我不確定該不該告訴她剛才發生的插曲。她有聽見我驚訝的尖叫聲嗎？傑克會說些什麼嗎？「珊卓，我——」

但後來我實在缺乏勇氣。珊卓，我剛剛胸部走光被妳的雜工看到，這句話不管用哪種說法聽起來都不專業到極點。光是用想的，就能感覺到我的臉變得更紅了。我決定絕口不提。只希望傑克是個紳士，不會擅自提起這件事。

「加糖還是牛奶嗎？」珊卓回頭，心不在焉地問道，我把問題先擱置一旁。

「牛奶，謝謝。」我說完，放下拖把桶，開始清理佩特拉留在爐具和地板上的投擲物，一邊工作，一邊感覺自己的臉頰慢慢冷卻下來。

最後，等咖啡端上來，我也在餐桌前坐好，吃著一片美味的果醬吐司時，我幾乎可以假裝剛剛的意外從未發生過。

「好。」珊卓說著，用一塊布擦拭雙手。「孩子們。我一直沒機會把蘿溫介紹給妳們。她特地來我們家拜訪，和妳們見面。打聲招呼吧。」

「嗨。」麥蒂喃喃地說，與其是對著我說，倒更像是對著她的盤子說。她八歲，但看起來比實際年齡小，一頭黑髮和蠟黃色的小臉蛋。從檯面底下，我能看見兩個佈滿結痂的乾瘦膝蓋。

「哈囉，麥蒂。」我說，希望得到一抹迷人的微笑，但她始終低著頭。艾莉簡單得多。她在淡金色瀏海的後方，毫不掩飾她的好奇心直盯著我看。「哈囉，艾莉。妳今年幾歲啦？」

「我五歲。」艾莉說。她的藍眼睛圓滾滾的像鈕釦。「妳是我們的新褓姆嗎？」

「我——」我頓時語塞，不確定該說什麼。回答希望是嘍會不會表現得太露骨？

「有可能。」珊卓插嘴說道，語氣堅定。「蘿溫還沒決定她想不想在這裡工作，所以我們一定要表現得非常好給她一個好印象！」

她偷偷對我使了個眼色。

「這樣吧，妳們到樓上去換好衣服，然後就可以帶蘿溫到處參觀一下。」

「佩特拉呢？」艾莉問。

「我會教訓她。去吧──動作快。」

兩個女孩乖乖聽話，從高腳椅上滑下來，噠噠跑開，穿過玄關上樓。珊卓慈愛地看著她們離開。

「天啊，她們非常乖巧！」我說，真心感到佩服。我帶過的孩子夠多，知道要五歲的孩子聽話換衣服絕對不是一件理所當然的事。通常連八歲的孩子都需要有大人監督。珊卓翻了個白眼。

「她們知道不能在客人面前搗蛋。可是我們來看看她們是不是真的照我的話去做……」

她在檯面上的 iPad 按了一個按鈕，一個影片映入眼簾。影片裡出現一間小孩房，攝影機顯然架設在靠近天花板的位置，往下對準兩張小床。畫面沒有聲音，但甩門聲大得足以穿透樓梯傳到一樓。壁爐台上的一隻泰迪熊搖搖晃晃，掉落在地。我們看著麥蒂氣沖沖地跺腳走進螢幕下方，交叉雙臂坐在右手邊的床上。珊卓按下另一個鍵，攝影機把鏡頭拉近，放大麥蒂的臉，或者該說是她的頭頂，因為她正低頭看著她的大腿。iPad 傳來微弱的雜音，就像麥克風開啟時會有的聲音。

「麥蒂。」珊卓說：「我不是跟妳說過不准甩門嗎？」

「我沒有。」細如蚊蚋的聲音從 iPad 的喇叭傳了出來。

「妳有，我看到了。妳可能會傷到艾莉。快點換好衣服，妳們就可以看會電視。衣服都放在妳的椅子上了，我今天早上拿出來的。」

麥蒂不發一語，起身脫掉睡衣。珊卓闔上螢幕。

「哇。」我有點吃驚地說。「真厲害！」

這不是我心裡所想的字眼。更接近的說法是好像跟蹤狂，儘管我不太確定為什麼。我工作過的許多地方都有隱藏式攝影機或內建喇叭和攝影機的嬰兒監控器。或許這是常態，只是我到現在才知道。昨晚我沒注意到任何攝影機，所以不管安裝在哪裡，肯定藏得很好。昨晚珊卓是不是也看著我上樓睡覺呢？她有沒有看見我走進佩特拉的房間查看？不知怎地，這個想法讓我漲紅了臉。

「整棟房子都接上了網路。」珊卓輕描淡寫地說，把iPad放回檯面上。「非常方便，尤其是住在這種有好幾層樓的地方。這表示我不必成天跑上跑下查看孩子們。」

「非常方便。」我小聲附和，隱忍我的不安。整棟房子？這是什麼意思？不用說，她指的包括孩子們的房間。但客廳呢？臥房？浴室？不可能，這絕對不可能。而且肯定是違法的。我突然胃口盡失，把沒吃完的吐司放回盤子上。

「吃完了嗎？」珊卓爽朗地說。我點頭，她便把剩餘的吐司掃進廚餘處理機，再把盤子和孩子們吃燕麥的大碗放到水槽旁邊。我注意到昨晚的碗盤已經消失了。那位神秘的瓊恩已經來過又離開了嗎？

「那麼，如果妳吃飽了，我就趁孩子們換衣服的時候帶妳參觀一下。」她把佩特拉從高腳椅抱起來，用濕布擦擦她的臉，把她攬在腰間。接著，我們一起重新走進房子古老區域，穿過鋪著石板地的玄關，來到左右兩側各有一扇門的大門前。

「好，我大概說一下這裡的格局——玄關位於房子的正中央——後面那邊是廚房，再出去是雜物間，妳已經見過了。那裡以前是傭人房，事實上也是唯一倖存的部分。其他地方都被我們打掉了。房子前半部的房間比較寬敞——那裡是以前的餐廳。」珊卓把手揮向大門右手邊的缺口。「可是後來我們發現我們總是在廚房吃飯，所以就把它改建成書房兼圖書室。來看看吧。」

我探進門內，看見一個略小的房間，線板牆漆上漂亮的藍綠色。一端整齊排列的，是一整面從地板延伸至天花板的書櫃，塞滿大量的平裝小說和建築相關的精裝書籍。這間完美打造的小圖書館簡直可以納入國家名勝古蹟信託協會——只是房間正中央有一張巨大的玻璃辦公桌，桌面放著一台蘋果桌機，再加上某種正對著螢幕的人體工學椅。

我眨了眨眼。這棟房子新舊結合的方式有種讓人說不上來的困惑。多數人的家在添加現代元素時，會去配合原始特色，折衷合併成順眼的一體。然而這裡卻給人一種油水不相容的奇怪印象——每樣東西要不是非常原始，就是極度現代，沒打算把兩者整合。

「這房間真漂亮。」最後我總算開口說，因為珊卓似乎在等我說些什麼。「這些顏色簡直……太美了。」珊卓微微一笑，把佩特拉抱在腰間搖晃，看起來很開心。

「謝謝！比爾負責所有技術上的配置，不過室內設計大多是我的主意。我確實很喜歡那個藍綠色調。這個房間其實主要是比爾的地盤，所以我比較克制，不過妳會看到我在客廳花了非常多心思。我心想，這是我的房子，我不需要討好任何人！進來看看吧。」

她接下來帶我走進的房間是她提過的客廳，幾張古典的拉扣沙發圍繞著美麗的磁磚壁爐排成一個四方形。天花板和木工是與書房線板牆同樣的藍綠色，但牆壁本身令人吃驚——貼滿色彩濃烈、花樣繁複的壁紙，在靛青、豔綠、寶藍的背景色下，幾乎看不出那些精緻奇巧的設計。等我湊近細看，才發現是混合了荊棘和孔雀的圖案——屬於非寫實的藝術風格，彼此交纏到難以辨認的程度。荊棘是深綠色和藍黑色的，孔雀則是寶藍色和亮紫色。孔雀尾巴蜷曲、蔓延、盤繞在荊棘上，形成某種錯綜複雜的迷宮——半似鳥園，半似多刺的野灌木叢。

壁紙的設計呼應了窗戶對面的壁爐磁磚，兩隻孔雀高高站在爐柵兩側，身體幾乎佔據了下半部的磁磚，尾巴往上伸展。爐火已經熄滅，但房間一點也不冷。牆壁四周的維多利亞鍛造暖氣散發出舒適的溫暖，陽光斜照在另一張褪得古色古香的波斯地毯上。黃銅茶几上放了更多的書，連同另一束插在瓶裡的牡丹花。花束在乾燥的花瓶裡疲軟低垂，但珊卓不予理會，帶我往壁爐對面的門走去，重新返回廚房的方向。

門後是一間鑲滿橡木的小房間，房內放了一張磨損的皮沙發和一台掛在對面牆上的電視。這個房間一看就知道是拿來做什麼的——地上散落著亂丟的玩具、得寶樂高、沒頭的芭比娃娃和角落塌了一半的兒童帳篷。深色的線板牆裝飾著貼紙和孩子們的畫作，甚至是直接畫在牆上的蠟筆塗鴉。

「這裡是原本吃早餐的地方。」珊卓說。「可是因為面北的關係採光比較差，加上那棵松樹擋住了大部分的陽光，所以我們把這裡改成視聽室。不過妳也看到了，最後完全被孩子們佔領了！」

她大笑一聲，撿起黃色的絨毛玩具香蕉，遞給佩特拉。

「現在，為了完成這趟參觀路線……」

她帶路走向隱藏在線板牆的第二扇門——於是我再次出現迷幻的感覺，發現自己身處一棟全然不同的房子裡。我們又回到房子後半部的玻璃圓頂，但這次是從反方向進去的。少了大爐具和櫥櫃和各式電器擋住視線，眼前只剩一大片玻璃窗——窗後的風景緩緩向下傾斜，點綴著森林和遠方波光粼粼的湖泊和溪流。我們和原野之間彷彿沒有半點隔閡，感覺隨時都有可能出現一隻魚鷹俯衝到我們之間。

廚房一角放著一張鋪了塑膠巧拼的遊戲圍欄。我看著珊卓把佩特拉和玩具香蕉咚地放進去，手朝四周一揮。「以前這一側是傭人的專用走道，但木頭佈滿了乾腐病，而且景色太漂亮了，侷限在狹小的窗框內太可惜，所以我們就決定直接——」她往喉嚨一劃，接著放聲大笑。「我想有些人可能會有點訝異。但相信我，要是妳看過之前的樣子，妳就會懂了。」

我想起我在倫敦的小公寓，空間不過就跟這裡差不多大。

我內心的某樣東西似乎有那麼一點扭曲碎裂了，突然間我懷疑自己當初到底該不該來到這裡。但我知道一件事。我不能再回去了。現在不行。

你大概覺得奇怪，我為什麼要告訴你這些，雷克斯姆先生。因為我知道你很忙，我也知道表面上看起來，這些似乎和我的案子沒有任何關係。可是……所有事情都是息息相關的。我必須讓你看到海瑟布雷別莊，讓你感覺到暖氣從地板飄上來的溫暖。

我必須讓你可以伸手撫摸到天鵝絨沙發那柔軟又帶點如貓舌般粗糙的質地，以及清水模表面那絲滑平整的觸感。

我必須讓你明白為什麼我會做出我所做的那些事。

早晨剩餘的時光彷彿一下子就過去了。我整個上午與孩子們自製黏土，然後幫她們把黏土捏成各式各樣塊狀和歪斜的作品。大多數的作品則在開心的歡笑聲和艾莉惱怒的哀號聲之下，被佩特拉一一砸爛，失去原本的形狀。麥蒂是讓我最困惑不解的那一個——她頑固又執著，彷彿鐵了心地不肯對我笑。但我不屈不撓，找到各種辦法讚美她，最後她似乎也不由自主放鬆許多，甚至當佩特拉傻傻地抓了一把粉紅色黏土塞進嘴裡又吐出來、因為太鹹而連連乾嘔、肥嫩小臉露出滑稽的嫌棄表情時，帶點矜持地放聲大笑。

最後，珊卓拍拍我的肩膀，跟我說如果我準備好了，傑克就在外面等著載我回車站。於是我站起來，清洗雙手，輕輕逗弄佩特拉的下巴。

我的行李已經就緒，放在門邊等著我。我下樓吃早餐前就把行李整理好了。我知道之後可能沒有多少時間，但我不知道到底是誰從客房把行李拿下樓。我強烈希望不是那位至今未見的瓊恩，不知為何，想到是她就讓我渾身不舒服。

傑克站在靜靜空轉的車子旁邊等待，雙手插在口袋，陽光照著他的黑髮，出現一點一點的深褐色和紅色。

「真的非常高興認識妳。」珊卓說著伸出一隻手，眼神流露出一股真誠。「我會和比爾討論一下，但我想……這麼說吧，妳很快就會聽到我們最後的決定。非常快。謝謝妳，蘿溫，妳太棒了。」

「我也很高興認識妳，珊卓。」我說。「妳的孩子們很可愛。」噁，別再說可愛了。「希望日後有機會見見蕾安娜。」希望能得到這份工作的委婉說法。「再見了，艾莉。」我伸出手，她慎重地與我握手，像個五歲的生意人。「再見了，麥蒂。」

但令我失望的是，麥蒂並沒有牽起我的手。反而是轉身把臉埋在媽媽的肚子上，拒絕與我眼神接觸。這是個奇怪的幼稚舉動，讓她看起來比八歲的年齡小得多。在她頭頂上方的珊卓聳了聳肩，彷彿在說，能拿她怎麼辦呢？

我也聳了聳肩，撥弄麥蒂後腦杓的頭髮，然後轉向車子。

我把行李放進後座，正準備繞到車子另一邊爬上副駕駛座的時候，有樣東西撞上我，像一團黑漆漆的小龍捲風。一雙手臂抱住我的腰，一顆堅硬的小腦袋鑽進我的肋骨下緣。

我朝緊緊抱著我的扭動身軀一看，結果發現那人竟是麥蒂。說不定到頭來，我還是贏得她的心了？

「麥蒂！」我驚訝地說，但她沒有說話。我不確定該怎麼做。最後，我也彎下腰回抱她。「謝謝妳帶我參觀妳美麗的家。再見。」

我本希望最後的再見能讓她放手，但她只是抱得更緊了，壓得我不舒服，難以呼吸。

「不要——」我聽見她埋在我仍濕的上衣裡泣訴，雖然我聽不出來第三個字。不要走？

「我得走了。」我低聲回答。「不過我希望我很快就能回來。」

這句話是真的。天啊，我真心希望。

但麥蒂直搖頭，黑髮在她突出的脊椎骨上揮動。我隔著上衣感覺到她濕熱的氣息。這整件事異常親密又令人不自在，有種我說不上來的感覺。於是突然之間，我非常希望她放手，但礙於珊卓在場，我才沒有掰開麥蒂的手。我只是微微一笑，把她摟得更緊，回應她的擁抱。就在這時，她發出了一個細小的聲音，幾乎是一個嗚咽聲。

「麥蒂？出了什麼事嗎？」

「不要來。」她輕聲說著，仍不肯直視我。「這裡不安全。」

「這裡不安全？」我笑了一聲。「麥蒂，這是什麼意思？」

「這裡不安全。」她帶點憤怒的口吻，抽噎著重複一遍，頭搖得更厲害了，所以很難聽清楚她到底在說什麼。「他們不會高興的。」

「誰不會高興？」

但我才問完，她就硬生生地離開，然後開始奔跑，赤腳穿過草皮，回頭大喊了什麼話。

「麥蒂！」我在她身後叫道。「麥蒂等等！」

「別擔心。」珊卓笑著說，繞過車子來到我這一側。她顯然什麼也沒看見，除了麥蒂突如其來的擁抱和隨後飛奔而去的她。「麥蒂就是這個樣子。讓她去吧，她會回來吃午餐的。不過她肯定很喜歡妳喔——我記得她以前從來不曾主動擁抱一個陌生人！」

「謝謝。」我有點心神不寧地說。我任由珊卓替我打開車門讓我坐進去，再把車門關上。

直到我們開始沿著車道慢慢地蜿蜒前行，一邊小心注意有沒有在林間奔馳的孩子時，我才發現自己的腦海不斷重複著麥蒂最後的言論，好奇她是否真的說了我以為我聽見的話。

她回頭大喊的那句話簡直荒謬，不可能是真的——但我越是回想，就越肯定自己沒有聽錯。

那些鬼魂，那時的她啜泣著說。鬼魂不會高興的。

「那，看樣子是時候說再見了。」傑克說。他站在車站的進站口，一手提著我的行李，另一手往外伸。我牽起他的手，與他握手致意。他的指甲周圍仍殘留著昨天的機油，但他的手乾淨又溫暖，這奇特的親密接觸不知怎地讓我打了個哆嗦。

「很高興認識你。」我有點尷尬地說。接著，帶著不妨一說的心情，匆匆加上一句：「可惜沒機會見到比爾，或……或是瓊恩。」因為我知道不說的話肯定會後悔。

「瓊恩？」傑克說，看起來有點困惑。「她白天通常不在，回家陪她爸爸去了。」

「她……她很年輕嘍？」

「不！」他再次露齒一笑，揚起嘴角，一副忍俊不禁的表情，讓我忍不住跟著綻開微笑，儘管我聽不太懂那個笑話。「她起碼五十歲了，說不定更老，不過我從來不敢過問她的年紀。她是——那個字怎麼說？家庭護理師。她父親住在山腳下的小鎮，我記得他好像患有阿茲海默症。不能留他一個人超過一兩個小時。她通常趁早上她父親還沒睡醒前過來，然後過中午再來一趟。做洗碗之類的工作。」

「喔！」我感覺到我臉紅了，接著莫名其妙輕笑一聲。「喔，原來如此。我以為……算了，沒事。」

我沒時間剖析我如釋重負的原因，但這預料之外的情緒讓我有種不知所措的奇怪感覺。

「那就這樣了。很高興認識妳，蘿溫。」

「很高興認識你——傑克。」這個名字說出口時有點彆扭，於是我又臉紅了。我從遠方的山谷聽見火車逐漸進站的聲音。「再見。」

「再見。」他遞出行李，我接過手，仍面帶微笑以配合他的迷人笑容。接著，我開始朝月台走去，嚴格制止自己不要回頭看。最後，等火車進站，我也上車在一節車廂坐定位後，才冒險往窗外看，望向他剛才所站的地方。但他已經離開了。於是，我在火車緩緩離開車站時對卡恩橋的最後一眼，是空無一人的月台，乾淨俐落，陽光普照，等待我的歸來。

回到倫敦後，我準備好經歷一段痛苦的等待。非常快，珊卓這樣說過。但這是什麼意思呢？她顯然很喜歡我——除非我是在自欺欺人。可是我面試夠多次了，有辦法在離開時精確感受到當場的氣氛。最近幾個月，我經歷過為自己出一口氣的喜悅，也經歷過大失所望的沮喪。返回倫敦的車程上，我覺得比較接近第一種感覺。

他們找了其他人去面試嗎？她似乎非常急著找到可以盡快上工的人，她肯定也知道我一天沒有提離職，就少一天可以替她工作。但是萬一另一個應試者可以立刻上工的話……

考慮到珊卓強調過非常快，我大膽期望等我回到家的時候，手機就會跳出某些訊息。但那天晚上風平浪靜，隔天出門上班前一樣悄然無聲。在小童幼兒園，我們必須把手機關機留在置物櫃，所以我只得勉強自己度過一段漫長的早晨，聽珍妮喋喋不休談論她無趣的男友，把我和海莉呼來喚去。但這段時間，我的心思一直在別的地方。

下午一點才輪到我吃午餐。但時間才剛過一點，我就匆匆把我正在換的尿布換好，起身將寶寶交給海莉。

「抱歉，海莉，妳可以照顧他一下嗎？我有急事要辦。」

我脫掉免洗塑膠圍裙，幾乎是用跑的跑進員工休息室。到了休息室後，我從寄物櫃拿出包包，走出後門，進入水泥叢林的後院，遠離孩子們和家長的目光，用來抽菸、打電話和做其他不該在上班時間做的事情。手機彷彿花了一世紀的時間才終於開機，跑過無數的開機畫面——但最後，螢幕鎖定畫面終於出現，我用顫抖的手指輸入密碼，再進入電子信箱按下更新。等待郵件下載的同時，我把手伸向項鍊，觸摸著鍊子和墜飾。

一封……兩封……三封郵件……不是垃圾郵件就是完全不重要的東西。我覺得我的心沉到了谷底——直到我發現螢幕角落的小圖示。我有一封電話留言。

我的腸胃不停翻騰，進入語音信箱不耐煩等待自動總機結束的時候，有種想吐的感覺。要是沒有錄取的話……要是沒有錄取的話……

事實是，我不知道要是沒有錄取的話，我該怎麼辦。我還沒能想到答案，就聽到嗶的一聲，接著是珊卓那清楚簡潔卻矯揉做作的口音。聲音從小小的話筒傳來，聽起來又尖又細。

「喔，哈囉，蘿溫。可惜不能親口和妳說話——我猜妳在工作。這個嘛，我要說的是，我和比爾討論過了，我們很開心能聘請妳，前提是妳最晚可以在六月十七號開始上工，當然越早越好。我發現我們沒有討論到明確的薪資和信中我提過的獎金。我們計劃每個月提供妳一千塊英鎊，剩餘的薪水會在年底以完成獎金的方式支付，希望妳能接受——我明白這有些不尋常，但考慮到妳會和我們住在一起，不會有太多日常開支。如果妳願意接受請盡快讓我知道。喔，對了，前幾天很高興見到妳。孩子們那麼喜歡妳，我非常佩服，尤其是麥蒂。她不是特別好帶的孩子——呃，我開始瞎聊了，最好長話短說。總之我們很開心妳能加入我們，期待聽到妳的回覆。」

接著咔嗒一聲，她便掛斷了。

有那麼一會兒，我愣在原地。就只是站在那裡，拿著手機，對螢幕張大了嘴。接著是一陣強烈的雀躍感在體內流竄，我不自覺地跳起舞來，繞著圈跳躍，在空中揮拳，像個瘋子般咧嘴傻笑。

「天啊，妳是哪根筋不對啊？」一個菸嗓在我身後說道。我轉身，仍笑得合不攏嘴，看見珍妮靠在門邊，一手拿著香菸，另一手拿著打火機。

「我是哪根筋不對？」我說著，擁抱自己，洋溢著無法克制的快樂情緒。「我告訴妳我是哪根筋不對，珍妮。我得到一份新工作了。」

「喔。」珍妮彈開打火機時，表情看起來有點吃味。「妳不必表現得那麼洋洋得意。」

「喔，少來了。妳就跟我一樣受不了瓦爾。她在搞我們所有人，妳也很清楚。去年她提高了百分之十的學費，我們這些助理卻差不多只領最低工資。她不能永遠把問題怪罪在經濟不景氣上。」

「妳只是不爽是我升上了嬰兒室主任。」珍妮說。她深深吸了一口香菸，然後把香菸包遞給我。我正打算戒菸改善氣喘的毛病（呃，正式來說我已經戒菸了），但她的話正中要害，所以我拿了一根緩緩點菸，算是為了給自己時間重新調整我的情緒而不是因為我真的想抽菸。我確實曾經因為她升官而不爽，當時我真心覺得我的機會比較大。我遞出申請的時候心想自己穩操勝券——得知獲得職位的人是珍妮時，那股驚訝就有如一拳打在肚子上。但當時瓦爾說，雖然申請人有兩位，但職缺只有一個。她也無能為力。話雖如此，當時我仍然耿耿於懷，尤其是珍妮開始變得囂張跋扈，用她那粗啞的拖腔頤指氣使的時候。

「這個現在不重要了。」我說著，帶著甜美的微笑把打火機還給珍妮，然後吸了一口菸。「條件很好，是嗎？」她那自以為高人一等的微笑讓我忍不住帶著一點敵意加了一句：「的確非常非常好。」

「什麼意思？」珍妮說著，瞇起眼睛。「難不成高過三萬？」

我慢慢伸起手指，她睜大了眼。

「四萬？五萬？」

「而且還是住家褓姆。」我沾沾自喜地說，看著她驚訝得下巴都掉下來。她猛搖頭。

「妳在耍我的吧？」

「我沒有。」突然間，我不再需要抽菸了。我吸上最後一口，然後和後院其他的菸屁股丟在一起，用鞋後跟踩熄。「妳的菸謝了。現在，恕我失陪，我得打電話接受一份新工作了。」

我撥打珊卓的電話號碼，聽著鈴聲響了又響，然後轉進語音信箱。我在某種程度上鬆了口氣。我不想在珍妮面前被珊卓追問我的到職日。如果被她知道到職日是成敗的關鍵，她說不定會告訴瓦爾，而瓦爾就有可能故意刁難我。

「嗨，珊卓。」嗶聲響起後，我開口說。「謝謝妳的留言，我太高興了。我很樂意接受這份工作。我這邊必須先把一些事處理好，不過我會把到職日的事情用電子郵件通知妳。我相信那不成問題。還有……嗯，謝謝！我會再與妳聯絡。如果妳有任何需要我著手開始的，儘管告訴我。」

說完，我掛上電話。

同一天，我向瓦爾遞出辭呈。她努力表現出為我高興的樣子，但其實看起來很生氣。尤其是我把我累積至今的年假天數告訴她的時候。因為這表示我最後一天上班日會落在六月十六日，而非她以為的七月一日。她企圖說服我做到七月一日，把年假換成薪水。但我隱晦告訴她法院見的時候，她便屈服了。

接下來的幾天在一陣奔波之中過去了。珊卓所有的工資單都是透過曼徹斯特的一間公司遠距經辦。她希望我直接聯絡他們處理付款細節和身分證件，不必把所有文件資料大老遠寄到蘇格蘭。我以為過程會極其麻煩，說不定需要我前往曼徹斯特一趟，親自見我一面。結果整件事異常簡單，簡直簡單到讓人不安——我把珊卓那封附有參考編號的電子郵件轉寄給他們。他們回覆後，我再把他們要求的護照影本、水電帳單和銀行資料寄回去。一切進行得非常順利，猶如是命中注定一般。

鬼魂不會高興的。

這句話在我腦海浮現，以麥蒂尖銳的細小聲音說道。通常我會聳聳肩不當一回事，但那孩子氣的顫抖嗓音給那句話增添了一份詭譎。

不過那全是胡說，完全是一派胡言。我人在卡恩橋的時候，從頭到尾都沒見到任何靈異事件。八成只是想家的褓姆藉機利用的推託之詞。那些不過剛滿二十歲的女孩，不太會說英文，無法應付偏遠地帶以及與世隔絕的生活。那種女孩也出現在倫敦許多地方工作。我見多了，知道她們的把戲——我甚至接過一些緊急工作，就因為她們帶著單程機票趁夜逃跑，留下父母收拾爛攤子。這並非什麼罕見的情況。

我相對年長，也理智得多，而且我有非常好的理由把這份工作做好。再多所謂的「靈異事件」都不會讓我拒絕這個機會。

如今回頭看，我想把那個自以為是的年輕女子搖醒。她坐在自己倫敦的公寓裡，以為自己無所不知，什麼都見識過了。

我想給她一個耳光，告訴她她根本不知道自己在說什麼。

因為我錯了，雷克斯姆先生。大錯特錯。

不到三個禮拜後，我站在卡恩橋車站的月台上，身邊被更多的行李和紙箱包圍，數量之多彷彿不可能是一個人所帶得了的。

傑克沿著月台大步走來，車鑰匙在手上叮噹作響之際，他還真的失聲大笑出來。

「天啊，妳是怎麼把這麼多東西從倫敦搬過來的？」

「慢慢搬。」我誠實說道。「痛苦地搬。我叫了一輛計程車，可是簡直是惡夢一場。」

「啊，起碼妳人來了。」他說完，拿起我最大的兩個行李，在我企圖拿走他手中較小的那個行李時，輕輕推了我一下。「不、不，妳拿其他的吧。」

「請小心。」我焦急地說。「這些行李真的很重。我不想你把背弄傷了。」

他咧嘴一笑，彷彿這個可能性低得好笑。

「來吧，車在這邊。」

這天又是美好的一天——天氣晴朗炎熱——儘管太陽漸漸沒入地平線下，影子開始越拉越長。我們默默駛過林間小徑和荒野上的道路往海瑟布雷別莊前進時，金雀花跟著發出砰砰聲響。我們開上車道時，房子甚至比我印象中更美麗，沐浴在傍晚的餘暉下，大門開敞，狗四處奔跑，拚了命地吠個不停。我突然想到，珊卓和比爾不在家的時候，我除了照顧孩子們之外，狗說不定也得我來負責，心不禁一驚。或者，那也是傑克的工作呢？我得問問才行。兩個孩子外加一個幼兒我還游刃有餘。青少年也是，我勉強可以應付。至少我希望我可以。可是再加上兩隻活蹦亂跳的狗，我就有點應接不暇了。

「蘿溫！」珊卓張開雙手，奔出大門。我還沒完全踏出車外，她就像個母親般抱住我。接著，她往後一站，手揮向一個站在門廊陰影下的人影——微禿、頂著黑色平頭的高大男人。

「蘿溫，這是我丈夫比爾。比爾——這位是蘿溫．凱恩。」

所以這位——這位就是比爾．艾林庫爾。我一時片刻不知道該說什麼，只是站在原地，尷尬地意識到珊卓的手臂摟著我，不確定我該不該掙脫她的擁抱，走向前和他打招呼，還是——

我仍猶豫不決愣在那裡的時候，他替我解決了難題。他邁步朝我走來，伸出手，公事公辦地對我笑了一下。

「蘿溫，真高興總算見到妳了。珊卓跟我說了好多妳的事情。妳的履歷表令人印象深刻。」

我心想，你不知道的事還多著呢，比爾。這時，他拿起後車廂的一個行李，掉頭往房子走去。我深吸一口氣，準備跟上去。與此同時，我的手緊張地去找項鍊。但這次，我沒有撫摸項鍊那熟悉的飾紋，反而把墜飾偷偷塞進領口，匆匆跟在他們後面。

到了廚房，我們一起喝咖啡。我緊張地坐在一張金屬高腳椅的邊緣，比爾則詢問我的資歷。

這種緊張不安是珊卓面試我時不曾有過的感覺。我想要……我不知道。我想我是想討好他吧。但同時，聽著他叨叨不休說著他繁忙的行程、在蘇格蘭高地招聘員工的難處，以及前幾任褓姆的缺失，我就越來越想要把他搖醒。

我不知道我之前對他的想像是什麼。大概是某個成功人士吧。我從徵人啟事和這棟房子已經知道這一點。某個受上天眷顧的人——擁有美麗的孩子、才華洋溢的妻子和有趣的工作。這些我都不意外。但他是那麼……那麼愜意，全身上下豐盈飽足。我的意思不是說他胖，而是他在身心上、在財務上都受盡保護，而他卻沒有意識到這一點。是他的無知讓我覺得更氣。

你知道那是什麼感覺嗎？他抱怨園丁為了接下在愛丁堡的一份全職教學工作而離職，責怪幫傭弄壞了水槽價值八百英鎊的廚餘處理機，卻因為不敢告訴他們而不告而別的時候，我只想對他大喊：你知道身為那些沒有你的財富、保障和特權的平凡人是什麼感覺嗎？

他坐在那裡長篇大論，彷彿天底下沒有比他那些無足輕重的問題更重要的了。而珊卓崇拜地凝視他的臉，彷彿很樂意聽他一直抱怨下去，我只想抓住他的雙肩，對著他的臉咆哮。他……我突然恍然大悟，痛苦地意識到真相。他是個自私自利的人。一個自私自利、以自我為中心的男人。他沒問我任何一個私人問題——甚至沒有客套問我這趟路程好不好。他一點也不在乎。

我不知道我見到他的時候會有什麼感覺——這個男人打算把孩子單獨留給一個女人幾個星期，卻連花時間面試她都不願意——但我沒料到會感覺到如此強烈的敵意。我只知道我必須努力克制自己，否則我會把那股情緒表現在臉上。

或許珊卓發現了我的尷尬不自在，因為她突然輕笑一聲，插嘴說話。

「親愛的，蘿溫不想聽我們的家務事。記得別把餐具放進廚餘處理機就是了，蘿溫！好了，不開玩笑，總之所有的注意事項都在這裡。」她拍拍夾在手上那鼓鼓的紅色資料夾。「這是我上禮拜寄給妳那份文件的實體副本。如果妳還沒有機會坐下來讀過的話，總之上面非常詳盡，從如何操作洗衣機到孩子們的就寢時間，以及她們愛吃和不愛吃的食物等等。如果妳有任何疑慮，這裡都找得到答案。當然妳也可以隨時打電話給我。妳下載幸福了嗎？」

「什麼？」

「幸福——居家管理應用程式。我記得我把授權碼寄給妳了？」

「喔，抱歉，應用程式。對，我下載了。」

她看起來放心不少。

「嗯，這是最主要的事情。我已經把所有妳需要的權限設定在應用程式裡面了，當然它也可以代替嬰兒監控器，不過我們在佩特拉房間也有一個普通的監視器。妳知道的，以防萬一，不過那個程式很棒。還有什麼……喔，食物！我幫妳規劃了一份菜單……」她從資料夾第一頁的塑膠夾裡抽出一張紙。「上面都是她們吃起來沒問題的食物。所有食材都買齊了，所以第一個禮拜已經安排妥當。超市網購之類的密碼上面也統統找得到。這裡有一張用來支付任何家庭費用的信用卡。帳單會直接寄給我和比爾，不過記得留收據——妳不用保留實體收據，用手機照一下就可以了。嗯……還有什麼……我猜妳應該有很多問題吧？」

她用有點期待的口吻說出最後那句話，雖然我不太確定她是希望我請她繼續往下說，還是希望我會說沒有問題。

「電子郵件我讀過了。」我說。但事實上，我只是稍微翻閱過而已，因為整個檔案密密麻麻，將近有五十頁之多。「當然有一份影本將會幫上大忙——翻閱實體文件總是比較簡單。內容十分淺顯易懂。我想我差不多都搞懂了——佩特拉的作息表、艾莉的過敏症、麥蒂的——呃——」我欲言又止，不確定珊卓用炸藥性格形容她女兒的字眼，該如何換個方式表達。聽起來麥蒂挺難搞的，或至少有這個可能。

珊卓與我四目相交，注意到我的尷尬處境，於是對我無奈地笑了一下，像在說：我懂。

「嗯哼，尤其是麥蒂！這週末蕾安娜留在學校參加期末慶祝活動，下禮拜就會回家。我會叫人去接她，其他事情也都安排好了，所以不用擔心，什麼事都不用擔心。還有什麼……還有什麼……」

「我想妳離開前，我們應該很難把所有事情全部處理好。」我試探性地說。「我知道妳在郵件裡說過下個禮拜有一場貿易展覽會——確切時間是什麼時候開始？下個星期六嗎？」

「喔。」珊卓看起來大吃一驚。「我沒說嗎？天啊，這可有點失策。這……呃……這其實是唯一的問題。是星期六開始沒錯，但不是下個星期六，而是這個星期六。我們明天就要走了。」

「什麼？」我一時之間還以為自己聽錯了。「妳說你們明天就離開嗎？」

「是的……」珊卓說著，表情瞬間變得沒把握。「我們搭下午一點半的車，所以吃完中餐就立刻出發。我……這樣會有問題嗎？如果妳沒把握能直接上工的話，我可以把前幾天的會議重新安排……」

她的聲音越來越小，我用力嚥了一口口水。

「沒事的。」我帶著一種舉棋不定的自信口吻說。「我是說，我總有一天得獨當一面。我想是這禮拜或下禮拜沒有太大差別。」

妳瘋了嗎？一個聲音在我腦海大叫。妳頭殼壞了嗎？妳根本不認識這些孩子。

但另一部分的我低聲說著大相逕庭的話——太好了。因為在某種程度上，這讓一切變得相對簡單。

「我們見機行事吧。」珊卓說道。「我會隨時保持電話聯絡——萬一孩子們太浮躁，我大概有辦法在星期三左右飛回來？第一個禮拜妳只要照顧幾個小的，但願這樣過渡期會輕鬆一些……」

她又停下來，這次有點尷尬，但我在點頭。我真的在點頭，表情因為努力忍住自己的真實情緒而顯得僵硬。

「好。」珊卓總算開口說。她放下咖啡杯。「佩特拉已經睡了，不過另外兩個正在視聽室看佩佩豬。我不想把我最後一晚陪伴她們的睡覺時間完全交給妳，不過我們就一起完成吧，讓妳熟悉一下她們的作息？」

我點點頭，跟隨她穿過漆黑的玻璃圓頂，走向視聽室的暗門。

進去後，視聽室的窗簾是拉上的，地板仍滿是散落的得寶樂高和破舊的洋娃娃。兩個小女孩穿著法蘭絨睡衣，手裡緊抱著柔軟的泰迪熊，一起蜷坐在沙發上。麥蒂在吸大拇指，不過她一看見她媽媽進房，就很快抽出來，有些內疚地嚇了一跳。我暗暗記住得去資料夾查查她那個習慣。

我們在沙發扶手上坐下。節目就快接近尾聲，珊卓憐愛地撥弄艾莉的滑順捲髮，然後拿起遙控器把電視關掉。

「喔，媽～～～～～！」兩人立刻同時怨聲四起，但有點零零落落的，彷彿她們早知道珊卓不會妥協。「再看一集就好！」

「不行，親愛的。」珊卓說。她抱起艾莉。艾莉把雙腿盤在媽媽的腰間，臉埋進她的肩膀。「時間非常晚了。走吧，我們上樓去。幸運的話，蘿溫今晚就會唸一本故事給妳們聽喔！」

「我不要蘿溫。」艾莉在她媽媽的鎖骨凹陷處低聲說。「我要妳。」

「嗯……我們上樓再看看吧。」珊卓說。她調整到比較舒服的姿勢抱住艾莉，接著把手伸向麥蒂。「來吧，寶貝。我們走吧。」

「我要妳。」艾莉固執地說。珊卓開始上樓，我尾隨在後。珊卓回頭，偷偷對我翻個白眼，再笑了一下。

「這樣吧。」她輕聲細語對艾莉說，但又故意大聲得讓我能聽見。「也許我說完一個故事後，蘿溫會再說一個。聽起來怎麼樣？」

艾莉對此沒有回應，只是把埋在珊卓鎖骨上的臉埋得更深了。

到了二樓，樓梯間的窗簾是拉上的。我能看見佩特拉房裡的夜燈透出微弱的粉紅光暈蔓延至地毯上。珊卓監督兩人刷牙上廁所，我則沿著鋪有柔軟地毯的走廊，朝麥蒂和艾莉的房門走去。

映入眼簾的，是兩張小床，分別沐浴在床頭燈的柔光之下，一張粉紅色，另一張是有點深的蜜桃色。兩張床的上方各掛了一系列的相框——一幅寶寶腳印、一張隱約看得出來是貓咪的塗鴉畫、一幅用兩個小胖手壓出的蝴蝶——纏繞在相框之間的是一串彩色小燈泡，提供柔和的照明。

整個房間完美如畫——就像兒童房型錄上會出現的插圖。

我小心翼翼在其中一張小床的床尾坐下，等著總算聽見腳步聲和喃喃抱怨的說話聲，但很快被珊卓制止。

「噓，麥蒂，妳會吵醒佩特拉的。快過來，把睡袍脫掉，到床上去。」

艾莉跳進她的床，但麥蒂冷冷地站在那裡好一會兒，注視著我。接著我才意識到，一定是因為我坐在她床上的關係。

「妳要我走開嗎？」我問道，但她不發一語，只是叛逆地交疊雙臂，爬上床，把臉轉向牆壁，假裝我不在這裡。

「我該坐在懶骨頭上嗎？」我問珊卓。但她輕笑一聲，搖搖頭。

「沒事的，待著吧。麥蒂與人變熟有時候需要一點時間，對不對啊，寶貝？」

麥蒂沉默不語，我想我不怪她。聽到自己當著一個陌生人的面像這樣被討論肯定很不舒服。

珊卓開始讀起小熊維尼的故事，嗓音低沉，富有催眠力。等她終於唸完最後一個句子之後，她湊上去查看艾莉的臉。她的雙眼閉上，發出極度輕柔的鼾聲。珊卓親吻她的臉頰，關上燈，然後起身走向我。

「麥蒂。」她非常小聲地說。「麥蒂，妳想聽蘿溫唸個故事嗎？」

麥蒂不說話，於是珊卓湊上去偷看她仍面向牆壁的臉。她的雙眼已經緊閉。

「秒睡！」珊卓輕聲說，帶著一絲勝利的口氣。「妳的說故事表演得等到明天了。可惜我聽不到。」

她也親吻了麥蒂的臉頰，替她把被子往上拉一點，把某個軟綿綿的玩具塞在她下巴底下，我看不太清楚是什麼。接著，她也關掉麥蒂的燈，只留下夜燈的微光。她最後一次回頭看著熟睡中的女兒，然後開始往門外走，連同我跟在後面。

「請妳出來順便把門帶上好嗎？」她問我，於是我轉身準備關門。我回頭看著那兩張小床和睡在上面的孩子，兩人如今籠罩在陰影下。

夜燈非常柔和，貼近地面。除了女孩們床鋪四周的影子之外，沒能照亮什麼東西。但頃刻間，在一片漆黑中，我覺得我好像看見兩隻閃閃發亮的小眼睛瞪著我。

接著又突然閉上，於是我帶上身後的門。

那天晚上，我夜不成眠。不是床的關係。床還是跟之前一樣舒適奢華。不是室溫的關係。我起初走進房間時，房裡十分悶熱。但我好不容易說服系統轉換成涼爽模式。現在空氣溫暖宜人。甚至不是因為明天就得和孩子們獨處的緣故。真要說的話，想到可以擺脫比爾和珊卓反而讓我覺得如釋重負。嗯……不是珊卓……老實說主要是比爾。

我的腦海再次閃過這天夜晚結束時那尷尬不自在的氣氛。我們本來坐在廚房聊天，後來珊卓伸個懶腰，打起呵欠，說她今天打算早點休息。

她親了比爾一下，朝樓梯走去。我正想跟她一起離開時，比爾問也沒問就幫我們兩人的酒杯重新斟滿酒。

「喔。」我漫不經心地說。「我不……我是說我應該……」

「沒關係。」他把酒杯推給我。「再一杯就好。畢竟，這是我把孩子託付給妳照顧前能夠認識妳的唯一機會！妳對我來說就和陌生人沒兩樣。」

他對我咧嘴一笑，黝黑的臉頰出現皺紋。我好奇他年紀多大了。從四十歲到六十歲都有可能，很難看得出來。他戴著一副無框眼鏡，有一張歷經風霜的黝黑臉龐。平頭給了他一種不顯老的優勢，有點布魯斯．威利的感覺。

我非常疲倦了——長途旅行和打包行李的壓力終於狠狠朝我襲來。但他那番話也是事實，我不禁在內心嘆口氣，把酒杯拉向自己。畢竟他說得沒錯。現在確實是他離開前我們認識彼此的最後機會。拒絕他似乎很奇怪，像是在推託。

他用一隻手托著下巴，看著我拿起酒杯湊到嘴邊。他歪著頭，目光從酒杯來到我的嘴唇，定睛不動。

「所以，妳是什麼人，蘿溫，凱恩？」他問。他的聲音有點含糊，我不禁好奇他到底喝了幾杯。

他的語氣、他直截了當的提問，以及強烈得叫人不自在的親暱目光，在在讓我心神不寧。

「你想知道什麼？」我故作輕鬆地說。

「妳讓我想起某個人……可是我想不起來是誰。可能是一個電影明星。妳有什麼出名的親戚嗎？在好萊塢的姊妹？」

聽到這有點老掉牙的台詞，我輕笑一聲。

「不，絕對沒有。我是獨生女。而且，我的家人都再平凡不過。」

「或許是工作上遇到的……妳家有人從事建築業的嗎？」

我想起我繼父的保險業務生意，差點忍不住翻了個白眼。幸好，我只是堅定地搖了搖頭。他隔著酒杯看著我，皺起眉頭，鼻梁出現一條很深的皺紋。

「可能是那個……她叫什麼名字。那個演穿著Prada的惡魔的女演員。」

「誰，梅莉．史翠普？」我說著，緊張得笑了一聲。他不耐煩地搖搖頭。

「不是，是另一個。年輕的那一個。對了，安．海瑟薇。妳長得跟她很像。」

「安．海瑟薇？」我盡量不表現出內心的質疑。安．海瑟薇如果胖個二十到二十五公斤，臉上有痘疤，頂著髮廊學徒剪出來的髮型的話，或許有點像吧。「我得說，比爾，你人真的太好了。但這是我第一次聽到有人這麼說。」

「不過，不只是那樣。」他起身繞過早餐吧檯，來到我這一側，在我正對面閃閃發亮的拋光金屬高腳椅坐下，雙腿張得很開，導致我只要一動就容易摩擦到他的大腿。「不，不只是那樣。我覺得我們絕對見過。妳說妳在這份工作之前是替誰做事？」

我不加思索地把所有工作說了一遍，但他搖搖頭，不甚滿意。

「一個都不認識，可能是我誤會了。我只是覺得我會記住這張臉……這個嘛，像妳這樣的臉。」

幹。我的胃突然一陣痙攣。這種情況我已經遇過太多次，很清楚事情會朝什麼方向發展。我畢業後的第一份工作，是老闆一邊拿加薪誘惑我、一邊稱讚我桃紅色胸罩的年輕女服務生。無數的假日夜晚遇上無數的變態，把他們擋在我和大門之間。幼兒園的那些好色爸爸，拿他們生完小孩的太太博取同情，哭訴她們都不懂他們……

比爾就和他們是同一種人。

他是我的雇主。他是我老闆的丈夫。最糟的是，他是……

天啊，我沒有勇氣說出口。

我的雙手開始顫抖。我握著杯腳的十指抓得更緊了，企圖遮掩。

我清清喉嚨，把我的高腳凳往後挪，但椅子卡在早餐吧檯邊。比爾穿著牛仔褲的肥胖大腿擋住我的去路，有效阻礙我跳下椅子。

「嗯，我最好快點上樓了。」我的聲音緊張得有點尖銳。「明天得早起呢，對吧？」

「不急。」他說著，拿走我手中的酒杯，斟滿，然後把手伸向我的臉。「只是妳……妳這邊沾到一點……」

他那微濕的柔軟拇指輕輕撫過我的嘴角，緊接著我感覺到一腳膝蓋輕輕地挪進我的雙腿之間。

我瞬間愣住了，身體湧上一股慌亂的噁心感，令我窒息。接著，我突然猛地回過神來，一下子跳下高腳凳，從他旁邊跑開，速度快得不小心打翻酒杯，在水泥地上灑了一地。

「抱歉。」我結結巴巴地說。「真的很抱歉。讓我來，我去拿條抹布——」

「沒關係。」他說。他絲毫不覺得尷尬，只是被我的反應逗得很樂。他留在原地，半坐半靠著高腳椅，模樣自在。而我則抓了一塊抹布，開始擦拭他雙腿之間的地板。

我抬頭看了他一眼，他低下頭，我的腦海突然閃過那聽過不下千次、總是伴隨著下流笑聲的嘲諷。親愛的，既然妳都在下面了，就順便……

我站起來，漲紅了臉，把沾滿酒漬的抹布扔進水槽。

「晚安，比爾。」我突然脫口而出，接著立刻轉身。

「晚安，蘿溫。」

我頭也不回，爬了兩段樓梯直接回房睡覺。

我把新房間的門關上後，立刻感覺到一陣排山倒海的解脫感。我稍早整理過行李，雖然房間感覺還不像家，但確實有種待在屬於自己小小領地裡的感覺，讓我可以伸展四肢的地方，不用再偽裝，不用再演完美褓姆蘿溫的角色，只需要做……自己。

我把橡皮筋拉掉，感覺到我那整齊俐落的馬尾散了開來，變成一頭豐厚粗硬的頭髮披在肩上。抵達至今掛在臉上的那抹討喜又有禮的微笑放鬆下來，變成疲倦的平靜表情。我脫掉開襟毛衣、襯衫和粗花呢裙的時候，感覺就像卸下了層層偽裝，變回在我外表背後的女孩——那個週末一整天都穿著睡衣的女孩，那個躺在沙發上不是在看勵志書，而是沉迷於電視實境節目的女孩。那個會大罵比爾是他媽爛人的女孩，而不是愣在原地，客氣得動彈不得，最後自己主動清理乾淨。

複雜的控制面板是求之不得的分心工具，讓我不得不去思考的事情。等我總算把暖氣調到比較合理的溫度、想起該怎麼操作淋浴間後，心跳也比較平緩了。我開始說服自己接受目前的情況。好，所以比爾是個變態。他不是我第一個遇過的變態。為什麼我會那麼失望呢？

當然，我知道答案。但重點不只是他這個人，而是他所代表的一切——把我帶來這裡的所有苦功和精心策劃，在我決心申請這份工作時伴隨的所有希望和夢想。生平頭一遭，有件事能夠按部就班地進行，那種順風順水的感覺。當初整件事感覺很完美——也許太完美了。當中肯定有美中不足的地方，也許那個不足就是比爾。

突然間，那些靈異事件不再那麼神秘了。真相不是喜歡惡作劇的鬼，只是一個管不住自己老二的五十多歲普通男人。千篇一律的老套故事。

話雖如此，這對我仍是一大沉重打擊。

一直等到我洗完澡、刷完牙、在床上躺好之後，我才抬頭看向天花板。我看著一盞盞的嵌燈，看著門邊一閃一閃的煙霧偵測器，然後……角落那裡還有別的東西。那是什麼啊？防盜警報器？第二顆煙霧探測器？

或者那會不會是……

我想起幾天前，我還沒離開時珊卓說過的話……整棟房子都接上了網路……

那不會是攝影機吧……可能嗎？

不可能。那樣就太變態了。這麼做可是非法監視。我是員工——希望保有隱私是很合理的事，不管正確的法律術語為何。

儘管如此，我仍爬起來，穿上睡袍，拿著一張椅子在地毯上拖行，來到角落那個蛋形裝置的下方。我的其中一隻襪子躺在地上，是洗澡前脫下來的。我撿起襪子，爬到椅子上，踮起腳尖用襪子蓋住裝置。我剛剛好搆得到。襪子完美遮住裝置，空空的趾尖疲軟地懸在那裡，看起來有點惆悵。

雖然有點荒謬，但在這之後，我才放心爬回床上，總算讓自己入睡。

夜裡，我猛然驚醒，隱約感覺有事不對勁——卻無法確切說出是哪裡不對勁。我躺在床上，心怦怦直跳，納悶是什麼事把我吵醒。我沒印象自己剛剛在做夢——就只是突然恢復意識。

過了一分鐘左右又出現了——一個聲音。腳步聲。嘎吱……嘎吱……嘎吱……謹慎緩慢，就好像有人在木地板上走動。但這完全沒道理，因為這裡每個樓層都鋪著厚地毯。

嘎吱……嘎吱……嘎吱……聲音空洞、沉重、響亮……比較像男人不疾不徐的行走聲，而不是孩子的蹦跳聲。聽起來像是從上面傳來的，但這實在荒謬，因為我就住頂樓。

我緩緩坐起來，摸黑尋找電燈開關。但我開關一按，卻什麼也沒發生。我再按一次，接著哀號一聲，意識到自己肯定是在主面板上不小心把檯燈設定成手動控制了。我無法面對大半夜還得和控制面板搏鬥，冒著開啟音響系統之類的風險。因此，我抓起正在充電的手機，打開手電筒。

我感覺胸口一陣憋悶，於是拿出吸入器吸了一口。突然間，我發現房間冷到不行。想必是前一晚調整溫度的時候調過頭了。現在，站在溫暖的被窩外，寒意實在令人難受。不過睡袍就在床尾，所以我穿上睡袍，站在那裡，努力不讓牙齒打顫。手電筒的細小光束僅照亮一條狹窄的米色地毯，用處不大。

腳步聲已經停止。我猶豫片刻，屏住呼吸仔細聽，好奇腳步聲會不會再次響起。無聲無息。我對著吸入器再吸了一口，邊等待邊仔細思考著。還是無聲無息。

被窩依然溫暖，鑽回棉被底下、假裝自己什麼也沒聽見的想法很吸引人，但我知道我起碼得去查過聲音來源，否則我絕對睡不好。我把睡袍的腰帶綁緊，把房門打開一條門縫。

外面空無一人，但我還是往放掃把的壁櫥裡瞧。想當然耳，除了掃把和閃著充電燈的吸塵器外，完全沒有別的東西。任何體型大過老鼠的東西都不可能藏在這裡。

我關上壁櫥，然後感覺像個非法入侵者似地，嘗試打開蕾安娜的房門，堅決不理她用紅色唇膏潦草寫在門上的滾一邊去，否則你就死定了的字樣。我以為房門八成上了鎖，但門把毫不費力一轉，沉重的房門就打開了，在厚地毯上摩擦發出唰唰聲。

房間內黑得伸手不見五指，遮光窗簾密實拉上，但很難形容，就是有一種空房的感覺。但我仍拿起手機，用手電筒的細小光束在牆壁之間照來照去。空無一人。

就這樣。這層樓沒有其他房間了。而頭頂的天花板光滑無裂縫，根本連個閣樓暗門都沒有。儘管我記憶中的那些聲音消失得很快，但聽起來就是從樓上傳來的不會錯。或許是有什麼東西在屋頂上？鳥？反正不可能是有人在上面遊蕩徘徊，這點很明確。

我又打個了哆嗦，回到自己的房間，站在地毯正中央猶豫了一會兒，邊聽邊等著那聲音再次傳來，卻始終悄然無聲。

最後我關掉手電筒，爬回床上，蓋上棉被。但這次，我花了好長一段時間才入睡。

「媽咪！」

特斯拉沿著車道蜿蜒開往大馬路。艾莉跟在後面奔跑，淚水直流，望著傑克的車速超過她的小短腿越開越遠。

「媽咪，回來！」

「拜拜，親愛的！」珊卓從後座的車窗探出頭來，車子加速時，她的一頭金髮迎風吹打著。她的臉上帶著開朗的笑容，但我看得出她眼神中的悲傷。我知道她是為了孩子著想，才一直裝作開心的模樣。比爾沒有回頭。他坐在珊卓旁邊的後座上低頭看著手機。

「媽咪！」艾莉著急地大叫。「艾莉，拜託別跑！」

「寶貝們拜拜！妳們和蘿溫會擁有一段愉快的時光。我很快就回來了。再見！愛妳們喔！」

接著，車子在車道上拐了個彎，消失在林間。

艾莉的腳步變慢，跌跌撞撞停下來。她難過地大哭起來，然後戲劇性地仆倒在地。

「喔，艾莉！」我把佩特拉抱高一點，慢慢沿著車道跑向面朝下躺在碎石子地上的艾莉。「艾莉，親愛的，走吧。我們一起去吃冰淇淋。」

根據珊卓的育兒指南，我知道這是很難得的享受，不是天天發生的事，因為兩個孩子吃冰淇淋容易變得亢奮。然而，艾莉只是搖了搖頭，哭得更大聲了。

「走吧，甜心。」抱著佩特拉的我有點困難地彎下腰，握住她的手腕，想把她拉起來。她卻大叫一聲，手一扭把我甩開，小粉拳用力捶在碎石子地上。

「唉唷！」她大叫，哭得更厲害了，用憤怒、紅腫又充滿淚水的雙眼抬頭看我。「妳弄痛我了！」

「我只是要——」

「走開，妳弄痛我了，我要告訴媽咪！」

我駐足片刻，站在她趴伏的憤怒身軀上方，猶豫不決，不確定該怎麼辦。

「走開！」她再次大聲尖叫。

最後，我嘆口氣，開始沿著車道折返，往房子走去。

把她留在那裡感覺不妥，那裡基本上就是馬路中央。但車道尾端的柵門是關上的，傑克至少還要半小時才會回來。

但願她在那之前就已經冷靜下來，讓我可以把她哄回房子裡。

抱在腰間的佩特拉開始鬧脾氣，我忍住嘆氣的衝動。拜託，不要連她也崩潰了。另外，麥蒂到底在哪裡？她在爸媽離開前就不見人影，腳步輕快地跑進林間，往房子的東邊走，不肯道別。

「喔，隨她去吧。」比爾當初這樣說，看著珊卓急忙跑上跑下，企圖找到她，親親她，和她說再見。「妳知道她的個性。她喜歡私下默默舔她的傷口。」

舔她的傷口。只是一句無害的陳腔濫調，對吧？當時我沒有多想，但如今我很好奇。麥蒂有沒有受傷呢？如果有，怎麼弄傷的？

我一邊思索，一邊緩緩沿著車道往回走，輕輕搖晃著越來越生氣的佩特拉。

進屋後，我把佩特拉放進她的兒童高腳椅，扣好安全帶，接著查看紅色資料夾，想知道裡面是否碰巧提到了萬一有孩子消失在地球表面的話，應該怎麼做。整本資料夾肯定至少有八公分厚。早餐後我稍微翻閱了一下，知道裡面的資訊包羅萬象，從服用退燒藥的劑量和時間、睡前儀式、最喜歡的書、尿布疹的處理程序、寫作業的時間表，一直到孩子們的芭蕾舞衣該用哪種洗衣膠囊。基本上，一天中的每個時間都解釋得鉅細靡遺。從提供的零食種類，到選擇的電視節目，以及孩子們允許觀看的時間。

唯一沒提到的就是孩子消失無蹤該怎麼辦——至少就算有，我也找不到那一頁。不過正當我瀏覽細心加註的「日常週末」時，發現佩特拉的午餐時間已經過了，這或許解釋了她的煩躁不安。我不太想在找到麥蒂和艾莉之前開始備餐，但我至少可以給佩特拉一點零食安撫她，讓她停止鬧脾氣。

早上六點，紙上寫道。三個小的（尤其是艾莉）容易提早醒來。為此，我們安裝了睡眠訓練應用程式「幸福小兔時鐘」在兩個女兒的房間裡。那是一個電子鐘，螢幕上有一隻酣睡小兔的畫面。早上六點一到，畫面就會悄悄變成一隻完全清醒的「幸福小兔」。如果艾莉在這之前醒來，請溫柔（！）鼓勵她看看時鐘，回到床上，如果小兔仍在睡覺的話。當然，是不是做惡夢或尿床，請自行判斷。

天啊。這棟房子有什麼不是靠這該死的應用程式控制的嗎？我繼續往下讀，跳過建議服裝和陰雨天穿的衣服，以及可接受的早餐選擇，直到來到上午十點。

10:30到11:15——點心時間。可提供一些水果（香蕉、藍莓、葡萄，請給佩特拉四分之一的分量）、葡萄乾（少量即可——小心蛀牙！）、麵包棒、米餅或小黃瓜條。草莓不行（艾莉會過敏），堅果不行（堅果醬可以，但我們只買無糖和無鹽的那種）。最後，佩特拉不能吃含有精製糖或過量鹽分的點心（另外兩個大的可以適量吃點糖）。如果妳們在戶外，這可能很難控管，所以在那種情況下，我建議帶個點心盒。

好吧，起碼應用程式不負責準備點心。話雖如此，我做其他褓姆工作的時候從來沒碰過這樣詳細的程度——在小童幼兒園，員工手冊就是一份輕薄的小冊子，內容主要集中在如何請病假。當然也有規矩。看電視的時間、懲罰、底線、過敏——這些都很正常。

但這個——我在幼教界已經待了將近十年，她難道以為我不曉得葡萄要先切過嗎？

我蓋上紅色資料夾，推到對面的桌上後，忍不住思索。是因為頻繁更換員工導致珊卓的控制欲變得如此強烈嗎？或者她只是一個拚了命想要照顧家庭的女人，儘管她無法親自在場？不用說，比爾對於把自己的孩子交給一個陌生人完全不覺得內疚，無論那人的資歷有多優秀。但珊卓的資料夾說明了她是完全不同類型的家長——一個對自己的處境感到左右為難的人。倘若如此，她為什麼那麼堅決要和比爾一起去，而非待在這裡，就是令人費解的問題了。真的只是出於工作考量嗎？還是另有隱情呢？

清水模桌的正中央有一只巨大的大理石水果缽，裡面裝滿了新鮮的柳橙、蘋果、蜜柑和香蕉。我嘆口氣，拔下一根香蕉，剝好皮，放了幾塊在佩特拉的淺盤裡。

接著，我走進視聽室，看看麥蒂是否回來了。她不在視聽室，也不在客廳，依我看也不在房子裡的任何地方。最後，我走到雜物間，站在她開了未關的門前，朝林間叫道：

「麥蒂！艾莉！我和佩特拉在吃冰淇淋唷。」我停頓，聆聽有沒有跑步聲或樹枝被踩斷的聲音。無聲無息。「撒了彩色巧克力米喔。」我其實不確定有沒有巧克力米，但到了這個節骨眼，我已經不在乎打假廣告，我只想知道她們倆在哪裡。

依舊是一片沉默，只聞鳥啼聲。太陽躲進雲後，空氣變得出奇寒冷。我打了個冷顫，感覺到赤裸的手臂爬滿雞皮疙瘩。忽然之間，熱可可似乎比冰淇淋更為合適，儘管現在才六月。

「好吧！」我再次大聲說，這次提高音量。「多的巧克力米我就吃掉嘍！」

我走回房子裡，讓側門留下一條門縫。

進廚房時，我起先沒注意到，後來仔細一瞧，差點沒嚇壞。

佩特拉在早餐吧檯另一邊的高腳椅上站起來，得意地對我揮舞著一塊香蕉。

「靠！」

我瞬間失去所有感覺，只是站在原地，動彈不得，看著她那危險的姿勢。在她下方是無情的水泥地，她那搖搖晃晃的雙腳就踩在易滑的木頭上。

就在這時，重拾理智的我拔腿開跑，途中被一隻亂丟的泰迪熊絆了一下。我跌跌撞撞繞過吧檯，一把將她抱起，嚇得心臟都快跳出來。

「喔，我的天啊。佩特拉，壞孩子。妳千萬不能這樣。天啊，喔，老天爺啊。」

她有可能死掉——簡單來說就是這樣。要是她摔下來，撞上水泥地，肯定腦震盪。我根本來不及接住她。

我怎麼會那麼蠢？

我照顧學步兒的經驗不可勝數——該做的我全都做了，把她的高腳椅拉離檯面，好讓她不能用腳把自己往後推。而且我非常確定我有把安全帶扣好。插扣非常堅硬，小手不可能打得開。

她是怎麼掙脫的？

她是用扭的把插扣扭開的嗎？

我檢查安全帶的插扣。一邊仍繫得很牢。另一邊卻彈開了。該死。我想必是扣得不夠用力，給佩特拉鬆開了，然後想辦法扭動身體，掙脫了另一側的束縛。

所以到頭來這確實是我的錯。想到這裡，我嚇得雙手發冷，羞愧得兩頰發燙。謝天謝地事情發生的時候珊卓不在場。這可說是每個褓姆最基本的兒保知識。她本來有權當場把我開除的。

不過，當然了……她仍可這麼做，如果她一直在監視攝影機的話。我的目光不由自主朝天花板瞄了一下。果不其然，在廚房盡頭的角落是那個小小白色的蛋形裝置。我感覺到自己滿臉通紅，於是匆匆把臉別開，想像珊卓看見我的內疚反應。

幹。幹。

唉，我也無能為力。只能祈禱珊卓和比爾除了日日夜夜盯著監視攝影機以外，有其他更重要的事要做。我有自信比爾離開後至今大概連瞄都沒瞄一眼，可是珊卓……那本資料夾說明了她一絲不苟的認真態度。這是我沒預料到的，當初面試時她的舉止是那麼輕鬆愉快。

然而幸運的話，他們可能剛好處在訊號不良的地方，或甚至已經上飛機了。影片有錄下來嗎？會儲存多久？我不知道，不知怎地我好奇答案是否在資料夾裡。

突然認清的現實令我惴惴不安。此時此刻，我可能被人注視著。

我帶著某種表演的心情，把佩特拉緊緊抱在胸前，然後在她的頭頂顫抖地親了一下。我的雙唇可以感覺到她那柔軟的囟門，嬰兒那脆弱又尚未完全閉合的頭骨。

「別再那樣了。」我口氣堅決地告訴她，感覺腎上腺素仍在體內流動。後來，我好不容易恢復正常，把她抱高，帶她到水槽邊，幫她擦臉。接著，我看一眼手錶，努力緩慢正常地呼吸，想起在佩特拉把我嚇得魂飛魄散之前，我本來在做的事。

時間剛過一點。資料夾上說佩特拉在「12:30至1點」吃中餐，然後在下午兩點睡午覺。儘管這麼說，她卻開始鬧脾氣，一邊生氣地揉眼睛。我發現自己在心中計算時間，想找出解決辦法。在幼兒園，孩子們通常在中餐過後直接睡午覺，大約下午一點左右。

我不想那麼早就打亂她的作息，可是另一方面，非得把一個暴躁疲倦的小寶寶拖延到特定的時間才能休息也不是好主意，如果她是那種越累越亢奮的孩子，說不定還會造成晚上也睡不好。我低頭看著她的頭頂，拿不定主意。想到能有一小時左右的安靜時光去尋找麥蒂和艾莉，突然變得非常令人心動。少了一個難搞的拖油瓶肯定會輕鬆得多。

佩特拉煩躁得伸起她握緊的拳頭搓揉雙眼，累得哭了起來，於是我下定了決心。

「來吧。」我大聲說著，帶她上樓回房。房裡的遮光窗簾已經是拉上的。我按照資料夾的指示打開天花板發亮的小風鈴，輕輕把她放進嬰兒床。她翻身趴在床上，小臉摩擦著床墊。我安靜坐在她旁邊，一手放在她扭動的背上，天花板和四周的牆面則播放著柔和的燈光秀。佩特拉正在喃喃自語，但她的哭聲越來越小，我看得出來她隨時準備進入夢鄉。

終於，她似乎完全熟睡了。我小心起身，把她的兔兔安撫巾輕輕塞到一隻手底下，讓她醒來時找得到。有那麼一會兒，她驚醒過來，我嚇得不敢亂動。但她只是把安撫巾抓緊，發出一記輕柔的鼾聲。我鬆了一口氣，拿起掛在嬰兒床尾的嬰兒監控器，塞進皮帶，然後踮著腳走出房間。

我站在樓梯間，聆聽奔跑的腳步聲或孩子的笑聲，但房子一片死寂。

她們到底在哪裡？

我沒去過珊卓和比爾的房間，但從房子的格局可以知道他們房間的窗戶肯定能俯視車道。於是我稍微屏住呼吸，轉動門把，打開房門。

眼前的景象讓我暫時忘記了呼吸。主臥室極度寬敞，看樣子為了把這個房間擴大，起碼打通了兩個房間——說不定甚至是三個。一張大床擺滿鬆軟的靠墊，鋪上白色寢具，對面是一座巨大的石雕壁爐。三扇長窗眺望著房子的前面。其中一扇窗戶微開，窗紗迎風輕輕飄動著。

有幾個抽屜微微開著，一個衣櫃半開半掩。我穿過銀灰色地毯前往中間的長窗時，突然湧上一股強烈的好奇心，但我忍了下來。就我所知，珊卓和比爾現在有可能正在看著我。儘管我能解釋我需要從窗外望向車道的原因，卻絕對無法端出在他們房間翻箱倒櫃的好理由。

來到窗前，卻四處不見艾莉的人影。她本來躺在車道轉彎處的地方，如今已經空無一人。我不確定我是否應該覺得安心。起碼傑克開著特斯拉回來的時候不會不小心撞到她。但她到底跑去哪裡了？珊卓似乎不太擔心孩子們跑進樹林，但這種情況卻讓我渾身上下難受不安——在幼兒園，舉凡帶孩子去公園一直到玩碗裡的燕麥粥，每件事我們都必須做風險評估，而這裡存在著成千上萬我所不知道的風險。萬一後花園有池塘怎麼辦？或陡峭的瀑布？萬一她們爬上一棵樹下不來怎麼辦？萬一柵欄沒關好，她們走到大馬路上怎麼辦？萬一有狗——

一個突如其來的念頭打斷了我內心思索的一連串最壞情況。

那兩隻狗。我忘記問珊卓牠們的作息是不是歸我管，不過帶牠們散步一趟也無傷大雅，而且牠們應該有辦法找到孩子吧？別的姑且不論，有牠們在身邊起碼給我進森林找人的理由，在孩子們眼中又不會看起來像是她們把我耍得團團轉。我必須打從一開始就表現出大權在握的樣子，否則我的威信將毀壞殆盡，再也無法復原。

我不願去想等蕾安娜回來，又多一個青少女加入戰局會是什麼情況。但願到那個時候，珊卓已經在家支援我……

來到一樓，狗正躺在廚房的寵物籃裡。我拿著狗繩走進來的時候，牠們同時殷殷期盼地抬起頭。

「散步嘍！」我爽朗地說，牠們紛紛跳了出來。「好女孩……呃……克勞德。」我邊說邊掙扎著尋找項圈上的扣環，而且老實說，我不確定這隻是公的還是母的。我與英雄搏鬥的時候，克勞德興奮地在我身邊蹦蹦跳跳。最後，我總算幫牠們繫上狗繩，抓了一把狗餅乾塞進口袋以防萬一，接著出發。我從雜物間出去，穿過鋪滿碎石子地的後院，經過一排馬廄，進入森林。

這天天氣很好。儘管我對孩子們的處境越來越焦慮，但走過樹林間的蜿蜒小徑時，仍忍不住感受到狗在使勁拉扯狗繩。陽光穿透樹冠流瀉而下。我們走著走著，腳下的沃土揚起金黃色的塵埃，陽光照映在細小的花粉顆粒和漂浮在無風的樹林底下的鐵線蓮上閃閃發光。

狗似乎明確知道自己要去哪裡，於是我讓牠們帶路，明白牠們大概很困惑為什麼在自家後院要被繫上狗繩。不過牠們只得將就一下了。我不確定我叫喚牠們的時候，牠們會不會過來。我不能冒險把牠們也弄丟了。

我們沿著下坡路走，朝車道尾端前行。儘管身處森林裡，我看不見車道。我聽見後方傳來樹枝斷裂的聲音，急忙一個轉身，但沒人在那裡。想必是什麼動物，狐狸之類的。

最後，我們突破樹林，走進一處小空地。我的腸胃突然一陣翻攪不適，因為映入眼簾的——兩個女孩消失後我一直害怕的東西——是一座池塘。雖然不深，但要淹死一個小孩綽綽有餘。池水黑如泥炭，微帶鹹味，表面浮著一層松針腐爛時產生的油渣。我用樹枝懷疑地戳了戳，停滯的氣泡慢條斯理浮上水面。但令我鬆口氣的是，池塘別處看起來未經擾動，除了我用樹枝攪拌而打旋的泥巴外，水面平滑如鏡。或者該說……接近平滑如鏡。繞到池塘的另一頭，我看見岸上有許多小鞋印，看起來彷彿有兩個小女孩曾經在池塘邊打鬧玩耍。我看不出來鞋印是何時產生的，但看起來很新。鞋印往池塘的方向前進，隨著岸邊的泥巴越來越軟，印記也越來越深，後來又一個轉身離開，走回森林裡。我跟隨鞋印走了幾公尺，直到陸地硬得踩不出印子才作罷。不過鞋印有兩雙，所以至少現在我知道她們大概在一起，也幾乎可以確定是安全的。

兩隻狗一邊嚎叫一邊拉扯著狗繩，迫切地想要跳進泥巴池玩水，但我是絕對不可能讓牠們得逞的。別的不說，我才不要在上班第一天替兩隻髒兮兮的狗洗澡。

鞋印進入森林後，往沒有小徑的方向前進，但我還是盡量往裡走，就在這時，一記震耳欲聾的尖叫聲突然劃破天際。我赫然停下腳步，這天第二次心臟怦怦亂跳。狗歇斯底里地狂吠，在狗繩的末端跳上跳下。

當下我不知道該怎麼辦，我只是站在原地，拚命環顧四周。尖叫聲聽起來近在咫尺，但我沒看見半個人影。狗一直在吵，我也聽不見任何腳步聲。就在這時，聲音再次傳來，一記刺耳難受的尖銳長音。我心一揪，明白了是怎麼回事。

我抽出口袋的嬰兒監控器，看見上面的燈跟著恐懼的尖聲長叫忽明忽滅。一時之間，我只是站在原地呆若木雞，手裡拿著監控器，狗繩繞在手腕上。我該試試使用攝影機嗎？

我顫抖著雙手，拿出手機，按下居家管理應用程式的圖示。

歡迎使用幸福，蘿溫，螢幕上的字以慢得難受的速度顯現。家就是幸福所在的地方！緊接著，令我絕望的是，更新使用者權限。請耐心等候。家就是快樂所在的地方！

我咒罵一聲，把手機和監視器一起塞回口袋，拔腿快跑。

我距離房子很遠，還隔了一條斜坡。等我走出樹林、看見眼前的房子時，整個人已經喘得上氣不接下氣。狗在回程路上從我發麻的手中掙脫狗繩，離開我的身邊，現在正在我的前後又蹦又跳，開心吠叫，以為這一切是某種遊戲。

我抵達大門時，門微微敞開，雖然我知道我離開時門明明關著——我當初是從雜物間的門出去的，並把門開著，免得麥蒂和艾莉回來。有那麼一下子，我以為我要吐了。我做了什麼？可憐的佩特拉發生了什麼事？

我太害怕了，前往嬰兒房的最後幾階樓梯跌跌撞撞，差點走不上去，但我逼迫自己繼續往上爬，把狗留在玄關，用狗繩把牠們綁好。最後，我來到佩特拉的房門外，對自己即將看見的景象又驚又怕。

房門是關著的，正如我離開時的模樣。我嚥下想哭的衝動，轉動門把——但眼前所見讓我當場愣在門口，一邊眨眼一邊努力壓下我急促的呼吸。

佩特拉在嬰兒床裡呼呼大睡，舉著兩手呈大字形，烏黑的睫毛掃著粉紅色的臉頰。她的左手緊抓著兔兔安撫巾，很明顯從我把她哄睡後一直安然無恙。

這簡直沒道理。

我用所剩無幾的自制力退出房間，靜靜把門帶上，接著在外頭的走廊上坐下，背靠著堅硬又有許多凸起的樓梯扶手，臉埋進雙手，忍著不要因為驚嚇和心安的複雜情緒哭出聲來，感覺胸膛的哮喘蠢蠢欲動，為了穩定我急劇跳動的脈搏，拚命吸進足夠的氧氣。

我用顫抖的雙手，拿出口袋裡的吸入器，吸了一大口，努力想把這一切搞清楚。到底是怎麼回事？

難道那個聲音不是從監視器傳出來的嗎？但這不可能啊——監視器配有寶寶哭泣時會發亮的燈，防止使用者因為某些原因把音量調低。我親眼看見燈在閃。我也確定聲音是從喇叭傳出來的。

是不是佩特拉做惡夢，大哭出聲呢？但如今我回想起來，這也講不通。那不是小寶寶的哭聲。這也是我如此害怕的部分原因。我聽見的不是我在幼兒園再熟悉不過的焦躁哭鬧，而是震天價響的恐怖長嚎，像是年紀較大的孩子、甚至是成人所發出來的聲音。

「有人嗎？」

聲音從樓下傳來，又把我嚇著，這次不由自主地跳了起來。我起身趴在樓梯扶手上，心臟跳得飛快。

「哈囉？請位哪位？」我的聲音沒有意料中敏銳且充滿威信，反倒是因為害怕而顫抖。「誰在那裡？」那是大人的聲音，一個女人。我聽見玄關傳來腳步聲，接著看見一張臉，抬頭看我。

「我敢說妳就是那個新來的褓姆吧？」

是一個女人，大約五十或六十歲左右，看上去臉色紅潤，身材矮小。她身材豐腴，散發慈母的光環，但她的語氣和表情有一種我說不上來的感覺。能肯定的是，感覺並不友善。有……那麼一點點不滿？

我沿著樓梯往下走，頭髮裡還卡著葉子。到一樓後，看見自己當初急忙奔向佩特拉的時候，在厚地毯上濺了一長串的泥巴。

襯衫有兩顆鈕釦已經鬆開。我連忙扣好，咳了一下，感覺臉蛋仍因為奔跑和恐懼而紅通通的。

「呃，妳好。是的，我叫蘿溫。請問妳是……？」

「我是瓊恩。瓊恩．麥肯齊。」她上下打量我，毫不掩飾她的不悅，接著搖了搖頭。「雖說不甘我的事，但我不贊同把孩子鎖在門外的做法。我敢說艾林庫爾太太也不會喜歡的。」

「鎖在門外？」我一時之間困惑不已。「什麼意思？」

「我過來打掃的時候，發現兩個可憐的小傢伙穿著薄洋裝在樓梯上發抖。」

「等等。」我伸出一隻手。「請等一下。我沒有把任何人鎖在門外，是她們從我身邊跑掉。我剛才一直在外面找她們。我為她們把後門開著。」

「我來的時候後門是鎖著的。」瓊恩頑固地說。我搖搖頭。

「門可能是被風吹得關上了，但我沒鎖。我不會這麼做。」

「我來的時候後門是鎖著的。」她只是這麼說，這次口氣帶著一絲倔強。我體內升起一股無名火，取代了我為佩特拉擔心受怕的情緒。她在指控我說謊嗎？

「這個嘛……可能是門閂不小心掉下來之類的吧。」最後我說：「孩子們還好嗎？」

「嗯哼，她們和我一起在廚房吃東西。」

「妳有沒有——」我說到一半打住，思索該怎麼表達才不會讓她更看不起自己。出於某種原因，但這女人顯然不喜歡我。我絕對不能給她抓到任何把柄，讓她有機會向珊卓回報。「我回來是因為我在嬰兒監控器聽見佩特拉的聲音。妳有聽見嗎？」

「她沒發出半點聲音。」瓊恩很肯定地說。「我一直密切看著她們所有人——」不像妳，這是她沒說出口的潛台詞——「如果她有反應，我一定會聽得見。」

「反應？」

「大哭。」瓊恩不耐煩地說。

「麥蒂呢？或是艾莉？她們有沒有發生什麼事？」

「她們一直和我待在廚房裡，小姐。」瓊恩說，語氣透露一絲怒氣。「現在請恕我失陪，我得回去陪她們了。她們還太小，不能把她們單獨留在爐具旁邊。」

「當然。」聽見那若有所指的批評，我不禁滿臉通紅。「不過請讓我來，那是我的工作。我會弄午餐給她們吃。」

「我已經給她們吃過了。兩個可憐的小傢伙餓壞了，需要吃點熱騰騰的東西。」

我感覺到因為一上午的壓力早已消磨殆盡的脾氣準備爆發。

「聽著，呃……」我思索她的名字，後來想起來了。「麥肯齊太太，我已經解釋過了。是兩個孩子從我身邊跑掉，不是我把她們鎖在門外。如果她們真的受了點凍，害怕地等待有人讓她們進門，那或許她們下次亂跑前會三思而後行。現在請恕我失陪，我還有工作要做。」

我從她旁邊擠過去，大步走進廚房，感覺到她的目光炯炯有神盯著我的背。

廚房裡，麥蒂和艾莉正坐在吧檯前一邊吃著巧克力餅乾，一邊喝著果汁。水槽旁邊放著一個盤子，盤子上看起來像是披薩的碎屑。我感覺我的下巴繃緊。那些全是嚴格規範在珊卓「偶爾為之」清單上的食物。我本來打算下午的時候安排她們到視聽室看一部電影配餅乾吃。現在計畫被迫取消。麥肯齊太太得到她們的歡心，我則是把她們鎖在門外，逼她們吃健康餐點的壞心褓姆。

我壓抑怒火，逼自己擠出愉快的笑容。

「哈囉，孩子們，妳們在玩捉迷藏嗎？」

「是啊。」艾莉咯咯笑著說，但後來她想起我們稍早的爭執，又皺起眉頭。「妳把我的手腕弄傷了。」

她伸出手。令我懊悔的是，在她細如樹枝的白皙手腕上，出現一圈瘀青。

我感覺自己紅了臉。

我想過與她爭辯，但又不想在麥肯齊太太面前提起這件事。況且，我今天已經做了夠多令她們反感的事情了。最好放下我的自尊。

「我真的很抱歉，艾莉。」我在她身邊蹲下，讓我們的視線平行，接著輕聲細語地說話，麥肯齊太太才不會聽見。「我真的不是故意的。我只是擔心妳在車道上有危險。如果我真的把妳的手臂抓得太用力，我向妳道歉。那是個意外，我保證。我覺得很內疚。我們可以和好嗎？」

那一刻，我以為我看見艾莉動搖了，接著她突然抽動一下，輕輕咳了一聲。我看見麥蒂的手從吧檯底下迅速放回大腿上。

「麥蒂。」我靜靜地說。「剛才是怎麼回事？」

「沒事。」麥蒂用幾乎聽不見的音量對著盤子說道。

「艾莉？」

「沒—沒事。」艾莉說。但她在揉她的手臂，明亮的藍眼睛含著淚水。

「我不相信。讓我看看妳的手臂。」

「沒事！」艾莉加倍激動地說。她拉下衣袖，給我一個遭到背叛的氣憤眼神。「我說了沒事，走開！」

「好吧。」

我站起來。無論剛才是否有機會讓艾莉配合我，現在也被我搞砸了。或者該說，被麥蒂搞砸了。

麥肯齊太太站在流理台旁邊，雙臂交叉，看著我們。接著她把擦拭巾摺好，掛回爐具的橫桿上。

「那麼，我要走了，孩子們。」她說。相較於和我說話時使用的簡潔口吻，她對孩子說話時，聲音比較溫柔，也親切得多。她彎下腰，分別在兩個孩子的頭頂上親了一下。先是艾莉的金色捲髮，然後是麥蒂的纖細黑髮。「別忘了替我親親妳們的小妹妹。」

「好的，麥太太。」艾莉順從地說。麥蒂沒說話，但她一手緊緊握著麥肯齊太太的手腕。她的目光追隨麥肯齊太太來到門口時，我似乎看見她的表情流露著不捨。

「再見，孩子們。」麥肯齊太太說完，就離開了。我聽見外面一輛車子發動引擎，接著顛簸開上車道，朝大馬路駛去。

與兩個小女孩單獨待在廚房，我突然覺得精疲力盡，在角落的扶手椅癱坐下來。我什麼都不想做，只想把臉埋進雙手嚎啕大哭。我到底接下了什麼工作，得面對這兩個充滿敵意的小野獸？然而，我不怪她們。如果有人把我丟給一個陌生人整整兩個星期，我也能想像我會有何反應。

我絕對不能再次把兩個孩子弄丟，所以趁她們在吃餅乾的時候，我來到玄關，仔細查看大門內側。門上沒有鑰匙——連鑰匙孔也沒有，如同我初次來訪注意到的一樣。相反地，我在第一天發現的白色面板附了一個指紋感應器——珊卓這天稍早臨走前，把我的拇指指紋編入她的手機程式，然後把操作方法教給我。

房子內部有一個相稱的面板。我慎重按上指紋，看著一連串的發光圖示映入眼簾。其中一個圖示是一把大鑰匙。我牢記珊卓的指示，小心按下，聽見門鎖滑動時傳來的咔嗒聲。那個聲音挺有戲劇效果，甚至有種不祥的兆頭，簡直就像監獄牢門嘎嘎鎖上的聲音。但至少現在大門已經安全了。麥蒂或艾莉除非踩梯椅，否則不可能構得到面板，更別說啟動門鎖了。雖然我很懷疑珊卓會把她們的指紋輸入系統。

接下來，我走進雜物間。

這裡的門以一般的門鎖和鑰匙開關——彷彿珊卓和比爾花光了預算，或他們根本不在乎員工的出入口。

或許留一扇門以傳統方式運作有某個實際的原因。比如說預防停電或與建築法規有關之類的。不管怎樣，我很慶幸能看見一個普通人就能弄明白的技術。當我把鑰匙插進門鎖牢牢一轉，再遵循資料夾的指示放回門框上方，更讓人有種心滿意足的感覺。「我們把所有使用傳統門鎖的鑰匙放在相對應的門框上方，這樣遇到緊急情況就很方便，但又不會被孩子們拿到。」資料夾這樣寫道。看見鑰匙高高放在門框上方，離小手遠遠的，就有種安心感。

任務完成。我掛上最燦爛的微笑，走回廚房。

「好，孩子們，我們一起去視聽室看一部電影怎麼樣啊？冰雪奇緣？海洋奇緣？」

「耶，冰雪奇緣！」艾莉說，但麥蒂插嘴說：

「我們討厭冰雪奇緣。」

「真的嗎？」我讓語氣充滿懷疑。「確定嗎？因為我超愛冰雪奇緣的。事實上，我知道冰雪奇緣出了跟著唱的版本，螢幕上會打出歌詞。我每首歌都倒背如流喔。」

我能看見站在麥蒂後方的艾莉看起來非常渴望加入，但又怕得不敢違抗她姊姊。

「我們討厭冰雪奇緣。」麥蒂固執地又說了一次。「走吧，艾莉。我們回房間玩。」

我看著她從自己的高腳椅上滑下來，邁著重重的步伐走向玄關。她邊走，狗邊用困惑的眼神看著她。來到門口時，她停下腳步，故意回頭看著她的妹妹。艾莉的下嘴唇在顫抖。

「妳要的話，我們還是可以看，艾莉。」我盡量放輕音量說。「我們可以一起看，就妳和我。我來做爆米花？」

片刻間，我以為我看見艾莉猶豫了。但後來，她的表情突然變得堅定。她搖搖頭，從椅子上滑下來，轉身跟上姊姊。

她們上樓的腳步聲逐漸消失，我嘆口氣，掉頭去燒水，準備替自己泡壺茶。至少我能擁有屬於自己的半小時，好好思索該如何解決這個情況。

但我連水壺的水都還沒裝滿，口袋的嬰兒監控器就傳來劈啪聲，接著是震天價響的刺耳哭聲，告訴我佩特拉已經醒了，準備返回工作崗位。

惡人永無寧日，是吧。

我到底蹚了什麼渾水？

我知道我會繼續說下去。我也知道你一定在想，我到底什麼時候才要切入正題——解釋我淪落到這間牢房的原因，以及我為什麼不該在這裡的原因。

我向你保證，就快講到了。但我必須——我必須細細解釋情況，把一切娓娓道來。這就是蓋茲先生的問題。他從不讓我解釋清楚——不讓我詳述這一切是如何堆疊而成的，那些無足輕重的小事、那些失眠的夜晚、那份寂寞和孤立，加上房子裡的怪事、攝影機及其他所有的東西。為了解釋清楚，我必須詳述這一切是怎麼發生的。逐日地說。逐夜地說。循序漸進地說，一塊接著一塊。

聽起來彷彿我在搭建什麼東西——可能是一棟房子，或是一幅拼圖畫。一塊接著一塊。其實情況正好相反。事實是，我正一塊接著一塊，逐漸支離破碎。

而第一塊就發生在那天夜晚。

那第一天的午後……嗯，算不上最慘的情況，但也算不上完美，拉長時間來說的話。

佩特拉睡完午覺醒來時直鬧脾氣，而麥蒂和艾莉整個下午都拒絕離開房間，連晚餐也一樣，無論我再怎麼好聲好氣地說，也不管我下了那些最後通牒。再不下樓就沒布丁吃，我要數嘍，五……四……三……沒有下樓的腳步聲……二……一點五……

我數到一點五的時候就知道自己輸了。

她們不會下樓了。

我有一度想過把她們拖下來。

艾莉很嬌小，要我抓住她的手腕硬拽她下樓不成問題——但我還沒有失去理智，我知道如果開始那麼做，就永遠沒有回頭路。何況，麻煩的不是艾莉，而是麥蒂。她已經八歲了，身材結實，我不可能獨自抓著一個又踢又叫、拚命掙扎的孩子走下那座弧形長梯，更別說等我把她帶進廚房後，有辦法逼她坐下吃東西。

最後，我認輸了。查過資料夾裡珊卓建議的菜單計畫後，我帶了義大利麵和青醬到她們的房間──儘管敲門時，想起那兩個溫順的小蘿蔔頭低頭吃著瓊恩的巧克力餅乾，不禁一陣憤恨。接著，我聽見麥蒂很兇地說了一句走開！

「是我。」我溫和地說。「我拿義大利麵過來了。我會放在門外，但如果妳們想吃點布丁的話，我和佩特拉就在一樓吃冰淇淋。」

說完，我就離開了。我別無他法。

在一樓的廚房裡，我一邊阻止佩特拉把義大利麵扔到地上，一邊在iPad上看著麥蒂和艾莉。我的個人登入授權我觀看小孩房、視聽室、廚房和室外的攝影機，以及控制其他幾個房間的燈光和音樂。但左手邊還有一大堆設定選單呈灰色字樣，無法使用。我猜我大概需要用珊卓的身分登入才能控制那些東西。

儘管我仍覺得能像這樣遠端監視孩子有點詭異，但也開始感激這功能有多方便。我可以坐在吧檯邊的椅子上，看著麥蒂走向房門，回到鏡頭前時拖著一盤食物到地毯上。

房間正中央有一張小桌子。我看著她指使艾莉到一張椅子上坐好，放好她們的碗盤和餐具，然後在艾莉對面坐下。我沒開聲音，但她的動作顯然在對艾莉指手畫腳，叫她把東西吃光……從艾莉抗議的舉止判斷，大概是要她嚐嚐看我拌進義大利麵的青豆。我的心不禁揪了一下，混合氣憤和憐愛的複雜情緒。喔，麥蒂，我好想告訴她。事情不必搞成這樣。我們不必成為敵人。

但那一刻，我們似乎就像世仇一樣。

晚餐結束後，我幫佩特拉洗澡，一邊心不在焉地聽著麥蒂和艾莉的房間傳來某種有聲書的聲音，但戲水聲讓我聽不太清楚。洗完後，我哄她入睡，或者該說我努力想哄她入睡。

我完全按照資料夾所說的做，如同午餐時間一樣嚴格遵循指示，但這次並不管用。佩特拉又叫又打，扯掉尿布。我把尿布牢牢穿回去，扣上睡衣背面的鈕釦不讓她脫掉，結果她開始大哭，固執又響亮。

我遵從資料夾的指示，坐在那裡超過一個小時，一手耐心地拍著她的背，聆聽風鈴輕柔規律的叮噹聲，一邊看其繞著天花板打轉的燈光，但絲毫不管用。佩特拉越來越生氣，哭聲也越來越尖銳，從煩躁進階為憤怒，直至瀕臨歇斯底里的地步。

我坐在那裡安慰輕撫，盡量不讓緊繃的手勁傳遞到佩特拉身上，接著緊張地抬頭看向房間角落的攝影機。說不定此時此刻，我正被注視著。我能想像珊卓在某個公司活動上，一邊喝著香檳，一邊看著嬰兒室傳到她手機裡的影像。我準備要接到一通質問我到底在幹什麼的電話了嗎？

資料夾說，熄燈後盡量避免把佩特拉抱出嬰兒床，但光把她留在那裡的替代方案似乎也不管用。最後，我把她抱起來，讓她趴在我的肩膀上，帶著她在房間走來走去，但她在我懷裡生氣大哭，一邊拱著背，彷彿想要逃脫我的手掌心。於是我把她放回嬰兒床。她把自己拉起來站好，拚命啜泣，漲紅的小臉貼在欄杆上。

看樣子我怎麼做都不對，而我的存在只是讓她更生氣。

最後，有點內疚地看了攝影機最後一眼，我舉白旗投降。

「晚安，佩特拉。」我大聲說完，起身離開房間，堅定地關上身後的門，沿著走廊往下走的同時，聽著她的哭聲逐漸消失。

時間已經超過九點，我覺得疲倦不堪，與孩子們奮鬥整晚而累到不行。我考慮直接下樓喝杯紅酒，但在現實世界，我必須去查看麥蒂和艾莉。

我沒聽見她們的房門內傳來任何聲響，從鑰匙孔往裡瞧的時候，似乎是一片漆黑。她們熄燈了嗎？我考慮敲門，但決定還是別這麼做。如果她們真的睡著了，敲門聲可能會讓一切前功盡棄。最後，我選擇非常安靜地轉動門把，然後輕輕一推。房門開了一條縫，但接著遇上阻力。

我很困惑，再更用力一推，傳來倒塌的巨響。有一疊東西——我不確定是什麼——堆放在房門內側，結果哐噹掉落地面。我屏息等待哭聲傳來，但一切悄然無聲——顯然孩子們睡得很熟沒聽見。

這會兒我小心翼翼探進門縫，打開手機裡的手電筒檢視損害狀況。我不確定該哭還是該笑。她們把所有可搬動的東西堆疊起來——靠墊、泰迪熊、書本、椅子、房間中央的那張小桌子——變成房內的路障。場面很好笑，但同時又讓人覺得悲哀。她們這樣自我保護是想對抗誰？我嗎？

我拿起手電筒照著房間四周，發現其中一盞床頭燈被她們拔掉，放在那堆東西的最上方。我把東西弄倒時，床頭燈掉到地上，燈罩歪了，所幸燈泡沒破。我小心翼翼把燈罩扶正，然後重新插上電源，放在艾莉的床頭櫃上。房間瀰漫著柔和的粉紅光線時，我看見她們一起窩在麥蒂的床上，看起來就像兩個小天使。麥蒂緊緊抱著她的妹妹，近乎壓迫的程度。我考慮過把她的手鬆開，但後來決定作罷。剛剛倒塌的巨響才讓我躲過一劫，沒道理進一步製造事端。

最後，我只是把門邊的東西稍微移開，讓我的身體得以出來又不至於造成崩塌的程度，就擱置不理，打開幸福程式的聆聽功能，讓我能聽見她們醒來與否。

我躡手躡腳經過佩特拉的房間時，她仍在啜泣，但音量已經減弱。我心一橫，決定不往裡看。我告訴自己，別去理她，她會更快平靜下來。而且，我從中午十二點之後就沒吃沒喝——為了餵飽孩子，幫小的洗澡，忙得沒時間幫自己準備晚餐。我突然頭昏腦脹，餓得不得了，超想吃東西。

來到一樓的廚房，我走向冰箱。「牛奶快沒了。」我輕觸冰箱門，那語音機器人開口說，把我嚇了一跳。「是否加入購物清單？」

「呃……好。」我勉強回答。我是不是瘋了？與一台家電這樣大聲說話？

「牛奶已加入購物清單。」那聲音爽朗地說。冰箱門上的螢幕再次亮起，顯示一份食材清單。「用餐愉快，蘿溫！」

我盡量不去想它是如何得知站在冰箱前面的人是誰。臉部辨識？手機的距離？無論如何，感覺讓人極度不安。

一眼看去，冰箱裡的東西全都健康得要命——裝滿綠色蔬菜的巨大抽屜、一盒又一盒的新鮮麵食、各種罐裝食物像韓國泡菜和哈里薩辣醬，以及一大壺看起來像池塘水的東西，但我猜大概是康普茶。不過，就在一些有機優格的後面，我看見一個披薩紙盒。我花了些功夫把紙盒拿出來打開。我正準備把烤盤放進烤箱的時候，餐桌另一邊的玻璃落地窗傳來猛烈的敲打聲。

我嚇一大跳，迅速轉身，掃視整個廚房。天色越來越黑，雨打在玻璃窗上滴答作響。儘管廚房盡頭是一片陰暗，但我幾乎看不見外面的景象，除了如寶石般的水珠沿著那偌大的玻璃窗往下流動。我本以為那只是我的錯覺，或可能是一隻鳥不小心撞上玻璃，但就在這時，灰濛濛的薄暮下有個漆黑形影晃了一下。有東西——有人——在外面。

「是誰？」我大聲說，語氣比預期激動。沒有回應。我邁步走過吧檯，繞過餐桌，朝廚房盡頭的那片漆黑走去。

這裡沒有控制面板——至少就我所見沒有——但後來我想起可以使用聲控。

「開燈。」我發音清晰地說。令我驚訝的是，指令奏效了——頭上粗獷龐大的水晶吊燈突然亮起刺眼奪目的LED燈，光線強勁得叫我大吃一驚，拚命眨眼。但一旦雙眼適應後，我才發現我犯了大錯。由於燈光的緣故，如今除了自己在玻璃門上的影像，外頭什麼也看不見。反之無論誰在外頭，都能一清二楚地看見我。

「關燈。」我說。整間廚房的每一盞燈立刻熄滅，遁入伸手不見五指的漆黑。

「可惡。」我低聲說著，開始摸黑走向廚房門口的控制面板，試圖在刺眼奪目和一片漆黑之中，設定回恰到好處的光線。我的雙眼仍然因為水晶吊燈的強光而暈眩難受，但最後終於找到控制面板時，我回頭一看，總覺得看見有道黑影從房子側邊飛奔而逝，儘管我不能確定。

披薩烘烤的同時，我不停緊張兮兮地回頭看著廚房遠方的陰影處，一邊咬著指甲。為了能聽見外頭的一舉一動，我關掉了嬰兒監控器。但佩特拉的啜泣聲仍隱約從樓上傳來，對我的精神壓力無疑是雪上加霜。

我考慮放點音樂，但想到音樂可能蓋過入侵者的動靜就心慌不已。按照目前的情況，我還沒看見或聽見任何足以報警的確切事件。黑夜中的影子和敲門聲有可能代表任何東西，樹上掉落的果實或一隻鳥……算不太上是不祥之兆。

大概又過了十分鐘或十五分鐘左右——雖然感覺更漫長——我聽見另外一個聲音，這次是從房子的另一側傳來的，一記把兩隻狗從雜物間的狗窩裡嚇得狂吠的敲門聲。

我也被嚇了一跳，不過相較於先前空洞的一聲巨響，這聲音比較正常。我走進雜物間時，可以透過後門的玻璃窗看見外面雨中的黑色輪廓。那個身影開口說話，聲音幾乎要被嘩啦啦的雨聲給淹沒。

「是我，傑克。」

我頓時如釋重負。

「傑克！」我把門轉開，他就站在屋簷下，裹著一件雨衣，兩手插在口袋。雨水從他的瀏海流到他的鼻子往下滴。

「傑克，剛才是你嗎？」

「剛才什麼時候？」他一臉困惑地問。我張嘴準備解釋——後來想了想又作罷。

「沒事，不重要。有什麼我能幫忙的嗎？」

「我不會耽擱妳太久。」他說。「我只是想過來看看妳是不是還順利，畢竟今天是妳工作的第一天。」

「謝謝。」我難為情地說，想起這糟糕的下午，以及佩特拉可能仍對著嬰兒監控器啜泣的事

鞋。

實。接著，一時衝動下，我加了一句：「你要不要——我是說，你想進來嗎？孩子們都睡了，我正準備幫自己弄點晚餐。」

「妳確定嗎？」他看一眼他的手錶。「已經很晚了。」

「我確定。」我說完往後站，讓他進入雜物間。他站在地墊上滴著水，接著小心地脫下雨鞋。

「抱歉都那麼晚了。」他說著，跟隨我走進廚房。

「我本來打算早點過來的，但我得把那台該死的割草機送去印威內斯維修。」

「你修不好嗎？」

「喔，是啊。我本來修好了，但昨天又掛掉了。我實在搞不清楚到底是哪裡出毛病。不過別管這個了。我不是來這裡向妳吐苦水的。妳跟孩子們處得還好嗎？」

「處得還——」我欲言又止，驚覺自己的下嘴唇不由自主地在顫抖。我想擺出堅強的表情——萬一他向珊卓和比爾打小報告怎麼辦？但我就是做不到。何況，如果他們查看監視器影片的話，也很快就會知道真相。彷彿在幫我總結似的，佩特拉從樓上發出一記悲痛的長嚎，洪亮得讓傑克轉向樓梯的方向。

「喔，老天啊，我想騙誰呢。」我慘兮兮地說。「我們處得超差的。比爾和珊卓一離開，兩個大的就從我身邊逃走。我不得不進樹林裡找她們，但後來那個女人——她叫什麼名字？麥克齊太太？」

「瓊恩·麥肯齊。」傑克說。他脫下雨衣，在長桌前坐下，而我發現自己也在對面的一張椅子坐下來。我好想把臉埋進雙手大哭，卻只是強迫自己發出一記顫抖的笑聲。

「是這樣，她來家裡打掃，發現兩個孩子坐在門階上宣稱我把她們鎖在門外，但我絕對沒有，我還故意把門開著等她們回來。她們討厭我，傑克。佩特拉已經哭了差不多一個鐘頭——」

哭嚎聲再次傳來，我感覺我的壓力指數隨著哭聲一起升高。

「別動。」我準備起身時，傑克堅持說道。他把我推回他對面的椅子上。「我去看看我能不能安撫她。她大概只是不習慣妳的樣子，明天就會好一點了。」

這違背了我所學的每一條兒保規則，但我已經走投無路，累到不在乎了——況且我告訴自己，珊卓和比爾如果覺得他對孩子有威脅，根本不會留他下來工作。

隨著他的腳步聲逐漸在樓上消失，我打開嬰兒監控器，聽見佩特拉的房門輕聲打開，接著傑克把她從嬰兒床抱起，哽咽的啜泣聲也隨之平息。

「好了、好了，親愛的。」我聽見一個低沉又溫柔的深情嗓音，不禁漲紅了臉，彷彿我在偷聽。儘管傑克肯定知道嬰兒監控器在運轉中。「好了、好了，我可憐的小姑娘。」在距離我遙遠的二樓，他的口音似乎變重了。「噓……噓，沒事了，佩特拉……好了，好了……沒什麼好生氣的。」

這會兒佩特拉的哭聲變得微弱，比較像是打著小嗝和嘟囔碎唸而非真哭。我能聽見木地板發出聲響，傑克正抱著她輕聲地來回踱步，用異常熟練的手法安撫煩躁的佩特拉。

最後，她總算安靜下來。我聽見傑克的腳步聲停止，又聽見他彎腰把她輕輕放回嬰兒床時，欄杆發出的格格聲。

經過一段漫長的停頓後，是房門摩擦地毯的唰唰聲，以及傑克再次踏著樓梯下樓的腳步聲。

「成功了？」他走進廚房時，我不敢置信地說。他點頭，微微露出苦笑。

「是，我想那可憐的小傢伙早就累壞了，她只是想找個理由讓自己低頭。我幾乎是剛抱她起來，她就睡著了。」

「天啊，傑克。你一定覺得我簡直是個──」我停下來，不確定該說什麼。「我是說，我才是褓姆。我應該對這類的事情得心應手。」

「別傻了。」他重新在我對面的餐桌前坐下。「等她們漸漸認識妳之後就會沒事了。妳在她們眼中是個陌生人，如此而已。她們在測試妳。過去這一年來，她們身邊的褓姆多得讓她們有點不信任一個新褓姆輕而易舉進來接管一切。妳也知道孩子的德性──等她們看見妳會一直留在這裡，不會再次拋棄她們，相信情況會改善的。」

「傑克……」這是我一直在等待的時機，但如今機會來了，我卻不確定該如何表達我的問題。「傑克，之前那些褓姆究竟是怎麼回事？珊卓說她們之所以離開，是因為她們認為這棟房子鬧鬼。但我很難相信……我不知道，這原因感覺很荒謬。你有見過什麼奇怪的事嗎？」

我說著說著，想起在廚房玻璃窗外看見的影子，連忙把那個畫面推開。大概只是一隻狐狸，或被風吹得搖曳的樹木。

「這個嘛……」傑克有些緩慢地說。他伸出一隻多次刷洗但指甲仍因為油漬而有點黑的粗糙大手，拿起我放在桌上的嬰兒監控器，若有所思地在手中把玩。「呃……我不會說──」

但無論他本來要說什麼，都被一個響亮又有點蠻橫的聲音給打斷。「蘿溫？」

傑克閉上嘴，但我嚇得太厲害，不小心咬傷舌頭，接著迅速回頭，瘋狂尋找聲音的來源。那是一個成年女性的聲音，不是孩童的聲音。而且像極了真人，跟幸福應用程式的機械式音調大相逕庭。房子裡有其他人嗎？

「蘿溫，」那聲音重複說，「妳在嗎？」

「哈—哈囉？」我硬是擠出話來。

「啊，嗨，蘿溫！我是珊卓。」

心安和氣憤的感覺同時湧上，我這時明白——聲音是從喇叭傳來的。珊卓不知何故撥電話到居家管理系統，正在用程式跟我們說話。我無法形容這種被侵擾的感覺。她為什麼不直接打電話就好了？

「珊卓。」我嚥下怒火，盡量讓聲音恢復成面試時那活潑、樂觀的語氣。「嗨，天啊，妳好嗎？」

「很好！」她的聲音傳至高挑的玻璃天花板反彈後，在廚房裡迴盪，因為環繞音響系統而更加響亮。「很累！但更要緊的是，妳好嗎？家裡一切都還好嗎？」

我感覺到我的目光飄向坐在桌前的傑克，想起把佩特拉哄入睡的人是他。珊卓看見了嗎？我該說些什麼嗎？我希望他不要插話，他也確實沒有。

「呃……現在，很寧靜。」最後我說。「孩子們全都上床安穩睡著了。雖然我得承認，佩特拉有點難入睡。她中午的時候一下子就睡著了，但或許是我讓她睡得太久，我不知道。她今天晚上真的很難哄睡。」

「但她現在睡了？做得好。」

「是，她睡了。另外兩個一下子就睡著了，安靜得像老鼠。」可怕的、充滿戒心的憤怒老鼠——但她們至少一直很安靜。而她們也乖乖睡著了。「她們看起來很累，所以我讓她們在房間吃晚餐。希望妳不介意？」

「沒事、沒事。」珊卓說，彷彿對這個問題沒興趣。「她們這一整天表現得還好嗎？」

「她們——」我咬著嘴唇，考慮要多誠實。「老實說，你們離開後，她們有點不開心，尤其是艾莉。但下午就比較冷靜了。我提議讓她們看冰雪奇緣，但她們不想看，最後跑去房間玩。」這部分算是實話。問題在於，她們不願意離開房間。

「聽著，珊卓，在後花園玩有沒有任何規矩？」

「什麼意思？」

「我的意思是，她們真的允許這樣隨意走動嗎？還是我應該把她們留在屋子裡？我知道妳和比爾很放心，但後院有池塘——我只是——那讓我有點緊張。」

「喔，那個啊。」珊卓說著，笑了起來，笑聲在廚房迴盪的方式，讓我恨不得知道如何控制喇叭的音量。

「池塘頂多十五公分深。當初我和比爾決定買下這裡，就是因為它有廣大的後花園，讓孩子們可以自由奔跑。妳不必每分每秒在她們身邊盯著她們。她們知道不能做蠢事。」

「我——我——」我說著停下來，努力思考該如何表達我的擔憂，又不至於聽起來像是我在批評她的教養方式。我不可避免地意識到傑克就坐在我對面的桌前。他有禮地別開目光，假裝自己沒在聽。「不用說，珊卓，妳肯定比我更了解她們。如果妳覺得她們沒問題，我當然相信妳。我只是——我照顧孩子習慣寸步不離，尤其是附近有水的時候，不知道妳是否明白我的意思。我知道水沒有很深，但泥巴——」

「聽著。」珊卓說。她的語氣此刻聽起來有點防備，我為此感到自責。我是那麼努力不讓自己聽起來充滿成見……「聽著，妳當然得用妳的常理判斷。如果妳看見她們在做蠢事，就插手介入。不用說，監督她們是妳的工作。不過我看不出來讓孩子們一下午坐在電視機前面有何意義，明明外面有一片陽光普照的美麗後院。」

我嚇了一跳。這是在諷刺我企圖用電影誘惑她們嗎？

當下是一段漫長又難受的沉默，我拚命思索該說些什麼。我想咬牙說出事實——告訴她光靠一個人根本不足以監督一個五歲小孩、一個八歲小孩和一個才剛學會走路的小寶寶，尤其是讓她們在幾公頃的土地上亂跑的時候。但直覺告訴我這麼做會害我被開除。珊卓顯然不想討論讓孩子們隨便亂跑所隱含的風險。

「這個嘛，」最後我說，「我完全理解，珊卓。我當然也非常期待好好利用這片美麗的後花園。我會——」我暫時閉嘴，思索該說什麼。「我會如妳建議用我的常理去判斷。總之，整體而言，我們今天玩得滿愉快的。而女孩們似乎——她們似乎適應得挺好。妳要我明天跟妳聯絡嗎？」

「我一整天都得開會，但我會睡前打通電話過來。」珊卓說，現在語氣柔和許多。「抱歉我沒能在孩子們睡前與她們說說話，但我們在和一個客戶吃飯。總之，這樣大概也會擾亂她們的情緒。我想一開始最好是讓她們眼不見，心不煩。」

「是。」我說。「當然，我完全可以理解。」

「那，晚安了，蘿溫。祝妳好眠，我相信妳會的。妳明天還要早起呢！」

她又笑了一聲。我讓自己跟著她一起笑，但事實上我一點也不覺得有趣。想到明天早上六點這一切都得再來一遍，讓我有種噁心想吐的感覺。我怎以為自己有辦法應付這一切？

記住妳在這裡的原因，我堅定地在心裡想著。

「我會的。」我說，努力讓我的語氣聽起來彷彿帶著微笑。「晚安，珊卓。」

「晚安，蘿溫。」

我等了一會兒——但我沒聽見咔嗒聲，或她已經掛斷電話或關閉程式等任何跡象。

「珊—珊卓？」我沒把握地說，但她似乎已經離線了。我坐下來，雙腳突然一陣發軟，伸手往臉上一抹。我累壞了。

「我該走了。」傑克尷尬地說，顯然把我的舉止當成一種暗示。他把椅子往後推，站了起來。「時間很晚了，妳明天還得早起照顧孩子們。」

「不，請留下。」我抬頭看他，突然非常不想被獨自留在這棟滿是喇叭和隱藏監視器的房子裡。能有人陪伴——一個有血有肉的真人，而非沒有形體的聲音，實在難以抗拒。「拜託。我寧願有人可以一起吃頓飯。」烤箱傳來一陣燒焦味，我突然想起裡面的披薩。「你吃過了嗎？」

「還沒，不過我不能搶妳的晚餐吃。」

「當然可以。你來之前我剛好放了一整個披薩到烤箱裡。現在大概焦了，但分量很大，我一個人吃不完。拜託幫忙一起吃吧，真的，我希望你留下來。」

「呃……」他望向雜物間的門，朝車庫看去。我猜是在看他位於車庫上方的小公寓，窗戶一片漆黑。「呃……妳堅持的話。」

「我堅持。」我戴上隔熱手套，打開極燙的烤箱門。披薩已經烤好了。事實上是烤過頭了。起司邊緣又焦又脆，但我太餓了，管不了那麼多。「抱歉，有點焦了。我完全忘了。你介意嗎？」

「完全不介意。我餓得可以吞下一頭大象，更別提些微烤焦的披薩了。」他咧嘴一笑，黝黑的臉頰出現皺紋。

「還有，我不知道你怎麼想，但我要來一杯紅酒。你呢？」我說。

「我很樂意來一杯。」

他看著我把披薩切成一片一片，然後在櫥櫃裡找到兩只玻璃杯。

「直接就著紙板吃可以嗎？」我問。他再度咧開他燦爛的笑。

「完全沒問題。是妳得冒著晚餐被我吃光的風險，但如果妳沒意見，我就不客氣了。」

「我也完全沒問題。」我說。驚訝的是，我發現自己用稍微害羞的微笑回應他，但是真誠的，不是今晚稍早硬擠出來的慘澹笑容。

我們沉默了幾分鐘，各自吃著一片油膩的美味披薩，然後再一片。最後，傑克拿起第三片披薩，在指尖保持平衡，稍微傾斜好讓紙板接住滴下來的油脂後，他開口說話。

「所以……關於妳剛才問的問題。」

「那個……靈異事件？」

「對。嗯，老實說，我沒有親眼看見任何異狀。可是瓊恩她……呃，她也不是迷信。但她很愛精采的靈異故事。她總是說一大堆民間傳說給孩子們聽——妳也知道的，人魚和水鬼那類的東西。而這棟房子非常老了，起碼有些區域年代久遠，發生一些死亡和衝突我想也是很合理的吧。」

「所以……你認為是瓊恩一直對孩子們說這些事情，然後她們再把故事說給褓姆聽？」

「可能吧，但我也不敢肯定。不過聽著，那些褓姆都非常年輕，起碼大部分很年輕。不是人人都適合住在像這樣距離城市或酒館或酒吧十萬八千里的地方。那些互惠生根本不想來這裡，而是想去愛丁堡或格拉斯哥，那些有夜店，和其他人擁有共同語言的地方，妳懂嗎？」

「嗯。」我看向窗外。外面黑得什麼也看不見，但我在腦海中能看見那條道路，延伸至黑暗中，以及遠處連綿無垠的山巒。除了雨聲，一片死寂。沒有車輛，沒有行人，什麼也沒有。

「嗯，我懂。」

我們安靜坐了一會兒。我不知道傑克在想什麼，但我充滿各種奇怪又複雜的情緒——壓力、疲倦、想到往後等著我的那些日子所造成的惶恐，甚至是其他更不安的感覺。更多的是傑克這個人，他的存在，散落在他顴骨上的零星雀斑，他俐落折起最後一片披薩、兩口解決時，前臂肌肉收縮的模樣。

「嗯，我最好回去睡覺了。」他起身，伸個懶腰。我聽見他的關節發出喀的聲音。「謝謝妳的晚餐，有人可以聊聊天感覺很好。」

「我也一樣。」

我起身，突然渾身不自在，彷彿他一直在解讀我的心思。

「妳沒問題吧？」他問。

我點頭。

「如果有任何需要，我就在車庫那邊的老馬廄樓上。門在側邊，漆成綠色、門牌上有燕子的那一扇。晚上發生任何事的話——」

「會發生什麼事？」我驚訝得插嘴問道。他輕笑一聲。

「這樣說好像不對。我只是說，如果妳需要我幫忙，儘管來找我。珊卓有沒有給妳我的手機號碼？」

「沒有。」

他從冰箱扯下一張傳單，在邊緣草草寫上自己的電話號碼，然後遞給我。

「給妳。只是以防萬一。」

*以防萬一，以防什麼萬一？*我又想問，但我知道他只會笑笑帶過。

我知道他只是出於好意想讓我安心，卻完全造成了反效果。

「謝了，傑克。」我說著，覺得有點尷尬。他再度咧嘴一笑，披上濕淋淋的雨衣，然後打開雜物間的門，壓低身子跑進雨中。

他離開後，我走回雜物間，準備把門鎖上。少了他在場，整棟房子感覺極度安靜。我嘆口氣，伸手準備拿取門框上方的鑰匙。鑰匙卻不在那裡。

我沿著門框拍打，指尖在灰塵和一堆乾掉的昆蟲屍體之間摸索，但什麼也沒摸到。

鑰匙也沒在地上。

是不是被瓊恩動過了？或是在撢灰塵的時候弄掉了？

我清楚記得在瓊恩離開後，我把鑰匙放在上面，正如珊卓吩咐過的，放在觸手可及但孩子搆不到的地方，免得遇上火警。鑰匙會不會掉下來了？如果是，又掉在哪裡了？鑰匙很大，而且是黃銅製的。以它的體積，掉在地上不可能沒注意到，也不可能被吸塵器吸進管子裡。是不是被踢到什麼東西底下了呢？

我手腳著地趴下，用手機的手電筒照進洗衣機和烘乾機的下方，但同樣什麼也沒看見。只有平坦的白地磚和一團團灰塵，在我吹到一邊時微微抖動著。鑰匙也不在水桶後面。接著，儘管心存懷疑，我還是走向存放吸塵器的櫥櫃——集塵盒已經清空，裡頭空無一物。吸塵器是沒有集塵袋的那一種，灰塵吸進肉眼可見的透明塑膠圓柱裡——先姑且不問鑰匙有沒有可能跑到裡面，任誰倒出一把黃銅大鑰匙都絕對會注意到。

之後，我搜遍了整個廚房，連垃圾桶都檢查了——但什麼也沒有。

最後，我打開雜物間的後門，望向雨中的那排馬廄，樓上透出燈光的那扇窗戶。我該不該打電話給傑克？他會不會有備用鑰匙？就算他有，我真的有辦法忍受他把我想成一個毫無條理、無可救藥的人嗎？他主動提出幫忙才過了十分鐘，我就向他求救？

正當我躊躇不定之際，他家窗戶的燈熄了，我這才明白他大概已經睡了。

太遲了。我不能把他從被窩裡拉出來。

來到門外附近看了最後一眼，以防鑰匙不小心被踢出外面之後，我把門關上。

明早再問傑克吧。

與此同時，喔，天啊，我該怎麼辦？我……我得用什麼東西把門擋住才行。

想想真是荒謬——我們住在方圓百里什麼都沒有的地方，隔著一道上鎖的柵門，但我知道如果我覺得這裡不安全，就無法睡得安穩。

門把是球形把手，不是那種可以在底下放張椅子阻止轉動的門把，而且沒有門閂。但經過一番尋找後，我總算在放吸塵器的櫥櫃裡找到一個楔形門擋。我把門擋緊緊塞進底下的門縫，然後轉動門把測試。

令我驚訝的是，門真的固定住了。這擋不住意志堅定的小偷——但話說回來很少人會這麼做。如果有人決心要闖進來，直接打破窗戶就行了。但這至少給人一種門有上鎖的感覺，我知道我會因此睡得比較安穩。

我走回廚房清理披薩盒和吃剩的食物時，爐具正上方的時鐘顯示著十一點三十六分。我忍不住發出呻吟。孩子們六點就會起床。我早在幾個鐘頭前就應該睡了。

唉，現在後悔也來不及了。我只得放棄沖澡，趕快上床睡覺。我真的好累，我本來以為這不是太大的問題。

「關燈。」我大聲說。

廚房瞬間陷入一片漆黑，徒留走廊透進來的微光照亮著水泥地。我忍住呵欠，一路上樓來到床邊。衣服都還沒脫完就差不多進入夢鄉。

我醒來的時候，是突如其來的驚醒。眼前迎來的是一片漆黑和無所適從的迷失感。我在哪裡？是什麼把我吵醒？

過了一分鐘，記憶才漸漸湧回——海瑟布雷別莊。艾林庫爾夫婦。孩子們。傑克。

床頭櫃上的手機顯示現在是凌晨三點十六分。我發出哀號，讓手機咚一聲放回木櫃上。難怪天還是黑的，現在是他媽的三更半夜。

愚蠢的大腦。

可是究竟是什麼把我吵醒？是佩特拉嗎？其中一個孩子在睡夢中大哭出聲嗎？

我在床上躺了一會兒仔細聆聽。我什麼也聽不見，但我人在三樓，而且跟孩子之間隔了兩扇門。

最後，我耐住嘆氣的衝動，起身披上睡袍，接著走到房間外的樓梯間。

整棟房子悄然無聲，但讓人有種……不對勁的感覺，雖然我說不上來是哪裡怪怪的。雨已經停了，但我什麼也聽不見，無論是遠處車輛的轟隆聲或樹林間的風聲。

後來是因為兩件事，才讓我稍微理解是怎麼回事。

首先是對面牆壁上的影子，是二樓小桌上凋謝中那瓶牡丹花的影子。有人打開了二樓走廊上的燈。我上床睡覺前確定自己已經關上的燈。

第二件事是我躡手躡腳走下樓梯時發生的，把我嚇得心臟差點停止，接著開始劇烈跳動，就像是快從喉嚨跳出來似的。

那是步行在木地板上的腳步聲，緩慢且慎重，與前幾天晚上如出一轍。

嘎吱、嘎吱、嘎吱。

我的胸口彷彿壓著一塊鐵板。我沿著樓梯走了兩步後愣在原地，低頭看著二樓樓梯平台的燈，然後抬頭看向推測是聲音的來源處。我的老天啊。房子裡有其他人嗎？

走廊的燈我可以理解。或許是麥蒂或艾莉起床上廁所時忘了關——牆壁每隔一段距離安插了昏暗的小夜燈，但她們可能還是打開了走廊上的主燈。

但腳步聲……？

我想起珊卓的聲音曾經毫無預警地從廚房的音響系統裡傳出來。那會不會就是答案呢？那該死的快樂應用程式搞的？但那是怎麼做到的？更重要的是為什麼？這根本說不通。有權使用程式的人只有珊卓和比爾，而他們完全沒有理由像這樣嚇我。事實正好相反。他們才剛剛花了好大一番功夫和開銷雇用我。

何況，那聲音聽起來實在不像是從喇叭傳出來的，沒有給我一種無形的感覺，就像之前珊卓在廚房裡的說話聲那樣。當時，我不覺得有人站在我後方，和我講話，聽起來完全就像有人透過喇叭發送聲音。這個，卻不一樣。我可以聽見腳步聲從天花板的一側開始慢慢地、執意地移動到另一側，然後停下來，轉身繼續走。聽起來……聽起來完全就像有人在我頭頂的房間來回踱步。

但這也沒有道理，因為樓上沒有房間，連個通往閣樓的入口都沒有。

一個畫面突然閃進我的腦海——第一天來到這裡之後就再也沒想過的一件事。我房間那扇上鎖的門。那扇門通往什麼地方？那上面有閣樓嗎？不大可能有人從我的房間進入閣樓，但我確實能聽見上方傳來的腳步聲。

我發著抖踮腳走回我的房間，打開床頭燈的開關。燈沒有亮。

我發誓，雷克斯姆先生。我不羞於承認。我對天發誓，我是靠開關把那盞燈關掉的，所以他媽的為什麼不能靠開關重新打開？這愚蠢的照明系統到底遵循的是何種邏輯？

一肚子火的我，拚命拍打牆壁上的平凡面板，不管是音樂、是地熱系統，還是什麼玩意兒，總之對著那些方塊和圖示亂打一通，看著它們在手掌底下一一亮起。衣櫃的燈亮了又暗，浴室的風扇啟動，古典音樂流瀉而出響遍整個房間，然後在我又一次猛戳面板時陷入沉默，緊接著天花板的通風孔開始吹出冷風。但最後，頭頂的主燈總算亮起。

我的手垂落一側，大口呼吸，但心裡萬分得意。接著，我出發去打開那扇上鎖的門。

首先，我用的是房間鑰匙。珊卓示範給我看過，鑰匙就藏在門框上方，房子裡所有的鑰匙都擺在相同的地方。不吻合。

第二，我用的是對面衣櫃的鑰匙。一樣不吻合。

那扇門的門框上除了灰塵外空無一物。

最後，我跪下往鑰匙孔裡窺看，心臟在胸口有如鼓鳴，跳得好厲害，我還以為我就要吐了。

我什麼也沒看見——只有無底洞般的漆黑。但我能感覺到什麼。一陣涼風吹來讓我的眼睛眨了一下，淚水滿盈，接著風又從鑰匙孔抽回。

那裡面不只是一個櫥櫃的空間，還有別的東西在裡面。可能是閣樓。最起碼是一個大得足以產生氣流和空氣來源的空間。

腳步聲已經靜止，但我知道今晚我是睡不著了。最後我用棉被把自己裹起來，抓著手機坐在床上凝視那扇上鎖的門，頭頂的燈明亮地照著我。

我不曉得我在等什麼。等著看見門把轉動？等著某個人——某樣東西——現身？

無論答案是什麼，最後都沒有發生。我只是坐在那裡，看著窗外天空逐漸亮起，破曉的一道亮黃色晨光在地毯上越拉越長，混合著天花板的人造光。

我既恐懼又疲倦，覺得噁心想吐，同時也對眼前新的一天感到焦慮。

我聽見樓下傳來低沉暴躁的哭嚎聲，才總算鬆開手機，伸展僵硬的手指頭，看見螢幕上顯示現在是早上五點五十七分。

已經早上了。孩子們準備起床。

我爬下床，下意識伸手摸我的項鍊——卻只摸到我的鎖骨，這才想起我第一天晚上把項鍊脫掉、放在床頭櫃上，正如當初下樓面試前那樣。

這會兒，我轉身要拿項鍊，卻發現它不在那裡。我皺眉，低頭看向小床頭櫃的後方。沒東西。是不是被瓊恩．麥肯齊清掉了？

樓下的哭嚎聲再次傳來，這次更加響亮。我嘆口氣，放棄尋找。晚點再說吧。

首先，我得先熬過這一天。

咖啡機——事先裝好咖啡豆，接上自來水。在應用程式上操作，在主選單上選擇「裝置」，然後選擇「小酒館」，再從預設選項中挑選類型或客製妳自己喜歡的咖啡。如果咖啡豆的圖示亮起，表示漏斗的咖啡豆需要補充。如果出現！的錯誤圖示，那麼要不是網路出錯，就是水壓有問題。妳可以設定咖啡機在每天固定的時間啟動，早晨醒來時真的很棒，但當然了，前一晚千萬別忘記在底下放一個咖啡杯！預設選項如下——

天啊。自從來到這裡，我大多逼自己喝茶，主要是因為咖啡機實在令人望而生怯——佈滿按鍵和旋鈕和轉盤的金屬龐然大物。我剛來時，珊卓解釋過咖啡機需要連接網路，並透過應用程式操作——但幸福是我碰過最難使用的系統。話雖如此，一夜沒睡的我知道，唯一能讓我恢復精神的東西是咖啡。這會兒佩特拉正在吃著一盤迷你米餅，我則下定決心要把這台機器弄明白。

我都還沒打開電源，一個聲音就從我背後傳來。「叩叩叩……」

我嚇了一跳，匆忙轉身，仍因為昨晚的心有餘悸而神經兮兮的。

是傑克，站在雜物間的門口，身穿夾克外套，手裡拿著狗繩。我沒聽見他進來的聲音，而我的驚嚇和猶疑不定想必清楚寫在臉上。

「抱歉，我不是故意要嚇妳的。我有敲門，但妳沒聽見，所以我就自己進來了。我是過來帶狗去散步的。」

「沒事。」我說完，轉身拿走佩特拉的米餅。她已經不吃了，正拿著一塊米餅砸自己的耳朵。傑克突如其來的出現至少解答了一個問題，同時讓我可以從清單上劃掉一件事。狗到處蹦蹦跳跳，興奮地準備外出，傑克厲聲對牠們發出噓聲。牠們立刻安靜下來，明顯比聽從珊卓的命令快得多。他抓起體型較大那隻的項圈，準備裝狗繩。

「睡得好嗎？」他隨意問道，一邊扣上狗繩。

我回過頭，本來幫佩特拉擦臉的手停在半空。睡得好嗎？這句話是什麼意思？難道他……他……知道？

有一會兒，我只是站在原地目瞪口呆看著他。佩特拉趁我分心的瞬間抓起一塊特別軟爛的米餅，砸上我的衣袖。

接著，我甩頭讓自己清醒。他只是像一般人一樣出於禮貌的問候。

「老實說，不是很好。」我沒好氣地說，把衣袖在擦碗布上抹一抹，拿走佩特拉手中的米餅。「昨晚我找不到後門的鑰匙，所以沒辦法鎖門。你知道鑰匙去哪裡了嗎？」

「這扇門？」他揚起一邊的眉毛，朝雜物間的方向抬了抬頭，我跟著點點頭。

「門上也沒有門閂。最後我只好用一塊木頭把門卡住。」儘管這麼做沒什麼用。傑克今早開門時，大概直接就把木塊推到一旁，根本沒注意到。「我知道我們住在荒無人煙的地方，但卻沒有讓我在夜裡比較好睡。」

另外，還有那些腳步聲，我心想。但我實在提不起勇氣告訴他。這種事在大白天底下聽起來很瘋狂，而且有太多其他可能的解釋。中央暖氣的管線受熱膨脹。屋頂的橫樑經過一天的日曬後冷卻收縮。老房子地基不穩。我打從心底知道，這些都不能完全解釋我所聽到的聲音。但我不知道該如何讓傑克明白。鑰匙卻不一樣。這是某個顯而易見……具體存在的東西。

傑克皺起眉頭。

「珊卓通常把鑰匙放在門框上方。她不喜歡插在鑰匙孔上，怕孩子們亂動。」

「這我知道。」我的語氣流露著快要無法壓抑的煩躁。發生這種事並不是傑克的錯。「我是說，她有跟我說過，就寫在資料夾裡。我昨天把鑰匙放上去了，但現在就是不在那裡。你想會不會是瓊恩拿走了？」

「瓊恩？」他看起來很訝異，接著輕笑一聲，搖了搖頭。「不，我想不會。我是說，她為什麼要拿呢？她有她自己的鑰匙。」

「那會不會是其他人呢？」

他仍搖著頭。

「任何人來到這裡都逃不過我的法眼。他們光是外面的柵門就進不來了。」

我沒告訴他我去外面找完麥蒂和艾莉回來的時候，瓊恩發現後門是鎖著的。不是我鎖的，所以到底是誰呢？

「也許掉到什麼地方去了。」他說著，走回雜物間一探究竟，兩隻狗有如忠心的影子跟上去，在他推開烘乾機、往洗衣機底下查看時一起東聞西嗅。

「我已經看過了。」我說，努力不讓語氣顯得不耐。接下來，見他沒有起身或放棄搜找，我又說：「傑克？你有聽見嗎？我到處都找過了，連垃圾桶也沒放過。」

但他已經開始把洗衣機推到一邊，使力時出了點聲音，洗衣機的輪腳摩擦著磁磚地板傳來尖銳聲響。

「傑克？你有聽見嗎？我說我已經——」

他不理我，抵著機台彎下腰，一隻手臂往洗衣機後面向下伸長。

「傑克——」我的語氣現在充滿明顯的怒氣，但他打斷我的話。

「拿到了。」

他得意地站直身子，手裡拿著一把佈滿灰塵的黃銅鑰匙。我立刻把嘴巴閉上。

我看過了。我真的看過了。我清楚記得我有往洗衣機底下查看，但除了灰塵外什麼也沒看見。

「可是——」

他走過來，把鑰匙放上我的手掌。

「可是……我看過了。」

「鑰匙卡在輪腳後面，我想妳可能沒看見。大概是門用力關上時掉了下來，然後滑進那下面去。總之結局是好的就好了，大家不都這麼說嗎？」

我合掌握住鑰匙，感覺那鋸齒狀的金屬刺著我的掌心。我看過了。我仔細地看過了。不管有沒有輪腳，我怎可能會漏看一把八公分長的黃銅鑰匙，更何況那正是我在尋找的東西？

如果鑰匙真的在那裡，我不可能沒看見。這表示說不定……鑰匙並不在那裡。是後來有人丟到那裡的。

我抬頭對上傑克那雙誠懇的褐色眼睛，見他對我露出微笑。不可能的吧？他人那麼好。

也許……有點太好了？

你想也不想直接走向洗衣機，我想說。你怎麼會知道？

但我無法鼓起勇氣大聲說出我的質疑。

我實際說的是：「謝謝。」但在我耳裡聽來，語氣抑鬱寡歡。

傑克沒有回應，他正在拍掉雙手的灰塵，轉向後門，狗在他的腳邊轉圈吠叫。

「一小時之後見嘍？」他說。這次他微笑時，笑容不再讓我的心小鹿亂撞。反之，我注意到他手背上的青筋。他把狗繩拉得非常短，把牠們留在腳邊支配牠們。

「沒問題。」我靜靜地說。

「喔，我差點忘了——今天瓊恩休假，不會過來，所以不必留碗盤給她洗。」

「明白。」我說。

他轉身，穿過後院，狗緊緊跟在後方。我目送他離開，仔細思索每一件事的先後順序，企圖想弄清楚到底發生了什麼事。

雖然我對傑克提起瓊恩的名字，但如今我再仔細一想，記得自己在瓊恩離開後檢查過後門，並且用鑰匙把門鎖上。我記得在她離開後把鑰匙放上門框，所以除非瓊恩又掉頭回來——這似乎不太可能——那我這樣怪罪她似乎不公平。

在那之後發生過的事情是……我記得傑克來到這扇門前，但我有開鎖嗎？沒有……我相當肯定我直接把門打開——傑克想必是用了他自己的那串鑰匙開鎖。還是當時是我開的鎖？我實在想不起來。

無論如何，他來探望我的期間，不是沒可能趁機把鑰匙藏進口袋，然後剛剛才把鑰匙丟到洗衣機底下。但為什麼？為了嚇我？感覺不太可能。趕走褓姆對他有什麼好處？

要說是瓊恩幹的好事，我反而比較相信。她顯然不喜歡我。但即便如此——先姑且不論她離開後又偷溜回來的可能性有多高，但我越想就越難以置信。她似乎是真心疼愛那些孩子，我不相信她會在孩子睡著的時候，故意讓她們身處不安全的房子裡。

這就剩下最後一個令人不安的可能。那就是有人確保能趁夜進入房子而拿走了鑰匙。不是有自己鑰匙的瓊恩或傑克，而是……其他陌生人。

不——這太瘋狂了，我開始在鑽牛角尖了。也許鑰匙真的從頭到尾都在那裡，卡在輪腳的後面，就像傑克說的。會不會我只是看得不夠仔細呢？

我仍在東想西想之際，廚房傳來不耐煩的聲音，我回過頭，看見佩特拉暴躁地踢著她的高腳椅。我匆匆回到廚房，解開她的安全帶，把她放進廚房角落的遊戲圍欄。接著，我把馬尾拉緊，擠出最燦爛的微笑，準備去找麥蒂和艾莉。

她們在視聽室，窩在角落彼此竊竊私語。我一拍手，兩顆小腦袋瓜立刻轉過來。

「好了！走吧，孩子們，我們去野餐。我準備了三明治、洋芋片、米餅……」

我本以為她們會斷然拒絕，但出乎意料的是，麥蒂站了起來，拍拍褲襪上的灰塵。

「去哪裡野餐？」

「就在後花園。妳們願意帶我到處看看嗎？我聽傑克說妳們有一個秘密基地。」那完全不是真的——他根本什麼也沒說，但我從來沒遇過有哪個孩子沒有屬於自己的秘密基地。

「妳不能看。」艾莉馬上開口說。「那是秘密。我是說——」她一見麥蒂氣沖沖地瞪著她，便立刻住嘴。「我是說，我們沒有秘密基地。」她哀怨地補充道。

「喔，太可惜了。」我輕快地說。「這個嘛，沒關係，我相信一定還有很多有意思的地方。穿上雨鞋。我要把佩特拉放進嬰兒推車，這樣她才不會亂跑。不過之後我們就出發。妳們可以把所有最適合野餐的地點介紹給我。」

「好。」麥蒂說。她的語氣平靜，甚至有點得意，我不禁狐疑地看了她一眼。

十分鐘過後，我們出發前往後花園，沿著崎嶇的鵝卵石小徑來到一座小山坡的頂端，接著往下來到山坡的對岸。後花園這一側的風景同樣壯麗，但也更加陰冷。我們和遠山之間除了零星散布的農場和小鎮外，放眼望去盡是一片連綿起伏的森林。一段距離外，某種猛禽慵懶地在森林上方盤旋，尋找牠的獵物。

我們蜿蜒穿過一座雜草叢生的菜園，麥蒂熱心地向我介紹覆盆子的莖和種香草的苗圃，接著經過一座浮滿灰黑油渣的噴泉。噴泉已經沒有運作，上方的雕像龜裂，爬滿苔蘚。我赫然發現那棟房子和這片雜亂荒涼的菜園之間存在著奇怪的反差。我本來想像有許多戶外座位區和木製平台和精美的園藝植栽，而不是這稍嫌悲哀、疏於照料的狀態。也許珊卓不是特別喜歡戶外活動的人？或者他們花了太長時間整修那棟房子，還沒時間處理後花園。

房子的轉角處有一組鞦韆。艾莉和麥蒂跳上鞦韆，開始比賽誰盪得更高。有那麼一會兒，我只是站在那裡看著她們，接著口袋裡的某樣東西發出刺耳的震動聲，我才驚覺是我的手機在響。

我拿出手機，看一眼來電顯示，心跟著揪了一下。我怎麼也料不到這個人會打來，我不得不深吸一口氣才有辦法滑開螢幕接電話。

「喂？」

「嘿！」她尖聲說，那熟悉的嗓音是如此洪亮，害我不得不把手機從耳邊拿開。「是我啦，蘿溫！妳好嗎？天啊，好久沒和妳說話了！」

「我很好！妳在哪裡？這通電話肯定花了妳不少錢。」

「確實，我在印度的一座小鎮。好姊妹，這裡真的太棒了，而且超便宜！妳真的應該辭職，過來加入我的行列。」

「我——我是辭職了。」我說著，發出有點尷尬的笑聲。「我沒跟妳說嗎？」

「什麼？」

我再次把手機從耳邊拿開。我們已經好久沒有通電話，我都忘了她嗓門有多大。

「是滴。」我說，手機仍拿在耳朵的幾公分外。「我向小童幼兒園遞辭呈了，上星期離開的。我告訴珍妮那份蠢工作她可以自己留著的時候，她臉上的表情讓我在那裡做了那麼久都值得了。」

「我能想像。天啊，她真是個臭婆娘。我還是不敢相信我離開時瓦爾沒有把那個職位給妳。」

「我知道。聽著，我一直想打電話給妳，我想告訴妳——我搬出公寓了。」

「什麼？」通話斷斷續續，她那遠從千里之外的印度傳來的聲音頻頻發出回音。「我沒聽清楚。我以為妳說妳搬出公寓了。」

「是，我是搬出去了。我接下的工作是住家型的。但別擔心，房租我仍繼續繳著，這裡的薪水非常好。所以妳的東西都還在，旅行結束後回來也還有地方住。」

「妳負擔得起？」她那遙遠的尖嗓聽起來很是佩服。「哇！這份工作的待遇肯定真的很好。妳怎麼弄到的？」

我隨便搪塞了這個問題。

「他們急著需要人。」我說。至少這是事實。「先別說這個了，妳好嗎？有計畫回來嗎？」

我盡量讓語氣保持輕鬆，不表現出她的答案對我而言有多重要。

「當然了。」她的笑聲迴盪著。「但還沒那麼快，我的機票還有七個月才到期。不過喔，好姊妹，聽到妳的聲音真好。我好想妳！」

「我也很想妳。」

艾莉和麥蒂已經跳下鞦韆，離我越來越遠，沿著兩側長滿石南花的曲折磚砌小徑往前走。我把手機夾在脖子之間，開始推著嬰兒車穿過崎嶇不平的陸地，跟上她們。

「聽著，我現在其實正在工作，所以……我可能得……」

「喔，當然。我也應該趁這通電話讓我破產前掛了。但妳很好，對吧？」

「嗯，我很好。」

接著是一段尷尬的停頓。

「那，拜了，蘿溫。」

「拜，瑞秋。」

說完，她掛斷電話。

「是誰啊？」我的手邊傳來一個細小的聲音，把我嚇了一跳。我低頭看，發現是麥蒂皺眉看著我。

「喔……只是我以前的一個同事。我還住在倫敦的時候我們是室友，但後來她去旅行了。」

「妳喜歡她嗎？」

這個問題實在可愛，我不禁放聲大笑。

「什麼？是啊，我當然喜歡她。」

「妳聽起來好像不想和她說話。」

「我不知道妳這的想法從哪兒來的。」我們繼續往前走，嬰兒車顛簸碰撞到小徑上一塊鬆脫的磚塊時，我一邊思考她的話。她是否真的說中了一點點呢？「她是從國外打來的。」最後我說。「通話費非常貴，我只是不想害她花太多錢。」

麥蒂抬頭看我片刻，那雙黑色圓眼凝視著我，給我一種說不出的奇怪感覺。後來她轉身跑開，蹦蹦跳跳跟上艾莉，一邊大喊：「跟我來！跟我來！」

小徑一路往下延伸，離房子越來越遠，路面也越來越崎嶇。過去，小徑鋪以人字紋紅磚，如今磚塊因為霜凍而龜裂鬆脫，有些甚至一併失蹤了。遠方，我看見一道約莫一．八公尺高的磚牆和一扇鍛造大門。孩子們似乎正在往那裡前進。

「那是後花園的盡頭嗎？」我在她們身後叫道。「慢一點，我不希望妳們跑到外面的荒野上。」

她們停下腳步等我。艾莉雙手扠腰，氣喘吁吁，小臉紅通通的。

「這是花園。」她說。「四周有牆壁，像沒屋頂的房間。」

「聽起來很刺激。」我說。「就像秘密花園一樣。妳們讀過那本書嗎？」

「她當然沒讀過。她的年紀還沒大到可以讀章節小說。」麥蒂壓抑地說。「但我們看過電視。」

我們來到與圍牆差不多高度的地方，我可以明白艾莉的意思。

這是一面坍塌的紅磚牆，稍微比我高一些，看樣子封閉了後花園的一角，獨立出一個長方形的區域，與其餘的景觀劃分開來。

這種建築物很可能是為了圍住一座菜園——保護嬌嫩的香草和果樹免於霜害——但眼前那些浮出高牆的樹木和蔓生植物看起來根本無法食用。

我拉了拉鐵門的把手。

「門鎖住了。」透過華麗繁複的鐵藝花紋，我看見一片瘋狂生長的灌木叢和蔓生植物，還有被一片蔥蘢草木半遮半掩的某種雕像。「真可惜，裡面看起來很刺激。」

「表面上看起來鎖住了。」艾莉興奮地說。「可是我和麥蒂知道一個進去的神秘辦法。」

「我不確定——」我開口說。但我話還沒說完，她就把她的小手伸進那精雕細琢的鍛造鐵門，穿過一個對骨骼纖細的成人都非常狹窄的空間，在門鎖的另一邊做一些我看不見的動作。柵門冷不防打開。

「哇！」我真心佩服地說。「妳怎麼知道該那樣做？」

「不是很難。」艾莉得意洋洋地說。「裡面有門閂。」

我輕輕把門推開，聽鉸鏈發出尖銳聲響，然後推著佩特拉進去，把頭上一些蔓生植物垂掛的葉子撥到一邊。葉子掃過我的臉，皮膚有種被蕁麻刺到的發癢感。麥蒂在我後方壓低身體，不讓葉子碰觸她的臉，艾莉也跟著進來。她流露出調皮的表情，我也不禁好奇比爾和珊卓為什麼替這個地方上鎖。

進到門內，圍牆保護了植物免於暴露在後花園的其他地方。與外面柔和的石南花和森林，以及遠處樸素的荒野比起來，反差之大，令人吃驚。這裡到處是結滿各種莓果的常綠灌木、雜亂生長的蔓生植物，以及少許倖存的花卉。我認出幾樣——黑葉桂冠之間冒出來的聖誕玫瑰和白漿果，以及目測可能是金鍊花的植物。我們拐過一個彎，穿過一條生長已久的紅豆杉在小徑上方所形成的隧道，其奇怪的管狀莓果踩在腳下嘎吱作響，其有毒的葉子則讓所到之處寸草不生。我發現這裡還有其他溫室，雖然空間較小，但殘破骨架上的玻璃仍多得足以凝結出大量的水珠。玻璃背面長滿一塊塊綠色地衣和黴菌，厚得幾乎看不見裡頭的植物，但仍有少許植物成功突破殘破的玻璃屋頂。

四條紅磚小徑把花園分成四等份，並在雕像佇立的中央圓形小廣場交會。雕像被密密麻麻的常春藤和其他蔓生植物掩蓋，很難辨識出來，但當我走近，撥開枝葉後，發現雕像是個女人，身形消瘦，破敗不堪，她的衣衫襤褸，臉蛋有如骷髏，空洞的石眼以責難的神情直視著我。她的兩頰好似被抓傷一般坑坑疤疤。我再湊近觀察，看見她骨瘦如柴的雙手指甲又長又尖。

「天啊。」我大吃一驚說道。「好可怕的雕像，到底是誰會做出像這樣的東西？」但我沒得到答案。兩個女孩已經消失在茂密的綠色植物中，而我看不見她們。再仔細看，我發現雕像所蹲伏的底座上有一個名字。艾柯呂斯。這是某種紀念碑嗎？

突然間，我有股強烈的衝動想要離開這座盤根錯節、植物叢生的恐怖花園，回到有山有地的戶外空間。

「麥蒂！」我放聲大叫。「艾莉，妳們在哪裡？」

沒人回應，我壓抑住瞬間湧上的不安感。

「麥蒂！我們要去吃午餐嘍。走吧，我們去找個地點。」

她們等啊等，一直等到我認真慌張起來，兩個孩子才爆出一陣咯咯笑聲，從躲藏處現身，沿著我前方的小徑朝鐵門飛奔而去，投入外面清新的冷空氣中。

「快來。」麥蒂回頭大叫。「我們帶妳去看那條小河。」

下午剩餘的時光順利地過去了。我們在流經後花園角落的那條黑如泥炭的小河河岸享用了一段安靜的——甚至是美好的——午餐時光。後來女孩們脫掉鞋襪，赤腳走進茶色的河水，被冷水弄得尖叫連連，同時對我和佩特拉潑水。冰冷的小水珠讓我發出尖叫，佩特拉則是興奮得咿咿啞啞。只有兩件事破壞了大致的美好氣氛——第一是艾莉的鞋掉進河裡。我好不容易把鞋撈回來，但她仍然淚眼汪汪。我們要離開前，她不得不把那只濕透的鞋穿回去的時候，更是難過得抽噎起來。

另一件事是我額頭被蔓生植物碰到的地方，開始出現刺痛。起初是微微的刺痛，現在開始癢得不得了，像被蕁麻扎到一樣，但是更疼痛。我用冰冷的河水往額頭潑，但還是癢得難以忽略。這是某種過敏反應嗎？我從來不曾對植物過敏，但或許這是我在南部沒碰過的蘇格蘭原生種。不管怎樣，想到過敏反應越來越嚴重，而我單獨帶著這些孩子就讓我渾身不安——更別說我發現我把吸入器忘在了房子裡。

總之，我很慶幸看見天空開始陰雲密布，我就能提議把東西收一收，打道回府。回程的路上，佩特拉睡著了，於是我把她的嬰兒車停在雜物間。令我驚訝的是，麥蒂和艾莉都接受了我的建議看場電影。我們在視聽室互相依偎，我的優越感也越來越強烈，就在這時，突然一陣劈啪聲，珊卓的聲音從喇叭傳來。

「蘿溫？現在方便說話嗎？」

「喔，嗨，珊卓。」第二次沒那麼詭異了，但還是讓人覺得緊張。我不自覺抬頭看了攝影機一眼，好奇她怎麼知道我在哪個房間。兩個女孩沉醉在電影中，似乎沒注意到喇叭傳來她們媽媽的聲音。「等等，我到廚房去說，才不會吵到孩子。」

「妳可以把通話轉到手機上，這樣比較簡單。」我從艾莉後方輕手輕腳離開走進廚房的時候，珊卓的聲音也如影隨形跟著我。「只要打開幸福程式，先點擊手機的圖示，然後是移轉的箭頭。」

我照她的話做，不理會那句該死的家就是幸福所在的地方！然後按下她指示的圖示，把手機拿到耳邊。幸好，她的聲音再度響起，這次是從手機的話筒傳來的。

「成功了嗎？」

「對，我在電話上了。謝謝妳告訴我該怎麼做。」如果昨晚她有提起就好了，我就不必在傑克面前討論那串尷尬的對話……但算了吧。額頭上的疹子隱隱刺痛，但我努力忽視去抓它的衝動。

「不客氣。」珊卓輕快地說。「妳用習慣之後，幸福真的很方便。但我承認，要弄清楚所有複雜的用法得花上一段時間！話說回來，今天過得怎麼樣？」

「喔，很好。」我在一張高腳椅的邊緣坐下，抗拒抬頭看向角落那台攝影機的衝動。

「一切都很順利，謝謝。我們早上在後花園探險，玩得很開心。佩特拉睡了，女孩們在——」

我猶豫片刻，想起她昨天的言論，但決定繼續往下講。成天懷疑自己沒有意義。況且，如果她打電話前有查看攝影機的話，大概也知道她們在幹什麼。「女孩們在看電影。我想說她們今天早上有出去呼吸新鮮空氣了，妳不會介意。我想她們需要一些休息時間。」

「介意？」珊卓輕笑一聲。「天啊，當然不介意。我不是那種直升機父母。」

「妳想和她們說說話嗎？」

「想——這其實是我打來的原因。嗯，當然還有看看妳是不是還應付得來。先讓艾莉聽電話好嗎？」

我回到視聽室，把手機遞給艾莉。

「是媽咪。」

她拿起手機時表情有點猶豫，但一聽見媽媽的聲音立刻綻開微笑。我走回廚房，不想在旁邊徘徊得太明顯，一邊心不在焉地聽著艾莉這邊的談話內容。過了一段時間後，珊卓想必叫艾莉把手機拿給麥蒂，因為艾莉埋怨地發出哀號，接著我聽見麥蒂的聲音，艾莉沮喪地進入廚房，朝我走來。

「我想媽咪。」她的下嘴唇不停顫抖。

「我想也是。」我蹲下來，不想冒險給她一個可能被會拒絕的擁抱，只是盡量讓自己與她同高，以免她需要安慰。「她也很想妳。可是我們會有很多——」

我還沒說完，就被麥蒂打斷。她走進廚房，把手機遞給我，黑色雙眼流露著奇怪的神情。我不確定是什麼——看起來像惶恐和欣喜的綜合體。

「媽咪想和妳說話。」她說。我拿起手機。

「蘿溫。」珊卓的聲音急促，聽起來很不爽。「聽說妳帶她們到上鎖的花園裡面？」

「我——呃——」我嚇了一跳。搞什麼？珊卓沒說過那座花園禁止進入。「呃，對。可是——」

「妳怎麼可以強行闖入我們為了孩子們的安全著想特地上鎖的區域？我不敢相信妳竟然如此不負責任——」

「等一下。」我插嘴道。「如果我犯了錯我非常抱歉，珊卓，可是我完全不曉得那座圍牆花園禁止進入。我也沒有強行闖入任何地方。艾莉和麥蒂——」

我想說的是，艾莉和麥蒂似乎知道打開鐵門的方法，但珊卓不讓我把話說完。反之，她惱怒地嘆了一口氣，我陷入沉默，不願與她搶話，增強她的怒火。

「蘿溫，我告訴過妳用妳的常理去判斷。如果闖入一座毒花園是妳所謂的正常——」

「什麼？」我貿然插嘴，已經不在乎自己是否無禮。「妳說什麼？」

「那座花園有毒。」珊卓厲聲說。「如果妳願意花點時間讀我提供的資料夾，妳就會知道了。看樣子妳顯然沒有。」

「有毒的——」我伸手拿起資料夾，開始瘋狂翻閱。被誤解的感覺極差。我有讀這該死的資料夾，可是內容厚達兩百五十頁。像這樣重要的資訊，她應該擺在前面，而不是埋在一頁又一頁關於允許的洋芋片種類和體育課穿的正確鞋款的訊息之中。「可是——那座花園到底是怎麼回事？」

「海瑟布雷別莊的前任屋主是一名分析化學家，專攻生物毒素。那裡是他的私人——」她停下來，對整件事氣得找不出適合的字眼。「他的私人試驗場吧。那座花園裡的每種植物都有一定程度的毒性——有些還是劇毒。妳甚至不必吃進肚子裡，光是被輕輕掃過或碰到葉子就夠了。」

喔。我伸手撫摸額頭上起疱的紅疹，事情突然合理了，接著我把手放下。

「我們正在努力找出處理花園的最好方法，但那該死的東西具有文化遺產的地位什麼的。這段期間，我們只好把那裡牢牢上鎖。我得說，我從沒想過妳會帶孩子們閒晃到——」

該是輪到我插嘴的時候了。

「珊卓。」我讓語氣保持平穩，比我實際情緒來得更冷靜、更理智。「我沒有專心去讀資料夾那一頁的內容，我真的深表歉意，這百分之百是我的問題，我會立刻反省。但妳要知道，不是我說要進去的，是麥蒂和艾莉提的意見，而且她們知道不用鑰匙開鎖的方法——裡面有某種艾莉搆得到的手動裝置。她們明顯以前就進去過。」

這番話堵住了珊卓的嘴。話筒另一端是一片沉默，同時我也等著她的回應。我能聽見她的呼吸聲，有那麼一會兒，我納悶我是不是犯了錯誤的決策，提起她顯然不清楚自己的孩子都跑到哪裡閒晃的事實。接著，她咳了一聲。

「好，我們暫時說到這裡。可以請妳把電話拿給麥蒂嗎？」

就這樣。沒有「謝謝妳把這件事提出來。」沒有承認她自己其實也算不上什麼模範父母。但也許這樣期望太高了。

我把手機還給麥蒂。她在我交出去的同時對我露出一絲得意的微笑，黑色眼眸充滿敵意。

她拿著手機走回視聽室，艾莉輕輕踩著步伐跟上她，希望能再輪一次。趁著麥蒂講電話的聲音逐漸變弱，我拿起放在流理台上的平板，打開谷歌。接著，我輸入「艾柯呂斯」。

一連串恐怖照片出現在螢幕上方——各式各樣損毀程度不一、有如骷髏的白色女臉，有些蒼白但美麗，臉頰蹂躪不堪，有些腐爛敗壞，扭曲的嘴散發出死亡的惡臭。

圖片底下是各種搜尋結果，我隨便點開一個。

艾柯呂斯——希臘神話中象徵死亡、痛苦和毒藥的女神，上面寫道。

我關上螢幕。好吧，不管有沒有資料夾，我必須說我並不是沒有收到警告。警告一直都在，寫在花園中央那座雕像的底座。我只是沒看懂那則訊息。

「我說完了。」麥蒂的聲音從視聽室傳來。我壓抑我的怒氣回去，女孩們抱著膝蓋坐在沙發上，明顯有點害怕地在等我。麥蒂把手機交還給我時，我不發一語，只是把電影重新播放，坐在沙發的另一頭繼續觀看。兩人時不時會瞄我一眼，然而臉上的表情卻大不相同。艾莉很焦慮……等著被訓話。她知道她們不應該進那座花園，她卻允許自己受到誘惑驅使——要小聰明打開鐵門讓我們進去。麥蒂的表情非常不同，而且難以解讀，但我想我看得出來。那是勝利的表情。

她希望我惹上麻煩，而我稱了她的意。

直到後來，晚餐時間，我一邊擦去佩特拉臉頰上的番茄醬，一邊吞下滿滿一口字母義大利麵的時候，才隨意開口說：「孩子，妳們知道那座花園裡的植物是很危險的嗎？」

艾莉飛快看了麥蒂一眼，麥蒂的眼神似乎有些動搖。

「什麼花園？」最後她說，儘管語氣不像在問問題。她在替自己拖延時間，我心想。我給她一個無比親切的微笑，再給了她一個親愛的，別想糊弄我的表情。

「那座有毒花園。」我說。「裡面有雕像的那一座。妳媽媽說我們不應該進去裡面。妳知道嗎？」

「我們不應該在沒有大人的陪同下進去。」麥蒂推託地說。

「艾莉，妳知道嗎？」我轉向她，但她不肯與我四目相交。最後，我捏住她的下巴，強迫她看著我。

「唉唷！」

「艾莉，看著我。妳知道那些植物有危險嗎？」

她不發一語，只是想要把臉別開。

「妳知道嗎？」

「知道。」最後她終於小聲地說。

「還有一個小女生死了。」

這不是我所預期的答案。我愣了一下，因為驚訝而鬆開她的下巴。

「妳說什麼？」

「還有一個小女生。」艾莉再說一次，仍不肯看著我的眼睛。

「她死了。瓊恩告訴我們的。」

「天啊！」這兩個字下意識脫口而出。我從麥蒂的冷笑看得出來，這同樣會被她記在心上，等下次珊卓打電話來的時候說給她聽。

「什麼時候？發生了什麼事？」

「很久以前的事了。」麥蒂說。不同於艾莉，她顯然不忌諱談論這個話題。事實上，她甚至帶著一種津津有味的語氣。「在我們出生之前。她是前任屋主的小女兒。他就是因為這樣縫掉的。」

有那麼一會兒，我聽不懂最後幾個字的意思，但後來才恍然大悟。她說的是「瘋掉」，但用的是蘇格蘭口音，重複說著瓊恩跟她說過的話。

「他瘋掉了？妳的意思是他神經錯亂了？」

「對，後來他就被迫進醫院了。不是馬上，是過了一段時間，和她的鬼魂一起住在這裡。」麥蒂說，一副在闡述事實的模樣。「她以前會在三更半夜用哭聲吵醒他。這是在她過世之後。瓊恩告訴我們的。所以過了一陣子之後他不再睡覺，只是整晚走來走去。後來他就瘋了。人真的會瘋的，妳知道嗎？如果很長一段時間不讓他們睡覺的話。他們會發瘋，然後死掉。」

走來走去。這幾個字把我猛然一驚，一時半刻不知道該說什麼。接著我想起了另一件事。

「麥蒂。」我嚥了一口口水，努力思索該如何表達我的問題。「麥蒂……這……這是妳之前想說的意思嗎？妳之前說過的，說鬼魂不會高興？」

「我不知道妳在說什麼。」她面無表情，接著把盤子推開。

「我第一次來這裡的那天，妳抱住我的時候。妳說*鬼魂不會高興的*。」

「我沒有。」她冷冷地說。「我沒抱妳。我不抱人的。」但她最後一句話的反應過頭了。我可能相信她沒說過我自以為聽到的那句話，但我不可能忘記那孤注一擲的僵硬擁抱。她確實抱了我。確定這一點也突然讓我更肯定我所聽見的話。我搖搖頭。

「妳知道根本沒有鬼這種東西，對吧？無論瓊恩跟妳們說了什麼——都只是一派胡言，麥蒂。只是因為有些人對過世的人感到傷心，希望能再見到他們，所以才編故事，幻想自己見到他們了。但那全是胡說八道。」

「我不知道妳在說什麼。」麥蒂說著搖了搖頭，黑色直髮拍打著她的兩頰。

「世界上根本沒有鬼，麥蒂。我向妳保證。鬼只是虛構的東西，傷害不了妳——或我——或任何一個人。」

「我可以下去了嗎？」她斷然問道。我嘆了口氣。

「妳不想吃布丁嗎？」

「我不餓。」

「那去吧。」她從椅子上滑下來，艾莉跟了上去，拖著她順從的小影子。

我把優格放在佩特拉面前，然後走過去清理兩個女孩的盤子。艾莉如往常般是一片狼藉，滿滿的吐司屑和義大利醬汁，以及盡可能藏在湯匙底下的青豆。但麥蒂的盤子……我正準備把吃剩的食物刮進廚餘桶的時候停下動作，轉動盤子。

她吃完大部分的晚餐，但留下了大概十幾個字母義大利麵。正當我要丟棄之際，發現那些字母似乎排成了文字。我把盤子倒向廚餘桶之際，那行字稍微往斜對角滑動，但仍然清晰可讀。

WEH

AT

EU

我們恨妳。

不知為何，看到那些字以單純的字母義大利麵排列出來反而比什麼都惱火。我把盤子一刮，用力到義大利麵從廚餘桶的蓋子內部彈開，接著把盤子丟進水槽，撞上玻璃杯，結果雙雙破裂，濺起許多玻璃碎片和番茄醬汁。

幹。

幹、幹、幹、幹、幹。

「我也恨妳們！」我想對著她們輕手輕腳走進視聽室打開網飛的離去背影尖聲叫道。「我也恨妳們。妳們這些卑鄙、可惡的小王八蛋！」

但這不是真的，至少並不是完全屬實。

我確實恨她們——當下那一刻。但我也看見了我自己。一個憤世嫉俗的小女孩，情緒大得容不下她的小小身軀，那些她無法理解或克制的豐富情緒。

「我恨妳。」我記得自己埋在枕頭裡啜泣，因為母親扔掉我最心愛的泰迪熊。根據她的說法，那對我這樣的大女孩來說已經太破舊、太幼稚了。「我恨死妳了！」

但這也不是真的。我愛我的母親。我愛她愛到令她窒息——至少從外在看來感覺是這樣。這麼多年來，小手頻頻被她從衣袖和裙襬上扯開、從脖子上解開。夠了，妳會弄亂我的頭髮。喔，老天啊，妳的手髒死了。妳都長那麼大了，別再像個小孩子一樣。這麼多年來表現得太黏人、太依賴、太邋遢——以及努力想要變得更好、更乾淨、更討人喜歡。

她不想要我這個孩子。至少這是我常有的感覺。

但她是我的一切。

麥蒂擁有的東西比我多太多了——父親、三個姊妹、一棟美麗的房子、兩隻狗……但我熟悉她的悲傷、她的憤怒和她的沮喪——在一群金髮姊妹之中，她就像爸媽撿來的一個憤世嫉俗的黑髮醜小鴨。

我們甚至長得很像。

她看著我的時候，那雙牛鈴般的黑色大眼除了流露一絲得意的神情外，我也注意到其他的東西。現在我終於知道是什麼了。那雙眼睛裡，我看見了一閃而過的自己，我自己的那雙深棕色眼睛和我那不屈不撓的決心。麥蒂和我一樣，是個握有計畫的女人。問題是：她的計畫是什麼？

前一晚幾乎沒睡的我實在好累，所以我早早就把孩子們送上樓去睡覺。令我驚訝的是，她們沒有抗議。我不禁好奇她們是否跟我一樣疲倦。

佩特拉不過是象徵性的抗議一下就睡著了。我前去查看麥蒂和艾莉的時候，她們都已經穿上睡衣——或者就艾莉來說，差不多快穿上了。我幫她弄清楚上衣的方向，然後把她們趕進浴室，站在一旁監督她們乖乖刷牙。

「妳們想聽故事嗎？」我邊問邊幫躺在小床上的她們蓋好被子。我看見艾莉很快看了一眼麥蒂，尋求說話的許可。但麥蒂搖頭。

「不用。我們已經太大了，不用聽故事。」

「我知道不是這樣的。」我輕笑一聲說。「人人都喜歡睡前故事。」

換作別的晚上，我可能會兀自坐下來，打開一本書，不管麥蒂的拒絕直接開始唸起故事。但我累了。我真的好累。從日出到日落，整天和孩子們在一起的疲倦程度，跟在幼兒園的時候完全不能比，這是我當初沒有預料到的，直到現在才完全領會。我想起每個把孩子送到幼兒園的媽媽談論著她們有多累，也想起我對她們的輕微藐視，因為她們所有人頂多得照顧一到兩個孩子。但現在我明白她們的意思了。相較於在幼兒園時，這份工作在體力上沒那麼累，工作量也沒那麼密集，但難就難在責任是永無止境的延伸，孩子每分每秒都需要照料，從來沒有一刻是妳可以把孩子們交給同事，跑去抽根菸休息一下做自己。

我在這裡從來沒有下班時間，至少在接下來的十四天不會有。

「這樣吧。」最後我說，看見艾莉的下巴在顫抖。「我放一本有聲書怎麼樣？」

我拿出手機，設法進入幸福的多媒體系統，然後進入語音檔案，開始滑動瀏覽檔案清單。檔案的編排叫人困惑——在不同的檔案類型之間似乎沒有任何區別。莫札特就列在海洋奇緣的原聲帶、塞隆尼斯．孟克的爵士樂和清秀佳人有聲書的旁邊——但我滑著滑著，感覺到一顆溫暖的小腦袋瓜從我的手底下鑽上來，艾莉的小手拿走手機。

「我可以弄給妳看。」她說著，按下一個看起來像貓熊的圖示，然後是另一個看起來像倒V的圖示，後來艾莉按下去的時候，我才明白那想必是象徵書本的意思。

一長串的兒童有聲書清單立刻出現。

「妳知道妳想聽哪一本嗎？」我問艾莉，但她搖搖頭。我瀏覽清單，隨意選了一本——狄克．金史密斯的牧羊豬，似乎是絕佳的選擇。內容很長、很平靜，好聽又有教育意義。我按下播放鍵，從喇叭列表選擇了「女孩們的房間」，等待喇叭傳出片頭音樂的前幾個音符。然後，我幫艾莉蓋上被子。

「妳想親一個嗎？」我說。她沒回答，但我想我看見她輕輕點了點頭，於是我彎下腰，趁她改變主意前很快在她柔軟的臉頰親了一下。

接下來，我走到麥蒂旁邊。她雙眼緊閉躺在床上，然而我從她薄如蟬翼的眼皮底下能夠看見她的眼球在動。從她的呼吸也可以知道，她離睡著還早得很。

「妳想要親一個嗎，麥蒂？」我問。雖然知道答案是什麼，但為了想表現公平。

她不發一語。我站在那裡一會兒，聽著她的呼吸聲，然後說：「那晚安了，孩子們。祝妳們好夢，明天要上學了，好好睡。」說完，我關上門離開了。

來到走廊上，我顫抖地、幾乎不敢相信地鬆了一口氣。

這是真的嗎？她們真的全都乖乖上床睡覺，梳洗完畢，而且沒人尖叫？起碼比起昨晚，今天輕鬆得不像真的。

但或許……或許我和她們的關係已經漸入佳境。或許第一天的憤怒抗爭只是出於打擊，因為媽媽不在身邊，而是一個陌生人來照顧她們。或許經過一整天融洽的相處加上珊卓打來的一通電話，一切就迎刃而解了？

我心情放鬆地檢查雜物間後門是否上鎖，跟大門的面板和玄關的燈奮戰了一會兒，然後帶著一股越來越難以克服的疲倦感，爬上樓回到自己的房間。

我經過二樓比爾和珊卓的房間時，覺得自己好像聽到什麼，或是看到了什麼——很難判斷。房門和門框之間的漆黑門縫閃過的一絲動靜。抑或那只是我的想像？我實在好累，那有可能只是我腦中產生的幻覺。

我不想吵醒孩子，於是非常、非常安靜地用掌心推開房門，聽著門板摩擦銀白色厚地毯的唰唰聲。

房間內空洞又安靜，窗簾沒有拉上。雖然在倫敦老早就天黑了，但我們在這遙遠的北方，所以儘管時間已晚，太陽才剛剛準備落入山頭。一格格泛著紅光的青灰色窗影斜照在地面上，讓地毯變成某種火紅的棋盤，儘管房間其餘角落仍是一片深不見底的漆黑。我經過他們的床邊時，伸手滑過厚實的純棉羽絨被，一邊往陰暗處瞄上一眼，因為自己這樣大膽闖入而感到心跳加快。如果珊卓現在正透過監視器觀看，她會看見什麼？有人在她的房間徘徊，觸摸她的床單。我覺得我好像聽到什麼聲音……我在腦中練習我的藉口，但我知道這不是真的。我一直都在找藉口進來。

靠近門口的床頭櫃上有一對耳環。珊卓想必是睡在這一側，這表示比爾睡在……

我踮著腳尖，輕輕繞過床尾，盡量躲在陰影中。窺看過麥蒂和艾莉房間監視器的經驗告訴我，黑暗中的畫質很差。除了小夜燈投射的溫暖光暈外，其他東西根本看不清楚。而這裡，方格狀的日落餘暉與房間別處的漆黑陰影之間，對比甚至更為強烈。

我非常、非常小聲地打開比爾床頭櫃的抽屜，然後探頭查看裡面亂成一團的個人物品。一支錶帶壞掉的手錶、一大堆零錢、幾張車票、一個鼻腔噴霧劑、一把梳子。我不確定我想找到什麼——但如果是為了想了解住在這裡、睡在這裡、躺在這潔白枕頭上的人是什麼樣子，只能說我很失望。所有東西完全不具任何個人色彩。

我想起他，想起廚房裡的那次會面，想起他穿著牛仔褲的腿滑入我的大腿之間，用那長年練習下油然而生的自信侵犯我，我就覺得想吐。*你到底是什麼人？*

突然間，我有種非出去不可的感覺。我急忙走過格紋地毯，不在乎是不是躲在陰影裡，也不在乎珊卓或比爾會不會看到我。看就看吧，讓他們兩個都看看。

回到二樓的房間，我關上門，把自己隔絕在房子的其他區域之外。隨著玻璃窗上的窗簾緩緩闔起，我朝外面世界看了最後一眼，只見如鮮血般的日落餘暉消失在遙遠的凱恩戈姆山脈後方，以及傑克的公寓窗戶所透出的燈光，堅定不移地照著昏暗的庭院。

我躺進柔軟的鵝毛枕上時，不禁想起了他。我想起他那天早上的雙手，想起他輕鬆掌控兩隻情緒激動的狗，主宰牠們、把牠們拉在腳邊的模樣。我想起那把鑰匙，想起他準確無誤地走向鑰匙的藏身之處，一個我早已找過的地方。

但後來我想起其他事情——他第一晚的善意舉動，特地過來看我過得好不好。還有他從嬰兒監控器傳來的聲音，哄著佩特拉睡覺，對她低聲吟唱，那溫柔的音調讓我的腸胃以一種無法言喻的奇怪方式絞作一團。那當中沒有虛假的成分，沒有欺騙。那份溫柔體貼是真誠的，我很肯定。

我在想，如果那天晚上在廚房裡的是我和他，而不是比爾，我還會不會或是我的反應會截然不同？也許是對他張開我的雙腿，紅著臉，傾身向前。

但正當這個想法從腦中出現，讓我的臉頰在黑暗中漲紅，我又再次想起自己跪在雜物間的地板，用手機的手電筒搜查洗衣機底下的畫面。那把鑰匙確實不在那裡。事情發生至今相隔了好幾個鐘頭，我卻始終不曾懷疑自己——事實正好相反。我現在可以百分之百確定。

這表示……

我用雙手搓揉臉頰，忍住不去抓蔓生植物留下的那逐漸消退的癢感。我太荒唐了。他完全沒有理由偷走那把鑰匙存心為了要嚇我。畢竟，他擁有自己的鑰匙，他的指紋也授權得以打開大門。（雖說……每次有人用那個鎖八成都有紀錄，我的潛意識低聲說。老式門鎖不會存在的紀錄。）

但不會的，不可能，這根本沒道理。他為什麼要特意讓一把鑰匙消失二十四小時？目的為何？這麼做除了讓我提高警覺外，對他沒有任何好處。另外，還有我的項鍊——至今仍沒找到的項鍊，儘管我還沒時間認真找過。那當然不可能是傑克搞的鬼。這一切全是妄想症。弄丟東西是很正常的事。鑰匙會掉，項鍊會被收進口袋和抽屜，然後在幾天後尋獲。這一切都有合情合理的解釋——不需依靠陰謀論。

我把想法推開，翻過身，讓睡意像沉重的毯子把我覆蓋。睡意來襲前，我最後想到的不是傑克，也不是鑰匙，甚至也不是比爾。而是閣樓裡的腳步聲，以及因為那座有毒花園失去女兒的老人。

還有一個小女生。

我徒勞地伸手撫摸喉嚨，想抓住不存在的項鍊。最後，我睡著了。

一陣尖銳刺耳的聲音讓我驚醒，整個人困惑不已。我的第一個直覺是用雙手摀住耳朵，儘管我一下子就從床上坐起來，拚命環顧四周，冷得直打顫。

燈是開的——所有的燈，全都調到最明亮、最刺眼的程度。而房間冷若冰霜。但那個噪音——天啊，那個噪音。

是音樂，至少我是這麼認為。但音量大得失真，無法辨識是哪首曲子，從天花板的喇叭傳出的尖聲巨響把音樂變成了混亂不明的喧鬧。

頃刻間，我不知道究竟該怎麼辦。接著，我奔向牆上的面板，開始對著按鈕亂按一氣，心跳在耳邊怦怦作響，扭曲變形的刺耳音樂在腦中宛如咆哮。然而，除了衣櫃的燈光跟著亮起外，什麼事也沒發生。

「關音樂！」我叫道，但沒事發生。「關喇叭！音量變小！」沒用，都沒用。

我聽見樓下的狗吠聲，佩特拉的房間傳來害怕的尖叫聲。最後，我只好放棄按壓面板，抓起睡袍奔出房外。

走廊上的音樂一樣大聲——甚至更大聲，因為狹窄的牆壁似乎把聲音匯集了起來。二樓這裡的燈也亮了，讓我透過嬰兒房的門口稍微能看見佩特拉。她站在嬰兒床裡，頂著爆炸頭，害怕得大聲哭泣。

我立刻把她抱起來，奔向走廊盡頭的女孩房，用力把門推開，發現麥蒂呈胎兒姿勢蜷縮在床上，雙手摀著耳朵，而艾莉不見蹤影。

「艾莉呢？」我咆哮著說，想壓過音樂和佩特拉如警笛般的哭嚎。麥蒂抬起頭，嚇得臉色發白，雙手仍摀著耳朵。我抓住她的手腕，把她拉起來。

「艾莉呢？」我直接對著她的臉尖聲說。她甩開我的手，轉身往我前方的樓梯往下跑，我跟在後面。

來到一樓的玄關，噪音同樣糟糕。而在樓梯底部波斯地毯中央的，是艾莉。她雙手抱頭，蹲在地毯上縮成一個小球。受驚嚇的狗從雜物間的狗窩放出來，在她身邊跳來跳去，一邊瘋狂吠叫，加入噪音的行列。

「艾莉！」我大叫。「怎麼了？妳按到什麼東西嗎？」

她抬頭看我，一臉呆滯和茫然。我搖搖頭，奔向放在金屬吧檯上的平板。我開啟居家管理應用程式，輸入密碼時，卻沒有任何反應。我記錯了嗎？我再次輸入密碼，激動的狗吠聲就像電鑽發出的噪音襲擊我的頭骨。還是沒反應。妳被鎖——我來不及讀上面的文字，螢幕就突然亮起然後黑掉——紅色的電池警示燈閃了一下，跟著就熄滅了。幹。

我對著牆壁的面板用力一拍，炊具上方的燈亮起來，冰箱上的螢幕開始以最大分貝播放YouTube，但音樂的音量沒有減弱。我能感覺心臟在胸口劇烈跳動，知道自己沒辦法把這東西關掉而越來越恐慌。這是什麼他媽的蠢主意——智能房子？我沒見過比這更智障的東西了。

孩子們不停發抖，佩特拉仍在我耳邊發出震天價響的哭叫聲，兩隻狗則在我們腳邊兜圈子。我整個人六神無主，再試了一次平板，不期待密碼會奏效。果不其然。螢幕是一片漆黑。我的手機在樓上——但我能留下這些害怕的孩子那麼久去拿嗎？

我東張西望，思考我到底該怎麼辦，就在這時我感覺到肩膀被碰了一下。我嚇得差點把佩特拉摔在地上，接著責難地一個轉身，發現是傑克，站在我後方貼得好近，肩膀都碰到了他赤裸的胸膛。我們同時不自覺地退後一步，我差點被縮成一團的艾莉給絆倒。她至今仍蹲在地毯上，因為恐懼而雙眼緊閉。

傑克赤裸著上半身，根據那頭亂髮判斷，他剛才明顯在睡覺。他大聲說著話，指著大門，但我搖頭，於是他走近，雙手呈杯狀裹住我的耳朵。

「怎麼回事？我從馬廄那邊都聽得到聲音。」

「我不知道！」我大叫回答。「我在睡覺——可能是其中一個孩子按到什麼——我關不掉。」

「我可以試試看嗎？」他大聲叫道。我想當著他的面放聲大笑。他可以嗎？他搞定的話我一定要親他。我幾乎是粗魯地把平板塞給他。

「請便！」

他企圖打開平板，結果跟我之前一樣，發現平板沒電了。接下來他走到雜物間，打開一個放有無線路由器和電表的櫃子。我不太確定他在那裡幹什麼，我正忙著安撫越來越焦躁的佩特拉。但整棟房子突然變得一片漆黑，聲音也跟著赫然靜止，快得叫人不知所措。我發現我的耳朵在餘波過後嗡嗡作響。寧靜之中，我突然聽得見艾莉慌亂的啜泣聲，以及麥蒂在地毯上前後搖晃的聲音。

懷裡的佩特拉突然嚇了一跳，停止哭泣，我感覺到她的嬌小身軀因為驚訝而僵硬。接著，她發出咯咯的大笑聲。

「黑黑！」她說。

緊接著傳來咔嗒一聲，燈重新亮起——這次沒那麼刺眼，數量也沒那麼多。

「好了。」傑克說。他擦著額頭，走回廚房。狗跟在他身後，突然又冷靜下來。「我把系統調回預設模式了。天啊，沒事了。」

儘管空氣寒冷，他的額頭卻滲著汗水。他在廚房流理台邊坐下、手裡拿著平板時，我能看見他的雙手在顫抖。

我把佩特拉放在麥蒂旁邊的地毯上時，發現自己的雙手也在顫抖。

傑克替平板插電，放著等它有足夠的電量開機。

「謝—謝謝你。」我發抖著說，走進玄關。艾莉仍在啜泣。「艾莉，親愛的，別哭了。現在沒事了。妳看……呃……」我穿過廚房，開始翻找櫥櫃。「看……這裡有果醬夾心餅乾，我們來吃吧。妳也來吃，麥蒂。」

「我們刷過牙了。」麥蒂直白地說。我壓抑住想歇斯底里大笑的衝動。去他的牙齒，是我想說的心底話，但我努力把話吞回去。

「我想就這麼一次沒關係的。我們都飽受驚嚇，糖對撫平驚嚇很有幫助。」

「嗯，這是真的。」傑克頗為嚴肅地說。「以前的人會給你喝甜茶，但由於我不太喜歡在茶裡加糖，所以我也來一塊餅乾吧。謝了，蘿溫。」

「看吧？」我遞了一塊給傑克，然後放一塊在自己的嘴巴裡。「沒關係的。」我滿嘴餅乾屑說道。「給妳，麥蒂。」

她謹慎地接過餅乾，然後馬上塞進自己嘴巴，彷彿我準備要再次奪走似的。

艾莉吃得比較慢。

「我的！」佩特拉高舉雙手叫道。我在內心聳了聳肩。我在兒童營養的項目上是甭想贏得任何獎牌，但我已經不在乎了。我把餅乾剝一半，也給了她一塊，另外又給兩隻狗各扔了一大塊。

「好了，我們重新上線了。」傑克對我說，佩特拉也開心地把餅乾塞進自己嘴裡。我一時之間不明白他在說什麼，後來我看見他拿著平板，螢幕發出的光芒照在他的臉上。「我把應用程式打開了。妳先試試妳的密碼。」

我從他手中接過平板，在下拉式主選單裡點選我的使用者名稱，再輸入珊卓給我的密碼。

「你的手機已被鎖定。」的字樣閃現螢幕。我點選那行字旁邊小小的「i」字母時，「很抱歉，你登錄幸福程式時多次密碼錯誤，現在已被鎖定。請輸入預設密碼開啟，或等候四個小時。」

「啊。」傑克無奈地說。「在這種情況下很容易犯的錯誤。」

「可是等一下，」我氣憤地說，「等等，這不合理。我才輸入密碼一次，怎麼系統就把我鎖住了？」

「不是這樣。」傑克說。「妳有三次機會，而且系統會警告妳。不過我猜可能是因為噪音——」

「我才輸入一次而已。」我重複說。見他不吭聲，我更強硬地說：「就一次！」

「好吧、好吧。」傑克溫和地說完，隔著瀏海對我斜眼一看，眼神帶著打量的意味。「讓我試試。」最後他說。我把平板遞給他，沒來由地覺得很不爽。他顯然不相信我。所以到底發生什麼事？有人一直想利用我的使用者名稱登入嗎？

我看著傑克更換使用者名稱，接著輸入他自己的密碼。螢幕暫時亮起，接著他就進到應用程式裡。

我看見他的螢幕配置和我的不一樣。他有一些我沒有的權限——車庫的監視器和室外——但不能像我一樣點選小孩房和視聽室。那些房間的圖示呈現灰色，無法進入。但他一點選廚房，卻可以靠程式控制廚房的燈光。

我發現時有點驚訝。

「等一下。」我還沒想清楚該怎麼表達，這幾個字就脫口而出。「你可以用程式控制這裡的燈？」

「只有我人在這裡的時候。」他說著，點選另一個視窗。「如果妳是主用戶的話——基本上主用戶就是珊卓和比爾——就能遠端遙控所有東西，但其他人只能控制目前所在的房間，某種地理定位系統的樣子。如果妳離房間裡的面板夠近，就有進入系統的權限。」

我想這也合理。如果你近得足以伸手碰到電源開關，何不把房間裡的其他控制權限一併給你呢。但另一方面……多近才叫夠近？我們現在在麥蒂和艾莉房間的正下方。他從這裡可以用手機控制那裡的燈嗎？後院呢？

但我叫自己別再往下想。這沒有意義。他不需要從後院遠端控制。他有一整副鑰匙。可是……還有什麼更好的辦法讓別人以為你沒有涉入……當實際上你有呢？

我甩甩頭。我非停止這麼想不可。有可能是艾莉，半夜在平板上亂按。也許是她跑下樓玩糖果傳奇或看電影，結果不小心按到不該按的東西。這可能是一場意外，可能是我不小心打開某種預設模式，就像誤撥手機那樣。說到底，比爾和珊卓一樣有嫌疑。畢竟，如果我真要這樣疑神疑鬼，乾脆就做得徹底一點。何必針對一個雜工？為何不把嫌疑擴大到每個人身上？即使他們才剛剛花了大把時間和金錢聘用我，沒有把我趕走的任何理由，也都無所謂。或者，也可能還有別的使用者。誰知道蕾安娜可能有哪些權限？

我突然意識到傑克在流理台對面看著我，雙手在他赤裸裸的胸前交叉著。我看了一眼映在廚房玻璃窗上的自己——一身輕薄上衣，底下沒穿內衣，臉上仍印著睡痕，頭髮就像剛剛被拖進灌木叢似的——與我白天試圖營造的專業形象大相逕庭，前後的對比簡直可笑。我感覺我的雙頰開始發熱。

「天啊，我真的很抱歉，傑克。你不必——」我突然安靜不語。

換他低頭看著自己，似乎發現自己上半身赤裸的狀態，於是尷尬一笑，顴骨染上一抹紅色。

「我應該穿點衣服的。我以為妳們統統在睡夢中被謀殺了，所以我沒時間穿衣服……聽著，妳帶孩子們去睡覺，我去穿件上衣，把狗安置好，然後回來替程式跑些防毒軟體。」

「今晚不該這樣麻煩你。」我婉拒道，但他搖搖頭。

「不，我很樂意。我想破頭還是搞不懂為什麼程式會播起音樂，我不會讓妳們一個晚上連續兩次在睡夢中被吵醒。妳不必等我，我弄好會自己把門鎖上。或是如果妳擔心的話，我可以睡在這裡。」他指向沙發。「我可以帶一件毛毯過來。」

「不用！」話一出口，比我預期的更加堅決和激動，我不得不絞盡腦汁掩飾我的過度反應。「不用，我是說……你不必這樣。真的。我——」

快閉嘴，妳這個笨蛋。

我用力嚥下一口口水。

「我先帶孩子們去睡覺再下樓。我很快就回來。」

至少我希望不會太久。佩特拉看起來清醒得不得了。

大約是一小時過後，那晚第二次帶女孩們回床上睡覺，把佩特拉哄到快睡著的狀態後，我才走回一樓的廚房。我有點希望傑克已經收拾好回去了，但他仍在等我，這次穿上格紋法蘭絨上衣，手裡拿著一杯茶。

「妳要來一杯嗎？」我盡可能安靜走下樓時，他問道。我一時之間不確定他在說什麼，接著他舉起茶杯，於是我搖了搖頭。

「不用了，謝謝。我現在喝了有咖啡因的東西就睡不著了。」

「好吧。妳還好嗎？」

不知道為什麼，就是那簡單的問題起了作用。也許是他語氣中的真摯關心，或是和孩子們單獨相處了太久之後，擁有另一個成人陪伴在旁的強烈解脫感。也許只是因為剛剛發生的事所造成的驚嚇，直到現在才發酵。我的眼淚突然奪眶而出。

「嘿。」他尷尬地站起來，雙手插進口袋，然後又抽出來，彷彿拿不定主意似的。他很快穿過廚房，一手摟住我。我忍不住轉身，臉埋在他的肩膀上，感覺到自己全身都因為啜泣而發抖。

「嘿，嘿，沒事了……」他又說一遍，但這一次他的聲音是透過胸腔朝我傳來，比較低沉、溫和，不知道為什麼，也感覺比較緩慢。他的手在我的肩膀上方游移，然後非常溫柔地放在我的頭髮上。「蘿溫，一切都會沒事的。」

蘿溫這兩個字，讓我重新恢復理智，提醒我是誰，他又是誰，以及我在這裡的任務。我用力倒抽一口氣，往後退一步，用衣袖擦拭雙眼。

「喔，天啊，傑克。我很—很抱歉。」

我的聲音仍在顫抖，因為哭泣而沙啞，接著他伸出他的手。有那麼一會兒，我以為他要摸我的臉。我不確定我想往後退，或靠近讓他撫摸。接著我才發現——他是在拿衛生紙給我。我接下衛生紙，擤擤鼻子。

「天啊。」最後，我終於勉強擠出話來，聲音有點顫抖。我移動到廚房沙發前坐下，感覺自己差點就要腿軟跪地。「傑克，你一定覺得我是個大笨蛋。」

「我覺得妳是一個受到嚴重驚嚇的女人，正在努力為了孩子振作起來。我也覺得——」

他停下來，咬著唇。我皺起眉頭。

「怎麼了？」

「沒事，不重要。」

「沒這回事。」突然間，我極度希望他說出他本來想說的話，無論那是什麼，儘管我怕得不得了。「告訴我。」我催促道，於是他嘆了口氣。

「我不該說的。我不是會說老闆壞話的人。」

喔。所以不是我半期待半害怕的事。現在我只剩純粹的好奇。

「可是？」

「可是……」他欲言又止，咬著嘴唇，接著似乎下定了決心。「唉，管他的。反正我早就說太多了。我覺得珊卓和比爾當初不該讓妳擔任這個職位。早知事情會搞成這樣，對妳和對孩子都不公平。」

喔喔。

現在換我覺得尷尬了。我該說什麼才好？

「我知道這個職位會遇到哪些挑戰。」最後我說。

「嗯哼，妳確定嗎？」他在我旁邊坐下，沙發椅墊發出吱吱聲。「我敢說他們沒有百分之百誠實告訴妳那個小傢伙的事，嗯？」

「誰？麥蒂？」

他點頭，我嘆了口氣。

「好吧，你說得沒錯，他們沒說。至少沒完全吐實。但我是照顧孩子的專家，傑克。什麼狀況我都遇過了。」

「真的嗎？」

「好吧。我可能確實沒有遇過像麥蒂這樣的孩子。但她只是個小女孩，傑克。我們只是需要一點時間慢慢認識彼此。我們今天過得很愉快。」

但這並不是真的，對吧？她今天企圖害我被炒魷魚，先是引誘我進入那座該死的有毒花園，然後故意跟她母親打我的小報告，竭盡所能讓我看起來像個糟到不行的褓姆。

「傑克，這有沒有可能是……」我暫時收口，修正我本來要說的話。「其中一個孩子晚上的時候觸發了那些東西？她們睡前在玩平板，有沒有可能是……我不曉得……不小心按到預約排程？」

或故意的，我在心裡想，但沒說出來。

可是他搖了搖頭。

「我不認為。登入會有紀錄。而且，根據妳的說法，系統控制了房子裡的所有喇叭和照明系統。這台平板上的使用者都沒有權限做到這一點。妳需要管理員的密碼才辦得到。」

「所以……基本上必須是比爾或珊卓才有辦法？你的意思是這樣嗎？」想到這裡我覺得非常奇怪，而我的疑惑想必清楚表現在臉上。「有沒有可能是孩子們以某種方式得知他們的密碼？」

「有可能，但是他們的使用者名稱根本不在這台平板上。看。」他點開居家管理應用程式裡的下拉式主選單，清單列出了這台裝置每個可能的使用者。我、傑克、瓊恩，然後最後一個標示著「訪客」。就這樣。

「所以你的意思是……」我說得很慢，努力要想清楚。「為了得到管理員的權限，不僅需要珊卓的密碼，還需要她的手機？」

「差不多，對。」他拿出他自己的手機，讓我看他的登入頁面。「看，我是手機上唯一的使用者。這就是這樣設定的。」

「要在手機上建立新的使用者的話……」

「需要一組特別的密碼。妳來這裡的時候，珊卓給了妳一組，對吧？」

我點頭。

「讓我猜猜，密碼只能靠……」

「系統管理者產生，沒錯。大概就是這樣。」

太奇怪了。難道這些是珊卓或比爾搞的？這並非完全不可能——珊卓第一次告訴我這套應用程式的時候，我認真研讀了一遍。就我的理解，這套系統的重點就在於你可以在任何地方透過網路控制它——在瑞士的韋爾比耶度假時可以查看監視攝影機、人在樓上想下樓時可以先開燈、在印威內斯塞車了，可以把家裡暖氣調低。但他們為什麼要這樣？

我記得傑克在我帶孩子們上樓去睡覺時說過的話。雖然我知道這只是垂死的掙扎，但我還是非問不可。

「那病毒掃描的結果……？」

他搖頭。

「平板上什麼也沒有，乾乾淨淨。」

「可惡。」我雙手撫過頭髮，他一手放在我的肩膀，再次觸摸我，力道很輕，但我感覺到有道電流竄過我們之間，讓我手臂上的寒毛豎起。我微微打了個哆嗦。

傑克露出懊悔的表情，誤解了我的反應。

「看看我，拚命說些蠢話。妳肯定又冷又累——妳快去睡吧。」

這不是真的，再也不是了。我不冷，而且突然間一點都不累了。我想要的是和他一起喝一杯——最好是越烈越好。平常我不喝烈酒，但我差點就提到廚房的櫥櫃裡有一瓶威士忌。我知道如果我提了，可能會開始做出一些非常愚蠢的事，一些我可能停不下來的事。

「好。」最後我說。「這是個好建議。謝謝你，傑克。」

我起身，他也把茶放下，跟著站起來伸個懶腰。我聽見他的關節發出喀啦聲，看見他的衣服下襬和腰帶之間露出一絲的平坦腹部。

就在這時，我做了一件連我自己都嚇到的事。一件我本來沒打算做的事，等到真做了才知道自己在幹嘛。

我踮起腳尖，扶住他的肩膀，然後在他臉頰親了一下。我感覺到他清瘦的臉蛋，鬍子一天沒刮的粗糙觸感，以及他的體溫。接著，我感覺到體內深處緊緊拽著一股渴望。

我退後時，他的表情非常驚訝。那一刻我還以為我犯了很嚴重的錯誤，緊張不安的情緒升高至噁心想吐的地步。但緊接著，他咧嘴綻開一個燦爛的笑容，彎下腰非常輕柔地回親我，嘴唇貼在我的臉頰上感覺溫暖又柔軟。

「晚安，蘿溫。妳確定妳會沒事吧？妳不需要我……留下來？」

我幾乎沒有猶豫就立刻回答，

「我確定。」

他點點頭，接著轉身，從雜物間的後門離開。

我在他離開後鎖上門，鑰匙轉動時發出令人安心的鏗鏘聲。我把鑰匙放回原位，站在那裡看著他回到自己的小公寓時，那映在窗戶上的剪影。他走上樓梯來到門口，轉身舉起一隻手道晚安。雖然我不確定他在黑夜中能不能看見我，但也舉手回應。

接著他就消失了，門在他身後闔上，外面的燈也跟著熄滅，留下如墨一般的駭人漆黑。後來，我獨自站在廚房裡，全身顫抖，忍住衝動，不用指尖觸摸他親吻我的地方。

我不知道他提議留下來的時候是什麼意思，不知道他在期待什麼、在盼望什麼。

但我知道我想要什麼。我知道我八成會說我願意。

的。

我知道你在想什麼，雷克斯姆先生。這些事全都對我的案子沒有幫助。蓋茲先生也是這麼想的。

因為你和我都心知肚明，這些事會導向什麼結果，對吧？

以我的結果，是在下雨的夏季夜晚溜出房子，手拿嬰兒監控器，奔過後院，上樓來到馬廄改建的公寓。

以及一個孩童的屍體，躺臥在——不行。我不能去想，否則又要開始哭了。在這裡崩潰失控，就真的回不來了，現在的我很清楚。我從不知道有那麼多方法去面對肝腸寸斷的痛苦，但在這裡，我全見過了。那些女人會割她們的皮膚、拔光她們的頭髮、用鮮血和屎尿塗抹全身。她們會用毒品和酒精麻痺自己。她們會一直睡睡睡，從來不下床，連飯都不吃，直到把自己折磨得形如枯槁，陷入絕望。

但我必須對你誠實不可，這是蓋茲先生不會了解，也無法了解的。當初我就是在扮演一個角色才導致這步田地。穿著開襟毛衣、永遠掛著笑容、帶著完美履歷的完美褓姆蘿溫——她從來不存在，而你也很清楚。在那整齊、愉快的外表底下是另一個非常不同的人——會抽菸喝酒說髒話、不止一次手癢想要甩人巴掌的女人。我企圖將她藏匿——在我本能想要把衣服扔到地上時整齊地摺好，在我想要叫艾林庫爾夫婦滾開的時候，選擇點頭微笑。而警方把我帶進局裡問話的時候，蓋茲先生仍希望我繼續假裝，繼續把真正的我藏起來。但那樣虛偽作假的下場是什麼？在這裡吃牢飯。

我必須說出真相，所有的真相，除了真相其餘免談。如果省去這些細節，就稱不上所有的真相了。僅僅告訴你那些能讓我開脫的部分將讓我重新掉入過去的陷阱中。起初就是謊言導致我淪落至此的。而我必須相信，唯有真相能讓我離開。

隔天我睡醒時，完全忘記這天是星期幾。鬧鐘響起時，我睡眼惺忪地聆聽有沒有孩子的聲音。但迎接我的只有寧靜，於是我按下貪睡鍵，回頭繼續睡。十分鐘後我再次醒來，這次覺得自己好像聽見樓下傳來動靜。在床上整整躺了十分鐘，為這天做好準備後，我雙腳一晃下床，站得搖搖晃晃，因為缺乏睡眠而頭昏眼花。我下樓走進廚房，沒發現麥蒂和艾莉，而是看見瓊恩正在洗碗，看起來一臉不快。

「孩子們起床了嗎？」我揉著眼睛走進廚房，準備想喝杯咖啡時她說。我搖頭。

「還沒，我們……」我該怎麼說？突然，我沒辦法鼓起勇氣把故事全盤托出。「昨晚睡得不是很安穩。」最後我把話說完。「我想說讓她們多睡一會兒。」

「這個嘛，週末的時候都沒問題。但現在是七點二十五分，她們必須在八點十五分之前梳洗完畢，坐上那輛車。」

八點十五分？我在腦中再次思索，接著恍然大悟。幹。

「喔，天啊。今天是星期一。」

「嗯哼。如果不想遲到的話，最好動作快。」

「我不要去。」麥蒂躺在床上，埋著臉，雙手摀著耳朵。我開始越來越著急。我並不是怕告訴珊卓說我沒辦法送孩子們去學校，而是我非常需要休息。昨晚我幾乎睡不到三小時。我能應付一個暴躁易怒的寶寶。但我不能同時應付兩個小學生，更別說其中一個是像麥蒂這種刁蠻又頑固的孩子。

「妳要去，沒什麼好說的。」

「我不要，妳不能逼我。」

我能回答什麼呢？畢竟那是真的。

「如果妳馬上穿好衣服，還有時間吃巧克力穀片。」

到頭來，只能這樣解決。基本上就是每次遇到障礙時，就拿珊卓清單上禁止食用的東西賄賂她。但這招對艾莉有效。她現在已經在樓下，大致穿好衣服（雖然沒有刷牙洗臉），和瓊恩一起吃穀片。

「我不要巧克力穀片。我不喜歡巧克力穀片。那是給寶寶吃的。」

「這不正好嗎？妳現在的德性就像個寶寶！」我厲聲說完，聽見她放聲大笑，就立刻後悔了。

別理她，我心想。別讓她控制妳。妳必須保持冷靜，否則她會知道她有惹毛妳的力量。

我考慮過數到十，但想起前幾個晚上那「一點五」的悲慘回憶，於是連忙改變計畫。

「麥蒂，我快沒耐心了。除非妳想要穿著睡衣去上學，否則我建議妳趕快換制服。」

她不發一語，最後我嘆了口氣。

「好吧，如果妳想表現得像個寶寶，我只得把妳當成寶寶對待，用我幫佩特拉換衣服的方法幫妳。」

我拾起衣服，慢慢走向床鋪，希望這點警告可以讓她急忙起身，穿好衣服。但她只是躺在那裡，故意讓自己全身無力，盡可能越重越好，導致我開始用蠻力幫她穿進衣服的時候，背痛到不行。她像個洋娃娃全身癱軟，但重個一百倍。等我穿完起身時，整個人氣喘吁吁。她的裙子歪七扭八，我替她套上T恤後的頭髮凌亂不堪，但多多少少也算著裝完成。

最後，我想說乾脆利用她這消極被動的態度，在她的腳上各穿上一隻襪子，然後塞進她學校的鞋。

「好。」我說，企圖維持勝利的語氣。「著裝完畢，做得好，麥蒂。現在我要去樓下和艾莉一起吃巧克力穀片，看妳想不想加入我們。不想的話，我們十五分鐘後車上見。」

「我還沒刷牙。」她木然地說，除了動嘴，全身一動也不動。我笑了一聲。

「我才不——」我及時閉嘴，改口說：「在乎。但如果妳覺得困擾的話……」

我穿過走廊，走進浴室，在牙刷上擠了點牙膏，打算留給她決定要不要刷牙，但我回房後，她已經從床上坐起來。

「妳能幫我刷嗎？」她說，語氣跟幾分鐘前的陰沉邪惡比起來算是正常。我愣了一下。八歲還要別人幫她刷牙是不是有點太幼稚了？資料夾是怎麼說的？我不記得了。

「呃……好吧。」最後我說。

她像個乖巧的小鳥張開嘴巴。我把牙刷塞進去，但不過才刷了幾秒鐘，她就把頭扭開，接著朝我的臉吐了滿滿一坨薄荷味的白泡沫，沿著我的臉頰和嘴唇往下滑，掉在我的衣服上。

我一時之間啞口無言，完全說不出話來。我還來不及意會自己的行為，就出手準備賞她一巴掌。

她往後一縮，我則硬生生阻止了自己，用一股有如超人般的克制力，手掌和她的臉頰僅有幾吋之遙，胸口急促的呼吸聲清晰可覺。

她對上我的目光，然後開始放聲大笑，但笑中完全不帶感情，只是一種幸災樂禍的咯咯笑，讓我想抓住她搖晃。

我全身上下因為飆升的腎上腺素而顫抖，我知道我差那麼一點點就要動手了——一巴掌把她的奸笑從她那自以為是的小臉打掉。如果她是我的孩子，我早就打下去了，毫無疑問。我完全是火冒三丈，怒不可遏。

但我克制了自己。我克制住了。

但是不知道從監視器看起來是什麼樣子，如果珊卓剛好在看的話？

我不敢開口，怕自己說出不該說的話。反之，我站起來，隨床上的麥蒂繼續她那毫無感情的刺耳笑聲。我搖搖晃晃走進浴室，手裡仍握著牙刷，用顫抖的雙手抹去臉上和胸前的牙膏，再洗去嘴裡的少許泡沫。

我站在洗手台前，讓水龍頭的水繼續流，雙手分別擱在洗手台兩側，感覺自己全身隨著隱忍的啜泣而不停抖動。

「蘿溫？」樓下傳來呼喚，被流水聲和我自己的啜泣聲蓋過而模糊難懂。是瓊恩．麥肯齊。「傑克和車子在外面等著了。」

「我——我馬上來。」我勉強回答她，但願聲音沒有洩漏我在哭泣。我用水潑了潑臉，擦乾眼睛，走回麥蒂在等我的那個房間。

「好了，麥蒂。」我說，語氣盡量保持冷靜。「該上學了。傑克和車子在外面，別讓他等太久。」

令我又一次驚訝的是，她平靜地站起來，拿起書包，然後往樓梯走去。

「我可以在車上吃根香蕉嗎？」她回過頭問。我發現自己在點頭，彷彿沒事發生過。

「可以。」我說著，聽見自己的聲音平淡又冷漠。接著我想，我必須說些什麼，不能就這樣讓事情過去。「麥蒂，關於剛才發生的事——妳不能像那樣對別人吐口水，很不衛生。」

「什麼？」她回頭看我，一臉受傷的無辜表情。「什麼？我不小心打噴嚏而已。我控制不了。」

說完，她飛奔下樓，跑到在外頭等待的車邊，彷彿過去二十分鐘的激烈糾紛只是我自己想像出來的虛構情節。

我檢查完佩特拉的汽座，在傑克旁邊的副駕駛座繫安全帶時一邊在想，那場衝突中到底是誰贏了。就在這時，我突然驚覺我們的互動有多病態——我和這個心靈受創的小女孩之間的關係不是建立在關懷和體諒之上，而是輸贏、控制和鬥爭。

不對。無論結果是什麼，我都沒有贏。我讓麥蒂把我們之間的關係變成一場衝突的那一刻起，我就輸了。

但我沒有出手打她。這表示我至少戰勝了自己的邪惡本能。

我沒有讓心中的惡魔獲勝。這次沒有。

校門鏗鏘一聲關上時，我把臉埋進雙手，感覺到一股淡淡的解脫感湧遍全身，差點就跌坐在人行道上，幸好背倚著鐵欄杆。

我成功了。我真的成功了。現在我的獎勵是五個小時稱得上是放鬆的時光。當然，我仍有佩特拉得照顧——但比起愛發牢騷的苦瓜臉艾莉和成天發動激烈報復的麥蒂，根本不算什麼。

但我還是成功地挺起胸膛，走回轉角處。傑克就停在路邊等我，佩特拉則繫在後座的汽座上。

「成功了？」我打開車門、坐進他旁邊的座位上時他問道。我感覺到我的臉上咧開大大的笑容，無法掩飾開心的情緒。

「是。她們接下來的幾個小時都會乖乖關在校門內。」

「看吧？妳做得很好。」他悠哉地說著，踩下油門。我們駛出路旁，車子也傳來預料中的那令人不安的安靜嗡嗡聲。

「這我不敢說。」我說著，想起今早和麥蒂之間的衝突。「老實說，把麥蒂弄上車的過程驚險萬分，但我又成功熬過了一個早晨，這大概才是最重要的。」

「現在，妳想做什麼？」傑克不開玩笑地問道，一邊開往孩子們就讀的小學所在的小鎮中心。「如果妳有事要忙，我們可以直接回家。不然的話，我們可以中途停車喝杯咖啡，我也可以帶妳參觀參觀卡恩橋。」

「稍微認識一下環境很不錯。除了海瑟布雷別莊，我還沒多少機會見識其他地方。從我們現在經過的這些地方看起來，卡恩橋真的很漂亮。」

「嗯，這是一座很有魅力的小鎮，這裡有一間咖啡廳也很棒，叫燕麥盅，在小鎮的另一端。

不過那裡的路邊停車位不多，所以我會把車停在教堂旁邊。我們可以沿著商店街往下走，我一邊跟妳介紹有哪些可看之處。」

十分鐘後，我費了九牛二虎之力才終於把佩特拉弄進嬰兒推車裡。我們走在卡恩橋的商店街上，傑克在旁介紹著各式商店和酒吧，一邊對著偶爾經過的路人點頭示意。這裡是個古色古香的小地方，規模比預期來得小。近看之下，那些大理石建築顯得更整齊，也更狹窄。鎮上也有一些閒置店面。我看見有一間過去曾經是肉鋪，還有一間看起來過去可能是書店或文具店。我指出那幾間店的時候，傑克點點頭。

「這附近有很多大房子，但這些小店仍難以經營。專做觀光客生意的小店還過得去，但小地方在價格上還是很難跟超市競爭。」

燕麥盅是位於商店街盡頭一間維多利亞風格的小巧咖啡廳。傑克把門推開時，門上的銅鈴叮噹作響。他扶著門，讓我推著佩特拉越過門檻。

進到店內，一個模樣和藹可親的女人從櫃檯後方出來招呼我們。

「傑克．格蘭特！你好久沒來這裡吃塊蛋糕了。最近還好嗎，親愛的？」

「一切都好，安德魯太太，謝謝。妳呢？」

「喔，沒什麼好抱怨的。你這位女性朋友是哪位啊？」她給了我一個難以解讀的表情，我說不上來……呃，洶氣是我能找到最接近的形容詞，好像她本來還有其他想說的，但選擇不說。也許只是傳統的好奇心作祟。我想大翻白眼。現在已經不是五〇年代了。即使是像卡恩橋這樣的小鎮，男人和女人當然也能不搞曖昧單純一起喝杯茶。

「喔，這位是蘿漚。」傑克簡單地說。「蘿漚，這位是咖啡廳的老闆安德魯太太。蘿漚是海瑟布雷別莊的新褓姆，安德魯太太。」

「喔，幸會，親愛的。」安德魯太太說著，眉頭豁然開朗，露出微笑。「瓊恩確實跟我提過，我不小心忘了。很高興認識妳。希望妳比其他女孩更有耐力。」

「聽說她們都待不久？」我大膽一問。安德魯太太放聲大笑，搖了搖頭。

「其實不是。不過妳看起來不像那種容易受到驚嚇的人。」

我解開佩特拉的安全帶，把她從嬰兒推車抱起來，放進傑克從咖啡廳後方拿來的兒童椅。這句話是真的嗎？幾天前我可能認同，但現在，想起自己僵硬又顫抖地躺在床上，聽著閣樓裡嘎吱……嘎吱……的腳步聲時，我不敢那麼肯定了。

「傑克。」我們點完餐，等待飲料送來的時候，我終於開口問。「傑克，你知道我房間樓上的閣樓裡有什麼嗎？」

「妳房間的樓上？」他看起來很驚訝。「不是，其實我連有沒有樓上都不確定。那是儲物閣樓，還是一般正常大小的閣樓？」

「我不知道，我從來沒上去過。不過我房間有一扇上鎖的門，我猜測是通往閣樓的。還有，呃……」我用力嚥下口水，不確定該怎麼表達。「我覺得……呃，前幾天夜裡好像聽見上面有奇怪的聲音。」

「老鼠嗎？」他挑起一邊眉毛問道。我聳聳肩，覺得太丟臉不敢說實話。

「我不知道。可能是，可能不是。聲音聽起來……」我吞口水，忍著不說出掛在嘴邊的那個字——人。「比較大聲。」

「那些老鼠晚上吵的時候真的很吵。我忘了在哪裡放了一串鑰匙，妳要我今天下午去試試看嗎？」

「謝謝。」儘管說得隱晦，但能夠分擔恐懼讓我感到很安慰。不過那些沒說出口的話，現在想想覺得自己像個傻瓜。畢竟，除了灰塵和舊傢俱，我在上面還能找到什麼嗎？但看看無妨，或許能找到一些簡單的解釋——窗戶忘了關、舊椅子因為氣流而擺動、吊燈被微風吹得搖晃。「你人真好。」

「來吧。」一聲音從我們後方傳來。我回頭看見安德魯太太拿著兩杯咖啡——由活生生的人、而不是該死的應用程式所製作的美味卡布奇諾。我把熱騰騰的咖啡湊到嘴邊，喝了一大口，感覺它灼燒我的喉嚨，從體內溫暖我。於是在幾天以來的頭一遭，我感覺到我的自信心回來了。

「真好喝，謝謝妳。」我對安德魯太太說，她溫柔一笑。

「喔，不客氣。我相信這遠不如艾林庫爾夫婦在海瑟布雷別莊的高級咖啡機所煮出來的咖啡，但我們盡力而為。」

「快別這麼說。」我輕笑說，難得可以與真人互動而感到寬慰。「老實說，他們家的咖啡機對我而言有點太高級了。我一直搞不懂如何操作。」

「聽瓊恩說整棟房子都像那樣，是嗎？她說光是開燈都像在玩命。」

我微微一笑，很快與傑克交換一個眼色，但什麼也沒說。

「總之，他們把房子搞得太高科技了，不合我的胃口，但至少很高興看到他們買下了那個地方。」安德魯太太最後說。她在圍裙上擦拭雙手。「這附近很少有房子發生過那樣的事。」

「哪樣的事？」我驚訝地抬起頭，接著她揮了揮手說：

「喔，別聽我的，我只是個喜歡說三道四的老太婆。可是妳知道嗎？那棟房子有點怪怪的。據說出事的不止一個孩子。那位醫生的小女兒已經不是第一個了，大家都這麼說。」

「這是什麼意思？」我又喝了一口咖啡，企圖壓抑內心的不安。

「當時那棟房子叫斯特朗別莊。」安德魯太太壓低音量說。「斯特朗家族是非常古老的家族，而且到了最後有點……」她噘起嘴，模樣一本正經。「有點腦袋不正常。家族其中一個人殺了他的老婆和孩子，把他們溺斃在浴缸裡。另一個從戰場回來後，用來福槍射殺自己。」

天啊！海瑟布雷別莊那間擁有超大浴缸和摩納哥地磚的奢華浴室突然閃現腦海。雖然知道不可能是同一個浴缸，但可以想見是同一間浴室。

「我聽說那裡有一座有毒的……」我不自在地說。她點了點頭。

「對，那是格蘭特醫生。他於五〇年代搬進那棟房子，就在最後一個斯特朗家族成員把房子賣掉移居海外之後。他毒殺他的小女兒，大家是這麼說的。有些人會告訴妳那是意外，其他人——」

她說到一半閉上嘴巴。另一個客人走了進來，門上的銅鈴叮噹響起。安德魯太太撫平圍裙，微微一笑，轉身離開。

「唉呀，看看我，喋喋不休講個不停。那只是八卦流言和迷信罷了，妳不必太在意。哈囉，卡洛琳，妳今天想點些什麼？」

她去招呼另一個客人的同時，我目送她離開，好奇她的話是什麼意思。但後來我甩甩頭。她說得對。這只是迷信的說法。所有的房子到了一定的年紀都會經歷死亡和意外。有個孩子死在海瑟布雷別莊沒有任何意義。

話雖如此，我幫佩特拉把脖子上的圍兜綁緊，拿出米餅罐的同時，艾莉的話始終在腦中迴盪。

還有一個小女生。

或者，照這樣聽起來，不止一個？

我們繞遠路返回海瑟布雷別莊，一路上沿著黑如泥炭的小溪緩緩往前開，穿過陽光斑駁的松樹林。佩特拉在後座小睡，傑克一邊介紹著當地地標——一座坍塌的城堡、一個廢棄的堡壘、一座實施鐵路削減措施時停用的維多利亞式車站。遠方的山巒若隱若現，我認真記住傑克所說的每座山峰的名字。

「妳喜歡爬山嗎？」我們在大馬路的十字路口等待一輛卡車經過時，他問道。我這才發現我不知道他這問題的答案。

「我——嗯，我不太確定。我沒爬過山。不過我想我喜歡走路。為什麼這麼問？」

「喔……這個嘛……」他的語氣突然顯得猶豫不決。我朝他側眼一看時，發現他的顴骨抹上紅暈。他看著前方的路，而不是我，接著往下說：「我只是在想……妳知道的……等珊卓和比爾回來，妳週末再度自由的時候，我們或許可以……我可以帶妳爬莫麗斯山。如果妳喜歡的話。」

「我……」我說著，換我開始臉紅。「我確實喜歡這個主意。如果你不介意我動作慢的話……我想我得買一雙登山鞋什麼的。」

「好的登山鞋的確很重要，記得要防水的。山上的天氣變化非常快。不過——」

他的手機叫了一聲。他低頭一看，皺起眉頭，接著把手機交給我。

「抱歉，蘿溫，是比爾傳來的。能不能告訴我上面說了什麼？我不想邊開車邊讀簡訊，可是他平常不傳簡訊，除非是緊急事件。」

我在主螢幕按下訊息圖示，躍上一則預覽文字，讓我不必解鎖手機就能看見，但這樣也已經足夠。

「傑克，急需在今晚前拿到彭伯頓檔案的紙本文件。請放下手邊所有工作，把它們送來——預覽文字就到這裡。」

「靠。」傑克說完，朝後照鏡心虛地看了一眼正在睡覺的佩特拉。「抱歉，我不是故意要罵髒話的。但我今天下午和晚上的時間全泡湯了，明天一整天也是。我本來有計畫的。」

我沒問他的計畫是什麼。我突然感覺到一陣……不算損失……也不算害怕……而是明白到他要離開的某種不安，明白等傑克開車過去，休息一宿，再開車回來的這段期間，我將有二十四小時左右的時間與孩子們單獨相處。

車子開出陰暗的松樹林蔭隧道，迎向六月的和煦陽光之際，我發現這也意味著另一件事：在他回來前沒可能打開閣樓門了。

我們才回來沒多久，傑克就打包好行李準備出發。儘管我很感激接受了他把狗帶走的提議，減輕我得餵食和帶牠們散步等等的責任，但牠們走後，房子有種奇怪的僻靜感。我餵佩特拉吃東西，哄她睡午覺，接著在空蕩蕩的廚房裡坐了一陣子，手指在清水模桌面上敲打，欣賞高窗外的天空變化。景色真的迷人至極，像這樣的陽光底下，我能明白珊卓和比爾把房子拆掉一半的原因，犧牲維多利亞式建築換取這片環山繞海的景色。

話雖如此，這棟房子仍然給人一種脆弱的感覺——前面看起來整齊方正、完好無缺，後面卻被拆除殆盡，暴露出所有房子內部。就像一個衣著整齊的病人，外表看起來健康得很，但掀起他們的上衣就會發現尚未縫合的傷口，不斷滲出鮮血。這裡也讓人有種人格分裂的奇怪感覺——好像房子努力想成為一樣東西，珊卓和比爾卻拚命把它拉往另一個方向，切斷它的四肢，在它莊嚴的舊骨架上執行換心手術，企圖違背其意願把它變成其他東西——其他注定不是它的東西，現代、時髦、華麗，而它只想要低調、可靠。

鬼魂不會高興的……我再次聽見麥蒂那尖銳的細小聲音，接著搖了搖頭。鬼魂。簡直荒謬。不過是謠言和傳說，以及一個悲傷的老人，在他的骨肉死後繼續住在這裡。

無事可做，為了打發時間的我，打開手機，輸入「海瑟布雷別莊、孩童死亡、毒花園」。前面多數的搜尋結果答非所問，但我繼續往下滑，最後發現一個本地的部落格，看樣子是某個業餘的歷史學家所寫的。

斯特朗——斯特朗別莊（如今改名為海瑟布雷）位於蘇格蘭卡恩橋近郊，身為英國僅存的毒花園之一（另一個例子是諾森伯蘭郡著名的安尼克花園），是庭園史學家的一塊珍貴寶地。起初由分析化學家肯威克．格蘭特在一九五〇年代所種植。一般認為這座花園收藏了許多國內最罕見且毒性最強的植物，還有一部分特別關注在蘇格蘭的原生種上。遺憾的是，自從格蘭特的小女兒過世後，花園就變得破敗不堪。十一歲的艾絲佩於一九七三年逝世。根據當地說法，死因是因為誤食花園裡的某樣植物。儘管當時花園偶爾會開放給研究人員和社會大眾參觀，但女兒死後，格蘭特醫生就把花園完全關閉。等他本人於二〇一四年過世後，房子進一步賣給了私人買家，並在出售後從斯特朗改名為海瑟布雷別莊，成為大規模改建的絕佳範例。毒花園的遺跡仍是個謎，但希望現任屋主能重視它對蘇格蘭歷史和植物學上的重要性，並妥善維護格蘭特醫生所遺留下來的資產。

上面沒有照片。我重回搜尋頁面，輸入「肯威克．格蘭特醫師」。這個名字不常見，搜尋結果不多，大多數的照片似乎都是同一個人。第一張是黑白照片，照片裡的男人年約四十，留著修剪整齊的山羊鬍，戴著一副細框眼鏡，站在像是我、麥蒂和艾莉昨天闖入的花園鍛造大門前。他臉上沒有笑容，看起來也不像是那種會輕易微笑的人，表情天生自帶嚴肅，但散發著某種自豪的姿態。

下一張照片出現極大的反差。同樣是一張黑白照片，看得出來是同一個人，不過這次格蘭特醫生大約是五十多歲。他的表情截然不同，模樣猙獰，散發著可能是悲傷或恐懼或憤怒，或三者兼具的情緒。他看起來正奔向一個看不見的攝影師。他伸長了手，要不是想推開相機，就是想遮住自己的臉，不清楚是哪個。蓄著山羊鬍的那張嘴扭曲成咆哮的怪樣，即使透過小螢幕、即使是數十年前的往事，仍叫我退避三舍。

最後一張是彩色照片，看起來是隔著一道柵欄拍攝的。照片中有一個彎腰駝背的老人，身穿一件米色外套，戴著一頂把他臉遮住的寬簷帽。他骨瘦如柴，到了不成人形的地步。他倚著一根拐杖，厚重的眼鏡霧茫茫的，但他仍目光犀利地看著攝影師，沒拿拐杖的手高舉握拳，彷彿在威脅觀看者。我點選照片，想找出這張照片的來龍去脈，卻什麼也沒找著。那只是在Pinterest網站上的一張照片，沒有任何關於照片出處的訊息。肯威克．格蘭特醫生，標題上寫著，攝於二〇一二年。

我關掉手機，感覺到某種悲痛欲絕的情緒排山倒海而來——為了格蘭特醫生、為了他的女兒，為了發生這一切的這棟房子。

千頭萬緒的我，再也無法冷靜坐著。於是我起身，把嬰兒監控器放進口袋，在炊具旁邊的抽屜裡拿出一球料理棉繩，然後從雜物間的後門離開房子，沿著前一天孩子們帶我走過的小徑前進。

早晨的太陽已經躲到雲層後方，等我抵達通往毒花園的鵝卵石小徑的時候，已經冷得受不了。很難想像現在是六月——在倫敦，我現在應該穿著短裙和無袖上衣滿身大汗，一邊抱怨小童幼兒園裡爛透的冷氣。在這裡，距離北極圈不遠之處，我開始後悔沒打包外套過來。口袋裡的嬰兒監控器安靜無聲。我來到鐵門前，手穿過鐵藝花紋，試圖學艾莉那樣打開門閂。

實際做起來比看她做困難許多。不只是因為鍛造大門上的洞孔對我的手而言太小了無法輕鬆塞進去，也因為角度的問題。我硬是把手穿過去，生鏽的鐵藝磨破我的關節，痛得我咒罵。但即便如此，我仍搆不到門閂。

我改變姿勢，在潮濕的鵝卵石地上跪下，感覺寒意透過我輕薄的緊身褲竄上來。最後，我的指尖才好不容易碰到門閂。我推了一下，再更用力一推……大門呕一聲打開，我差點往前仆倒在磨損的磚頭上。

我竟然曾經把那裡誤認成是一般的花園，真是不敢置信。如今知道花園的歷史後，才發現到處都是警告。黑亮又豐碩的桂櫻、針葉狀的紅豆杉、四處蔓延的自接種毛地黃、一叢叢初次進花園時以為是雜草的蕁麻，如今定睛一看，發現泥土裡插著生鏽的金屬牌，標示著Urtica Dioica（異株蕁麻）。此外，也有很多我不認識的——有一株植物開滿了鮮豔的紫花，另一株擦過我的小腿時，彷彿被細針扎過的感覺。有一叢植物看起來像鼠尾草，但肯定是完全不同的東西。我推開一扇坍塌棚子的門，看見一大堆蘑菇和毒蕈在黑暗中依舊不屈不撓地抽芽茁壯。

我感覺到石板地上潮濕的木格柵，忍不住打了個冷顫，靜靜關上棚門。那麼多有毒的植物——有些豔麗誘人，有些顯然不是。有些熟悉，有些我肯定自己從未見過。有些美得讓我想折下一根枝葉，插進廚房的花瓶裡——只是我沒那麼有膽。在這樣的環境下，連一些熟悉的植物都看起來古怪又充滿威脅——不再是為了美麗的花卉和色彩而種植，而是為了其致命的特性。

我環抱身體往前走，一部分是為了保護自己，但花園裡長勢旺盛，不可能完全避免摩擦到植物。葉子觸碰皮膚的感覺宛如針刺。我再也分辨不出那些植物摸了有毒，也不知道擦身而過時皮膚出現的刺癢感是否只是我的胡思亂想。

正當我準備轉身離去前，又注意到另一樣東西——一把園藝剪刀，放在一塊花圃後方的矮磚牆上。剪刀光亮如新，沒有半點生鏽。我抬起頭，看見頭頂的灌木被修剪過——修得不多，但足以讓人方便走動。再往前看，我發現有人用一段園藝麻繩固定住一條垂掛的蔓生植物。

事實上，我越是細看，就越是肯定一件事——這裡不如表面那般疏於照顧。有人一直在照料這座花園——而那人不是麥蒂或艾莉。小孩子不可能想到用剪刀整齊修剪下垂的側枝——她們會把側枝折斷，或直接低頭閃過，如果她們夠高有注意到的話。

那麼到底是誰呢？不是珊卓，這我敢肯定。瓊恩．麥肯齊？傑克．格蘭特？

這個名字在我腦海敲響好奇的鐘聲。傑克……格蘭特。

這並非罕見的姓，尤其是在這附近，但……我還是很在意。肯威克．格蘭特醫生。這真的只是巧合嗎？

呆站沉思之際，口袋裡的嬰兒監控器傳來哭嚎，把我拉回現實，讓我想起我來這裡的職責。

我拿起剪刀，匆匆掉頭回到門口，然後把鐵門牢牢關上。關門的鏗鏘聲嚇得一群鳥兒從松樹林飛至空中，到了對面的山頭後對我發出鳴叫，但我在趕時間沒多加理會。

我拿出口袋裡的棉繩，剪下一大段，然後踮起腳尖，開始纏繞鐵門的頂端，位置高過我的頭頂，孩子絕對摸不到。我在華麗鐵件和紅磚門楣之間繞進繞出，直到用光所有的棉繩，確保鐵門已經牢牢纏住。接著，我打了一個假平結，把繩子末端纏住我的手指，再用力拉緊直到指尖泛白。

口袋的嬰兒監控器再度傳來哭嚎，這次果斷堅決，但我正在檢查鐵門是否牢固，確保這次麥蒂和艾莉就算用上梯子也進不來。把剪刀放回口袋後，我拿起手機，按下喇叭圖示。

「我來了，佩特拉。好乖喔，親愛的。不用哭，我就來了。」

我沿著鵝卵石小徑奔回家。

這天剩下來的時間被佩特拉給佔據，然後是摸索該如何開著特斯拉去接女孩們放學。傑克臨走前匆匆給了我一堂速成班，但駕駛方法完全不同，我開了好幾公里才慢慢習慣——沒有離合器、沒有排檔桿，每次腳離開油門的時候，車速變慢的感覺也很奇怪。

上了一整天的課，兩個孩子都累壞了。開車回家的路上，她們安靜不語。下午和傍晚同樣平安無事地度過。她們吃晚餐，輪流玩平板，然後換上睡衣，爬進被窩，不吵也不鬧。我八點準備上樓幫她們熄燈蓋被的時候，聽見喇叭傳來一個大人的聲音。

有一會兒，我以為她們在聽有聲書，但後來我聽見麥蒂在說話。她的聲音太小，隔著門聽不見，接著在喇叭上放大音量的聲音回答：「喔，親愛的，做得好！一百分！我非常以妳為傲。那妳呢，艾莉？妳有沒有練習拼字啊？」

是珊卓。她撥電話到孩子們的房間，趁就寢前和她們說話。

我在門外站了一會兒，徘徊不定。手握著門把，聽她們之間的對話，既期待——又害怕——聽到關於我的事情。

但相反地，我只聽見珊卓叫孩子們躺好，把燈調暗，然後開始唱起搖籃曲。

珊卓唱到高音時，嗓音微微顫抖，還唱錯了一句歌詞，但這簡單的舉動是如此溫馨、親密，我覺得自己彷彿在竊聽。我多希望能打開門，輕手輕腳走進去，把麥蒂和艾莉擁在懷裡，親吻她們熱呼呼的小額頭，告訴她們有多幸運，擁有一個想要待在她們身邊的母親，即便她沒辦法。

但我知道這麼做會打破她們母親真的在場的錯覺，於是我選擇離開。如果珊卓想和我說話，她結束後一定會打到樓下的廚房。

我一邊吃東西、收拾，一邊有點緊張地等待她的聲音從發出雜音的對講機傳來，卻一直沒等著。到了晚上九點，房子一片寧靜。我把門鎖好，帶著如履薄冰的心情去就寢。

盥洗後，我熄燈躺在床上，感覺四肢因為疲憊而發疼。我拿著手機，但我發現自己非但沒有接上電源線，直接去睡，反而又一次在谷歌上搜尋格蘭特醫生。

我凝視著他的照片好長一段時間，思索安德魯太太在咖啡廳說過的話。第一張和最後一張照片之間的差異之大，簡直是怵目驚心，體現出眾多悲痛的漫漫長夜——或許就是在這同一個房間裡度過的。多年來，各種流言蜚語在他身邊打轉，加上帶著女兒那些赤裸又痛苦的回憶住在這裡究竟是什麼感覺？

回到搜尋頁面，我輸入「艾絲佩·格蘭特 死亡 卡恩橋」，然後等待連結網址出現。

搜尋結果沒有照片——起碼我找不到。而且她連一篇訃告也沒有，只有在卡恩橋觀察家報（現已停刊）上的一則報導，寫道肯威克·格蘭特醫生和亡妻艾莎·格蘭特的摯女，艾絲佩·格蘭特已於一九七三年十月二十一日在聖文森鄉間診所逝世，得年十一歲。

幾個星期後，又有另一篇短文。這次刊在印威內斯公報，報導艾絲佩的驗屍結果和死因。原來她是因為誤食不小心做成果醬的桂櫻而死的，學名為Prunus laurocerasus。無經驗的採拾者很容易把這種果實誤認成櫻桃或接骨木果。有人猜測女孩親手摘下果實，帶回去給管家。管家不加查看就直接倒進平底鍋中。格蘭特醫生從不吃果醬，偏愛鹹的燕麥粥。管家沒住在一起，三餐都是從自家帶來的。艾絲佩的褓姆則在意外發生的兩個月前辭職了，所以艾絲佩是唯一吃下毒果醬的人。她幾乎是立馬感到不舒服。儘管全力搶救，最後仍死於多重器官衰竭。

警方判定是意外事故，沒人因為她的死受到起訴。

所以說，艾絲佩是唯一可能誤食果醬的人。我看得出來謠言四起的原因——雖說為何罪狀全加諸在格蘭特醫生身上，而非那未提到名字的管家，就不得而知了。也許當地人認為自己的孩子自己要顧好。那名褓姆又是怎麼回事？根據文章的說法，她「剛好在事發兩個月前」離職，成功地用一個簡單的句子讓她聽起來既清白卻若有所指。不過她想必與這場意外無關，否則在死因審理時肯定會被提及。她離職一事之所以被提及，純粹是為了解釋艾絲佩在摘果實的期間無人監督，以此推測她在辨識植物的時候更有可能犯錯。

但我越想，就越覺得艾絲佩誤摘果實的這個論點大有問題。我是九〇年代在郊區長大的孩子，完全沒摘過水果。即便如此，我仍大致知道與接骨木果相比，桂櫻長得是什麼模樣。一個毒物專家的女兒，擁有一座滿坑滿谷致命植物的上鎖花園，真的會犯下這種錯嗎？

把文章重讀一遍後，我對身為這案子遺漏一環的褓姆油然產生一股意氣相投的感覺。她沒有受訪，後來的遭遇也沒有特別說明。但她在幾個禮拜前驚險逃過了被捲入醜聞的可能性。畢竟，一個孩子死於她照顧之下的褓姆會有什麼未來呢？絕對是前景淒涼。

我不確定自己是什麼時候睡著的，手機都還握在手中，但突然有個聲音把我從睡夢中驚醒時，我知道已經是三更半夜。那是好像門鈴的叮噹聲，不是平常的警報聲。我坐起來，眨眼又揉眼的，接著才明白聲音是從我手機傳來的。我盯著螢幕。幸福程式在閃爍。門鈴聲，螢幕上寫道。聲音再次傳來，一記低沉的「叮咚」，似乎有辦法凌駕我所有「請勿打擾」的設定。我按下圖示，一條訊息閃現。開門？確定／取消。

我趕緊按下取消，然後點選攝影機的圖示。螢幕出現前門的景象，但戶外的燈沒開，在門廊的遮掩下，我只能看見畫素充滿顆粒感的一片漆黑。是傑克回來了嗎？他是不是忘記帶鑰匙了？不管怎樣，當門鈴第三次響起時，我能聽見聲音同時從手機和樓梯井傳來。我知道我必須趕在鈴聲吵醒孩子前應門。

房間異常寒冷，我穿上睡袍，安靜走下樓梯，雙腳輕踩著鋪在樓梯上的厚實地毯，在昏暗之中謹慎前行，不想冒險開燈吵醒孩子。來到玄關，我用拇指在面板上弄了半天，接著大門悄悄打開，揭露出眼前的……空無一物。

外頭夜色幽暗。休旅車的停車位仍是空的，庭院周圍的感應照明燈都沒有亮，只有門廊的燈在我踏出屋簷下時，偵測到我的出現而順勢亮起。我遮住眼睛抵擋強光，向外凝視庭院和不遠處的車道，在夜晚的冷空氣下微微發抖。什麼也沒有。傑克的公寓也沒有開燈。是什麼東西不小心觸發門鈴了嗎？

該死。

我關上大門，慢慢上樓朝房間走去，但樓梯走沒一半，門鈴又再次響起。

我嘆口氣，把睡袍綁緊，掉頭下樓，這次加快了步伐。

但我把大門轉開時，又一次地，沒有人在門外。

這次，我猛然關上大門。我不是故意出手那麼重，但疲倦感把我搞得異常氣憤。我站在漆黑的玄關，屏氣凝神聆聽樓上的動靜，也許是佩特拉升高音量的哭嚎。但沒有半點聲響。

即便如此，這次我沒有上樓回房，而是來到佩特拉的房間往裡瞧，只見她睡得安穩。接著，我走進麥蒂和艾莉的房間。就著夜燈的微光，我看見她們倆躺在床上睡得很熟，滲著汗水的頭髮披散在枕頭上，天使般的小嘴微開，輕柔的打鼾聲絲毫沒有擾亂了寧靜。睡夢中的她們看起來是如此嬌小脆弱，兩人都是。我想起那天早上對麥蒂發脾氣的事，心不禁一揪。我告訴自己，明天我會做得更好——我會謹記她的年紀還小，被留在一個她幾乎不認識的女人身邊肯定很失落。但清楚的是，不是她們任何一個人在玩門鈴，於是我輕輕帶上身後的門，上樓回到自己房間。

房裡依舊非常寒冷。我關上房門時，窗簾突然鼓了起來，我這才明白原因。窗戶是敞開的。

我皺著眉頭走向窗邊。

窗是開的，而且不像是有人為了讓房間通風而稍微開一條縫，而是完全敞開，底下的窗格被往上推到最高處。簡直就像——這想法不由自主冒出來——有人探出窗外徐徐抽了一根菸似的，儘管想想實在荒謬。

難怪房間那麼冷。好吧，這起碼容易解決——好歹比絞盡腦汁去操控面板容易多了。雖說這個地方的窗簾、門、燈光、柵欄，甚至是咖啡機都是自動化的，但至少窗戶仍是維多利亞時代的老件，能夠簡單用手操作。謝天謝地。

我把窗格用力往下拉，扣上黃銅窗閂，匆匆跑回仍留有餘溫的羽絨被，一邊打冷顫，一邊愉快地鑽進被窩。

我迷迷糊糊快要睡著之際，突然聽見了……這次不是門鈴聲，而是一聲嘎吱。

我從床上坐起來，手機緊握在胸前。該死。該死、該死、該死。

但就唯獨這麼一聲。是我聽錯了嗎？這難道不是前幾天晚上把我吵醒的腳步聲，而是別的東西嗎？也許是迎風擺動的枝椏聲，或木地板熱脹冷縮的聲音？

我只能聽見自己耳裡咻咻的血流聲。最後，我緩緩往後一躺，手裡仍緊緊握著手機，閉眼對抗黑暗。

但我的感官仍然處於高度警覺，入睡似乎是不可能的事。我在那裡，躺了整整四十分鐘，感覺脈搏劇烈跳動，腦子混雜恐慌和各種怪力亂神在飛速運轉著。

就在這時，一半如我所擔心，一半如我所預料的，聲音再次傳來。

嘎吱……

接著，經過無比短暫的停頓後，嘎吱……嘎吱……嘎吱……

這次沒有錯了——是踱步聲。

我突然一陣反胃，心彷彿要從喉嚨跳出來，脈搏也頓時加劇，快得我以為自己要昏厥過去，但緊接著取而代之的是一股憤怒。我跳下床，衝到房間角落那扇上鎖的門，蹲低往鑰匙孔內窺看，心如擂鼓。

穿著睡衣跪在那裡，張開大眼貼著一個漆黑的鑰匙孔，讓我覺得異常脆弱。我突然出現一種病態的幻想，想像有人從鑰匙孔戳出一樣東西，也許是牙籤，或尖銳的鉛筆，粗暴地刺穿我的角膜。我往後跌坐在地，拚命眨眼，被氣流吹得淚眼汪汪。

但什麼也沒有。沒有刻意想弄瞎我的牙籤，也沒有任何東西可看。只有無止境的黑暗，以及從通風不良的閣樓吹來那塵土飛揚的清風。即使樓梯有轉彎處，或在最頂端有一扇閉合的門，但如果閣樓真有開燈的話，肯定還是會有一絲光線透進漆黑如墨的樓梯裡。但沒有，連一絲微光都看不見。就算上面有人好了，不管他們在搞什麼鬼，也是在黑暗中行事。

嘎吱……嘎吱……嘎吱……聲音再次傳來，那規律的節奏叫人難以忍受。接著是一陣停頓，然後又繼續開始，嘎吱……嘎吱……嘎吱……

「我聽得見喔！」最後我大聲說，再也無法靜靜坐在那裡害怕直聽。我把嘴巴湊到鑰匙孔，聲音混雜憤怒和害怕而顫抖著。「我聽得見你！你這變態他媽的在上面幹什麼？你怎麼可以這樣？我要報警了，所以你最好趕快給我滾出去！」

但腳步聲絲毫沒有停頓。我的聲音逐漸消失，彷彿對著一片空無大喊。嘎吱……嘎吱……嘎吱……然後，就像之前一樣，稍微停頓一下，又有條不紊地重新響起。嘎吱……嘎吱……嘎吱……我當然也知道事實上我不會報警。我他媽的能怎麼說？「喔，不好意思，警官。我的閣樓一直傳來嘎吱聲」？距離這裡最近的警察局位於印威內斯，他們不太可能會在三更半夜接例行電話。緊急求救熱線是我的唯一選項——但儘管我現在這副提心吊膽的狀態，我還是很清楚如果有個歇斯底里的女人在半夜撥打求救熱線聲稱閣樓傳來怪聲的話，接線生會說些什麼。

要是傑克在這裡，要是有除了我受雇照料的三個小孩以外的人在這裡就好了。

喔，天啊。突然間，我再也受不了了。我終於明白是什麼樣可怕的情況驅使先前的四名褓姆離職。夜復一夜，躺在這裡聆聽、等待，凝視黑夜中那扇上鎖的門，那通往一片漆黑的鑰匙孔。

我無能為力。我可以去客廳睡，只是萬一樓下也開始傳出聲音，我想我可能會徹底發瘋。想到我一無所知地在客廳熟睡的同時，閣樓繼續傳出那些聲音，不知怎地感覺更糟。不管上面是什麼鬼東西，如果我在這裡盯著，起碼它不會……

我在黑暗中嚥口水，覺得口乾舌燥。

雖然不知該如何表達，但我總覺得不管上面是什麼鬼東西，如果我持續在這裡盯著，它就無法傷害我或孩子們。我只要熬夜守著就能保護所有人的安全。只要想到自己沒意識地在一樓熟睡，而閣樓的鬼東西跑出來的話……

我的掌心在冒汗，無法往下想。

我現在只知道，今晚是甭睡了。

我抖得厲害，便用棉被把自己裹起來，打開燈，手機拿在手中，呆坐著聆聽頭上那規律、有節奏的腳步聲。我想起之前住在這裡的老人格蘭特醫生，那個珊卓和比爾費盡心力抹去的男人，把這裡重新油漆、裝潢、刷洗，直到沒有半點痕跡留下，除了那座鐵門深鎖的可怕毒花園。

或許，還能加上夜裡在閣樓來回走動的腳步聲。

我又聽見麥蒂用那理所當然的冷漠語氣說出那些話，彷彿她就在我旁邊，對著我的耳朵低語。過了一陣子之後他不再睡覺，只是整晚走來走去。後來他就瘋了。人真的會瘋的，妳知道嗎？如果很長一段時間不讓他們睡覺的話……

我要瘋了嗎？快瘋了就是像這個樣子嗎？

天啊，這太荒謬了。人兩天沒睡好是不至於發瘋的。我完全是小題大作。

然而，腳步聲再次緩慢且堅定地從上方傳來時，我感覺到內心湧起一股恐慌，把我攫住。我的目光忍不住轉向那扇上鎖的門，想像門嘩地打開，先是蒼老的雙腳緩緩踩著階梯下樓，然後是黑暗中朝我迎面而來的那張死屍般的凹陷臉頰，一隻骨瘦如柴的臂膀往前伸。

艾絲佩……

聲音不是從閣樓傳來的，而是從我自己的腦袋——是一個飽受喪子之痛的父親在臨終前的哭喊。艾絲佩……

但門沒開，也沒人現身。時間一小時一小時過去，那些腳步聲始終在上方持續不斷。嘎吱……嘎吱……嘎吱……某個無法歇息的人在永無止境地來回踱步著。

我沒有勇氣熄燈，這次我辦不到，有閣樓那些永無寧日的腳步聲，我就是辦不到。

相反地，我只是側躺著面向那扇上鎖的門，手機拿在手中，邊看邊等，直到對面窗底下的地板開始因為破曉的晨光而亮起。最後我全身僵硬地下床，疲倦地想吐，一路下樓走到溫暖的廚房，煮一杯我所能下嚥最濃的咖啡，努力面對這一天。

一樓空空蕩蕩，少了狗狗抽鼻喘氣的聲音感覺安靜許多。我驚訝發現一部分的我很想念牠們東聞西嗅的鼻子和成天討零食吃所帶來的干擾。

我從玄關走來時，發現自己沿路在收拾女孩們的東西——散落在玄關地毯上的蠟筆，丟棄在早餐吧檯底下的一隻彩虹小馬娃娃，然後——奇怪的是——在廚房中央的地板上，出現一朵快凋謝的紫花。我困惑地彎下腰，納悶花是打哪來的。那就是單獨的一朵花，看起來像是從一束捧花或一株室內植栽上掉下來的，但廚房裡並沒有花。是哪個孩子摘的嗎？就算是，又是什麼時候摘的？

任它凋亡未免可惜，於是我把一只咖啡杯裝滿水插進去，放置餐桌上。說不定花會活過來。

我靜靜喝著第二杯咖啡，望著太陽從房子東邊的山上升起，聲音就是這時候不知從哪裡冒出來的。

「蘿溫……」

那是個尖細的顫音，幾近無聲，卻又足以在安靜的廚房裡產生回音。我嚇得好厲害，滾燙的咖啡翻覆在我的手腕和睡袍的袖子上。

「靠。」我開始擦拭，收拾殘局，一邊轉頭查看聲音的來源。四下空無一人，起碼目光所及沒見到半個人。

「誰在那裡？」我叫道。這次，我在樓梯的方向聽見有動靜，是嘎吱的一聲，有如前幾個夜裡一樣神秘詭譎，我的心不禁漏跳了一拍。「是誰？」我再次叫道，語氣比預期來得強勢。我放下咖啡杯，氣沖沖地邁步走進玄關。

在我上方，是一個徘徊在樓梯間的嬌小人影。艾莉。她一臉害怕，嘴唇在顫抖。

「喔，親愛的……」我立刻懊悔不已。「對不起，妳嚇到我了。我不是故意要那麼兇的。下來吧。」

「我不能下去。」她說。她雙手拿著毯子，在指間把玩絲質的邊飾。她嘛著下嘴唇，瀕臨淚崩的模樣，突然看起來比實際五歲的年齡小得多。

「當然可以了。誰說妳不能？」

「媽咪。小兔時鐘的耳朵豎起來之前我們不能離開房間。」

喔。我突然想起資料夾的一段內容提過艾莉太早起的問題，以及幸福小兔時鐘在早上六點會瞬間變成「清醒小兔」的規定。我看一眼烤箱上方的時鐘。五點四十七分。

我不太能違抗珊卓的規定……可是事已至此，而且很大一部分的我欣慰能看見另一個活生生的人。有了艾莉在身邊，前一晚的靈異事件似乎又歸於荒謬。

「這樣啊……」我緩緩地說，認真在支持雇主和安慰一個瀕臨哭泣邊緣的小孩之間做權衡。「既然妳都醒了，就這麼一次，我想我們可以假裝小兔子也提早起床了。」

「可是媽咪會怎麼說？」

「妳不說，我也不會告訴任何人。」我說完，咬著嘴唇。幼教界的基本規則之一是——照顧者不能要求孩子保守秘密。這是通往各種危險行為和誤解爭執的道路。但木已成舟，但願艾莉把這句話解讀成一句隨口說說的言論，而不是慫恿她搞陰謀對抗她的父母。我忍不住抬頭看了一眼角落的攝影機——但想當然耳，除非有必要，否則珊卓不會在清晨六點醒來。「下來吧，我們一起喝杯熱巧克力。然後等小兔醒來的時候，妳就可以上樓換衣服。」

來到一樓的廚房，艾莉坐在其中一張高腳凳上，用腳後跟踢著椅腳。我在電磁爐上加熱牛奶，再拌進巧克力粉。艾莉邊喝，我邊啜飲自己這杯已經冷掉的咖啡。我們聊學校生活、聊她最好的朋友凱莉、聊想念兩隻狗狗。最後，我冒險問她想不想念她的爸媽。一聽到這個問題，她馬上皺起臉來。

「今天晚上我們可以再打電話給媽咪嗎？」

「當然可以，我們可以打打看。妳知道她這陣子很忙。」

艾莉點點頭。接著，她望向窗外說：「他走了，對吧。」

「誰？」我一臉困惑。她說的是她爸爸，還是傑克？又或許是……或許是其他人？「誰走了？」

她沒有回答，只是一直踢著高腳凳。

「我比較喜歡他不在的時候。他總是強迫她們做些她們不想做的事。」

不知為何，這幾句話讓我猛然想起第一晚來到這裡時快要遺忘的往事——凱佳沒寫完的那張皺巴巴字條。那句話在我腦海響起，彷彿有人急忙湊到我耳邊低聲說：我想告訴妳，請妳要——

突然間，這句話怎麼看都感覺是個警告。

「誰？」我說，這次語氣變得急迫。「妳說的人是誰，艾莉？」

但她誤會了我的問題，又或許是故意選擇曲解。

「那些女生。」她一副理所當然的口氣。接著，她放下熱巧克力，從凳子上滑下來。「我可以去看電視嗎？」

「艾莉，等一下。」我說著，跟隨她一起離開廚房，感覺心臟突然怦怦直跳。「妳說的是誰？誰走了？誰強迫那些女生做事？」

但我太著急了。我抓住她的手臂時，她連忙退後，突然對我的激動情緒害怕起來。

「沒有，我不記得了。那是我編的。麥蒂叫我這麼說的。我什麼也沒說。」藉口相繼傾巢而出，一個比一個可笑。她小手一扭，掙脫了我。我不曉得該說什麼。我考慮過趁她溜出廚房的同時跟過去，但隨著佩佩豬主題曲從視聽室隱約傳來，我知道這麼做沒有用。我已經嚇到她了，錯失了我的機會。我應該用更輕鬆的語氣問她才對。現在她已經關上心門。每當小孩子發現他們說的話比想像中更嚴重的時候，就會這個樣子。每當有小孩重複說著一個不雅字彙、不明白會引發軒然大波時，我也會從他們身上看到那同樣的慌張情緒——先是嚇一跳，企圖逃開意料之外的回應，接著是完全封閉自己，否認自己說過那個字。如果我現在把艾莉逼太緊，只是拿石頭砸自己的腳，她也不會再對我說任何心底話。

那些女生……他總是強迫她們做些她們不想做的事……

我的腸胃翻攪不已。

這是每本兒保手冊會再三告誡的那種事——你希望永遠不會遇到的最壞情況。

然而……真是如此嗎？艾莉說的那些女生是誰？她自己？麥蒂？或完全不相干的人？還有那個「他」到底是誰？比爾？傑克？還是某個完全不同的人？老師？或……

不行。我推開那個畫面，不願去想隔著手機螢幕看著我的那張悲痛臉龐。那純粹是無稽之談。如果我帶著那種事去找珊卓，她肯定會當著我的面放聲大笑。

但話說回來……我真能帶著那種事去找珊卓嗎？艾莉很可能會否認自己說過的話，整件事也可能只是我在大驚小怪。畢竟，沒有任何事能讓我明確地說：「再這樣下去絕對會出事的。」

我仍凝視著艾莉的背影，一邊咬著指甲邊緣。就在這時，玄關傳來一個聲音把我嚇一跳。我轉身看見大門已經打開，瓊恩．麥肯齊正站在門口，脫下外套。

「麥肯齊太太。」我說。她整齊穿著粗花呢裙和棉質白襯衫，於是我突然非常清楚地意識到自己衣衫不整的狀態，只披著一件睡袍，底下幾乎一絲不掛。

「妳起得真早。」她只說了這句。我從中感覺到她的不悅。也許是缺乏睡眠的關係，或者是因為聽了艾莉的話所遺留的焦慮，總之我的怒氣一下子冒上來。

「妳為什麼不喜歡我？」我厲聲說。

她在玄關衣櫃掛外套掛到一半，轉身看我。

「妳說什麼？」

「妳聽見了。妳從我來到這裡之後就一直對我愛理不理的，為什麼？」

「妳想太多了，小姐。」

「妳非常清楚我沒有。如果是關於第一天的事，我沒有關上那該死的門，我也沒有把孩子們鎖在外面。我為什麼要這麼做？」

「勿以善小而不為。」瓊恩隱晦地說完，轉身走進雜物間，但我追上她，抓住她的手臂。

「媽的，這句話是什麼意思？」

她抽開我的手，突然用一種我只能稱之為恨意的眼神看著我。

「請不要這樣對我，小姐。也請不要在孩子們面前說髒話。我會不勝感激。」

「我問妳的問題合情合理。」我反駁道。但她不理我，大步離開走進雜物間，誇張地搓揉她的手臂，彷彿我剛剛把她弄傷似的。「還有別叫我小姐。」我在她背後大聲說。「我們不是在拍該死的唐頓莊園電視劇。」

「那妳希望我怎麼稱呼妳呢？」她回頭厲聲說。

我本來已經轉身，準備去叫醒麥蒂，但她的話讓我當場停下腳步。我站在樓梯一半的位置，猛地轉頭看著她無表情的背影，在雜物間的水槽前彎下腰。

「妳——妳說什麼？」

但她沒有回應，只是打開水龍頭，淹沒我的聲音。

「孩子們，再見！」我叫道，目送她們穿過校門，一臉不情願地走進教室。麥蒂不發一語，只是低著頭、拖著沉重腳步往前走，不理會其他小女生唧唧喳喳的閒聊。但正在跟一個紅髮小女孩說話的艾莉抬起頭，與我揮手道別。她的微笑甜美又快樂，我不自覺回以微笑，然後再低頭看著佩特拉在我腰間搖晃，發出開心的咯咯聲。陽光明媚，鳥兒歌唱，六月的和煦天氣正穿透樹蔭照射下來。昨晚的恐懼和痴想——從手機螢幕往外看的那張猙獰又悲痛的臉——所有一切在大白天底下突然顯得荒謬可笑。

我正在幫佩特拉扣上汽座的安全帶時，手機咚一聲響起。我看了一眼，想知道是不是什麼重要的事。是一封電子郵件，珊卓寄來的。

喔，該死。

各種胡思亂想一一掠過腦海——她是不是在監視器影片看見我差點出手打麥蒂？看見我無止境地利用糖果零食賄賂孩子？或者會不會是……別的事情？會不會是瓊恩・麥肯齊說了什麼？

我點開郵件，一顆心七上八下。然而主旨只是平淡地寫著——「最新消息」。不知道是什麼意思。

嗨，蘿溫，

抱歉用電子郵件的方式聯絡妳，但我現在在開會，不能講電話。我想很快把這裡目前的最新情況跟妳說一聲。貿易展覽會進行得超級順利，但比爾被叫去杜拜處理一些問題，這表示我得接管肯辛頓的案子——跟我預期的有落差，因為這表示我還得再一陣子才能回家，但也無可奈何。我應該會在下禮拜二前回家（也就是下禮拜的今天）。妳還應付得來嗎？這安排聽起來是否可行？

另外說到孩子們，蕾安娜今天學校結業式，不過我已經安排了便車，所以妳不必特地開車去接她。愛麗絲的媽媽很好心地願意幫忙去接她（她們住在皮特洛里附近，所以本來就會經過），蕾安娜十二點過後隨時會回到海瑟布雷。我已經傳簡訊給她，所以她知道所有情況。她很期待見到妳。

昨天傑克與比爾閒聊，提到妳和孩子們處得非常好。聽到一切進行得很順利，我非常高興。有任何疑慮請儘管和我聯絡——今晚我會盡量在孩子們睡覺前打電話過來。

我關掉郵件，不確定我感受到的情緒是鬆了口氣，還是惶恐不安。目前主要是鬆了口氣——尤其是傑克顯然替我說了不少好話。但再一個禮拜……我讀到珊卓的信件後，才發現我一直在期盼著她這週五返家的日子，像服刑一般在腦中倒數計時。

如今……我的刑期又多了四天。而且不只是跟幾個小的，還有蕾安娜……對此我有何感覺？

不可否認，想到能有其他人待在這棟房子裡令人欣慰。昨晚那些謹慎緩慢的腳步聲，想想確實有些荒謬，但即使在大白天底下，想起自己躺在那裡，聽著來來回回的踱步聲，仍感覺得到手臂的寒毛開始直豎。得知有某個人待在隔壁房間，就算是個刁蠻的十四歲青少女，也絕對可以消除緊張的情緒。

然而我啟動特斯拉的時候，腦海中卻閃過不同的畫面——房門上那潦草的紅色字樣，*滾一邊去，否則你就死定了*。那些話帶著某種情緒，某種與麥蒂那沉默的憤怒非常接近的情緒。

無論如何，或許我能夠和蕾安娜一起尋根究底，找出這股情緒的來源。

把孩子送到學校後，從卡恩橋回到海瑟布雷別莊所花的交通時間比平時來得久，因為路上有一輛小貨車開在我前面。我從卡恩橋開始慢慢跟車，小心翼翼踩著油門，每到一個路口就以為那輛車會轉向離開，但難以理解的是，我們走的似乎是相同方向，即便馬路越開越狹窄，周遭也變得越來越荒涼。我發現我們正逐漸接近海瑟布雷的路口，不禁稍稍鬆了口氣。我正要打左邊方向燈的同時，那輛車也打起方向燈，在路邊停下來，逼得我連忙重踩煞車。

我一邊等待，一邊讓特斯拉靜靜空轉。這時副駕的車門打開，一個揹著後背包的女孩跳下車。她對駕駛說了幾句話，小貨車的後門砰一聲打開。她拉出一個大行李箱，漫不經心地用力放到碎石子路上，然後甩上車門，退後一步，讓駕駛把車開走。我正準備探頭問她是誰，又在這鳥不生蛋的地方做什麼的時候，她從口袋拿出手機，舉高湊近柵門的感測器，接著門便打開了。

這不可能是蕾安娜吧——她要等到中午才會回來，而那輛破爛的小貨車看起來也完全不像任何人的母親會開的車。是哪個在這裡工作的員工嗎？但真是如此的話，那個大行李箱又怎麼解釋？

我等了幾分鐘等她走進柵門，然後才踩下油門。特斯拉平順地開上車道，跟在女孩後方。她轉過身，臉上帶著驚訝的神情。她非但沒有讓路，反而站在原地，雙手扠腰，大行李箱就擱在腳邊。我再次煞車，聽著碎石子在輪胎底下嘎嘎作響。我搖下車窗。

「請問有什麼事嗎？」

「我才應該問妳這個問題吧。」女孩說。她有一頭金色長髮，清楚簡潔的高貴口音，沒有一絲蘇格蘭的腔調。「妳是什麼人？妳在我爸媽車上幹什麼？」

所以的確是蕾安娜。

「喔，哈囉，妳一定是蕾安娜了。抱歉，我沒料到妳會提早幾個小時回來。我是蘿瑥。」

女孩仍一頭霧水看著我，於是我開始有點不耐煩，補充說：「我是新來的褓姆。我以為妳媽媽有告訴妳。」

隔著車窗聊這個話題似乎有點蠢，所以我把車子停好下車，伸出一隻手。

「很高興認識妳。抱歉沒有來迎接妳，妳媽媽說妳十二點才會回來。」

「蘿溫？可是妳——」女孩開口，兩條細眉緊皺著，後來她突然恍然大悟似地搖搖頭。她嘴角揚起一抹微笑，不是很友好的那一種。「沒事。」

「我是什麼？」我把手放下。

「我說沒事。」蕾安娜說。「還有，別管我媽跟妳說什麼，她根本什麼都不懂。我想妳現在大概已經發現了。」她上下打量我，然後說：「那，妳還在等什麼？」

「什麼？」

「幫我一起拿行李啊。」

我對她越來越惱怒，但沒理由剛認識就把關係搞砸，所以我嚥下火氣，把行李箱推到特斯拉後面。行李比看起來還要重。蕾安娜不等我把行李放上車，就直接爬進後座，來到佩特拉身邊。

「哈囉，小傢伙。」她說，語氣中蘊含著與我說話時明顯缺少的關愛。接著，當我坐進駕駛座的時候，她對我說道：「好了，別一直坐在這兒欣賞風景。」

我緊咬著牙，嚥下自尊，使勁在油門上一踩，用力得輪胎後方的碎石四濺，接著我們開始朝海瑟布雷別莊駛去。

蕾安娜進到房子裡，大步走進廚房，留我一個人替佩特拉解開安全帶和卸下行李箱。等我拉著佩特拉好不容易進屋後，我看見蕾安娜已經舒服地坐在早餐吧檯前，吃著顯然是剛剛做好的巨大三明治。

「所以說，」她拖長語調說，「妳就是蘿溫，是吧？我得說，妳長得跟我預期中完全不一樣。」

我皺起眉頭。她的口氣帶著一點不懷好意，我好奇她真正的意思是什麼。

「妳預期是什麼樣子？」

「喔……不知道耶。就是一個……不同的人。不曉得，妳看起來不像個蘿溫。」她咧嘴一笑，趁我反應過來之前，又咬了一大口三明治，滿嘴食物說：「妳最好在冰箱的購物清單上多買點美乃滋。喔，狗都跑哪兒去了？」

我眨眨眼。應該是我丟一堆問題盤問她才對吧。為什麼我總是處在權力鬥爭的弱勢方呢？但這問題十分合理，所以我回答時，盡量讓語氣保持冷靜。

「妳爸叫傑克送些文件給他。他把狗一起帶走了——他想牠們會喜歡兜風。」他完全沒說過這些話，但不知為何，我就是不想對這個傲慢的青少女承認我覺得同時得照顧三個小孩和兩隻大狗的工作安排不太公平。

「他什麼時候回來？」

「傑克嗎？我不知道。我猜今天吧。」

蕾安娜點點頭，若有所思地咀嚼，然後又是滿嘴食物地開口說：「對了，今天是愛麗絲的生日。她媽邀請我去他們家過夜。可以嗎？」

她的語氣擺明了她只是基於禮貌上詢問我，但我還是點了點頭。

「我最好傳封簡訊給妳媽確認一下，但當然了，我沒意見。她住在哪裡？」

「皮特洛里，大約一小時的車程。愛麗絲她哥會來載我。」

我點頭，拿出手機，很快給珊卓傳了封簡訊。*蕾安娜安全到家——今晚想去愛麗絲家過夜。不知是否可行，請確認。*

簡訊幾乎是立刻叮一聲回傳。*沒問題。我下午六點會打來。替我向蕾安娜說我愛她。*

「妳媽說愛妳，然後說沒問題。」我對蕾安娜回報。她翻了個白眼，彷彿在講：*喔，廢話。*

「她哥什麼時候來接妳？」

「吃完中餐後。」蕾安娜說。她雙腳一晃，從高腳凳旁邊跳下去，然後把流理台上的髒盤子推給我。「拜啦。」

我一路看著她走上樓梯，制服底下的長腿大步走上優雅的弧形樓梯，然後在拐彎處消失。

她沒有下樓吃中餐。我沒特別驚訝，畢竟她幾個小時前剛吃了三明治，但既然我正在幫我和佩特拉做中餐，總覺得應該問她想不想加入我們。我試圖用室內通話系統和她說話，但系統拒絕連線。反之是一條訊息透過應用程式咚一聲傳來。*不餓。*好樣的，我都不知道有這個功能呢。

OK，我回傳。我剛把手機收起來，就突然想起另一件事，於是我又從口袋裡拿出來，重新打開幸福應用程式。我帶著一點良心不安的感覺點開主選單，接著顯示出一連串我有權限使用的攝影機。我滑到L開頭的地方，對自己說我不會看，但起碼我會知道……結果來到「蕾安娜的房間」時，上面的字樣呈現灰色，無法進入，但我反倒鬆了口氣。要是在一個十四歲女孩的房間裡裝攝影機，離譜的程度可不是言語能形容的。

正當我把優格送進佩特拉焦急的嘴巴，一邊閃躲她企圖抓住湯匙「幫忙」的小手時，我聽見樓梯傳來腳步聲，於是往玄關一看，看見一手提著小包包、另一手拿著手機的蕾安娜。
「愛麗絲她哥來了。」她忽然說。
「在門口？」我自動看了手機一眼，一頭霧水。「我沒聽見門鈴聲。」
「拜託，是在外面的柵門。」
「好吧。」我忍住酸回去的衝動。「我開門讓他進來。」
我的手機放在流理台上，但我連應用程式都還沒打開，更別提應付主選單上各式各樣我有權限點選的大門和車庫，蕾安娜就已經差不多走到門口。
「不必。」她伸出大拇指在面板上一按，打開大門。「他會在路邊等我。」
「等等。」我把優格移到佩特拉拿不到的地方，匆匆追上蕾安娜。「等一下，我需要愛麗絲她媽媽的電話號碼。」
「呃……為什麼？」蕾安娜帶著濃濃的諷刺口吻說道。我搖搖頭，拒絕被她的挑釁態度影響。
「因為妳才十四歲，而且我沒見過那女人，我就是需要。妳有嗎？沒有的話，我問妳媽媽。」
「嗯，我有。」她大翻白眼，但還是拿出手機，然後東張西望想找一張紙。麥蒂的一張圖畫放在樓梯上。她拿起來，把號碼草草寫在背後。「好了，開心了嗎？」
「開心。」我說，儘管這並不完全屬實。她把門甩上。我隔著窗戶目送她消失在車道的拐彎處，然後低頭看畫紙。電話號碼和凱絲的名字草草寫在一角，我把資料輸進手機的即時通訊程式。

妳好，凱絲。我是蘿溫，艾林庫爾家的新褓姆。我只是想謝謝妳今晚邀請蕾安娜過去。如果有任何問題，請打這支號碼或傳簡訊給我。可以的話，請讓我知道妳幾點會載她回來。謝謝。蘿溫。

我剛把最後一口優格送進佩特拉的嘴裡時，簡訊就以讓人心安的速度回傳過來。

嗨！很高興「認識」妳。邀蕾安娜來家裡玩總是很愉快，請別客氣。我想我們明天大概會在中餐前送她回去，不過到時再看情況吧。凱絲。

後來等我把麥蒂的畫放回樓梯上時，才總算正眼看了一下。它讓我想起我第一晚發現的那張畫，上面有房子和一張向外看的蒼白小臉。但這張畫顯然更黑暗、更叫人不安。

畫面正中央是一個火柴人——頂著一頭捲髮、穿著蓬蓬裙的小女孩——她看起來似乎被關在某個牢房裡。但我再仔細一看，才發現那肯定畫的是毒花園。鍛造大門的黑色鐵條框住她的身體。她一手抓著大門，另一手拿著某樣東西——看樣子是一根佈滿綠葉和紅色莓果的樹枝，不過實在看不出來代表的是哪種植物。眼淚沿著她的臉頰流下，她張大了嘴絕望地哭嚎，臉頰和裙子血跡斑斑。整個畫面用粗黑的螺旋線條框起，彷彿我從望遠鏡錯誤的一端往裡看，進入某種惡夢般的隧道回到過去。

一方面來說，這只是個小女孩的塗鴉，跟我時常在幼兒園看過的那些鬼畫符並無不同——超級英雄槍殺壞人，警察打擊搶匪。但另一方面……我不知道。我很難形容是什麼讓我覺得不舒服，但畫中有種莫名的惡意，叫人心寒，彷彿從死亡相關的主題中獲得大大的滿足和喜悅。我不得不讓畫紙滑落指尖，彷彿被燙傷似的。

我站在那裡，不理會後方的佩特拉越來越不耐煩的哭喊聲，叫著「下去，下去！佩拉要下去！」，只是一直盯著圖畫看。我想把畫揉爛丟掉，但我知道小童幼兒園的兒童保護專家會怎麼說。把畫歸檔，對幼兒園的兒保人員提出擔憂。若無不妥，與父母或監護人討論畫中引發的問題。

嗯，這裡除了我，可沒有其他兒保人員。但如果我是珊卓，我相信我會想知道這件事。我不確定麥蒂是從哪裡學到這些的，但絕對不能再繼續下去。

我懷著比預期更不安的情緒，從廚房地板上撿起那張畫，小心翼翼放進書房的其中一個抽屜裡。接著，我回到廚房，準備幫佩特拉清乾淨，哄她睡午覺去。

我不是故意在佩特拉的房間睡著的，但等我驚醒時，扶手椅的格紋椅套已經在臉頰底下被口水弄濕一片，心臟也以我無法理解的原因劇烈跳動著。佩特拉仍在嬰兒床裡睡得香甜，我掙扎著站起來，努力想搞清楚剛才發生什麼事，又是什麼突然把我喚醒。

我肯定是在等她入睡的時候跟著睡著了。我是不是——靠，這個念頭有如一拳打在太陽穴上——我是不是錯過了接孩子放學的時間？幸好沒有。我查看手機，時間才一點半。

接著把我從睡夢中吵醒的聲音再次傳來。是門鈴。門鈴響起中的字樣在我的手機閃現。然後是，開門？確定／取消。

恐懼感有如一種條件反射排山倒海而來。我一時之間動彈不得地坐在那裡，害怕地等待那嘎吱……嘎吱……的聲音像昨晚一樣傳來，但所幸沒有，我才總算逼自己移動。我腳一晃來到地板站起來，等待血壓平緩，等待心臟停止在耳邊慌張地怦怦作響。

與此同時，我抹抹嘴角，低頭查看自己。上次我穿著粗花呢裙和開襟毛衣扮演著完美褓姆蘿溫現身至今不過短短幾天，如今卻幾乎與完美沾不上邊。我穿著皺巴巴的牛仔褲，運動衫也被佩特拉的早餐弄髒。我看起來比較接近我真實的模樣，就好像真正的我從表面的裂縫滲漏出來，接管大局。

現在想換衣服也太遲了。於是我讓佩特拉繼續安穩地睡在嬰兒床裡，下樓來到玄關，拇指在面板一壓，看著大門靜靜敞開。

起初，我以為外面會延續昨晚的情況——沒有半個人影。但後來我看見休旅車停在車道上，聽見倒車時碎石子地發出的嘎吱聲，接著在房子側面探頭，看見一個高大的身影朝馬廄走去，逐漸消失，後面跟著兩隻蹦蹦跳跳的狗。

「傑克？」我叫道，剛睡醒的嗓音很沙啞。我清清喉嚨，再說一次。「嘿，傑克，是你嗎？」

「蘿溫！」他聽見我的聲音，立刻掉頭，從後院走回來，臉上帶著燦爛的笑容。「對，是我按的門鈴。我是想問妳要不要一起喝杯茶。但我以為妳出門了。」

「沒……沒有。我是在……」我欲言又止，不確定該怎麼說。有鑑於我的一臉剛睡醒的模樣和一身髒兮兮的衣服，便決定誠實為上策。「其實我不小心睡著了。佩特拉在睡午覺，我肯定是跟著睡著了。我──呃，我昨晚睡得不太好。」

「喔……孩子們在鬧嗎？」

「不，不是那樣。是……」我再次欲言又止，接著鼓起勇氣。「是我說過的那些從閣樓傳來的噪音。我又被吵醒了。傑克，你之前提到的那些鑰匙……」

他點點頭。

「是，當然，沒問題。妳想現在試試看嗎？」有何不可呢？女孩們不在家，佩特拉大概還會再睡上一個鐘頭。時機再好不過了。

「好的，麻煩你。」

「我先去把鑰匙找出來。給我十分鐘，等會兒回來找妳。」

「好。」我說。光是這樣，我就已經覺得好多了。很有可能的情況是，腳步聲的來源其實有簡單的解釋，而我們就要一起找出真相了。「我去煮水。十分鐘後見。」

結果，他不用十分鐘就回來了，一手拿著一串生鏽的鑰匙，另一手提著一個工具箱，箱上放了一大罐除鏽劑。狗跟著他進來，興奮地吐舌頭。我發現自己不自覺露出微笑，看著牠們在廚房裡拚命東聞西嗅，掃光孩子們掉落的每塊食物碎屑。接著，牠們跑進雜物間，一屁股倒在狗窩裡，彷彿這趟旅程把牠們累壞了。

水剛剛煮開，我倒入兩個馬克杯，把其中一個拿給傑克。他把鑰匙塞進後面口袋，接下杯子，露齒一笑。

「正是我需要的。妳想在樓下這裡喝完茶，還是端上去？」

「嗯，佩特拉還在睡，所以在她醒來前把事情搞定可能是個不錯的主意。」

「我都行。」他說。「我在車裡坐了整個早上，我也寧願邊走邊喝。」

我們把所有東西小心翼翼拿上樓，躡手躡腳走過佩特拉的房間。我往裡瞧，她看起來睡得好沉，就像有人從高處摔到一張柔軟的床墊上，張大著四肢。

來到我二樓的房間，窗簾仍是拉上的，床鋪凌亂不堪，穿過的衣服四散在柔軟的米色地毯上。我感覺臉頰發熱，連忙放下杯子後，撿起昨晚亂丟的內衣內褲，連同一件襯衫，然後全部塞進浴室裡的洗衣籃，再把窗簾打開。

「不好意思。」我說。「我平常沒那麼邋遢。」

這話完全不是真的。以前倫敦的公寓，我大部分的內衣都堆放在房間的一角，等抽屜裡的乾淨內衣都沒了才洗。但在這裡，我一直努力保持一絲不苟的整潔形象。看樣子我的形象已經穿幫了。

不過傑克似乎並不在意，早早來到房間角落的那扇門前躍躍欲試。

「是這扇門，對嗎？」

「沒錯，就是它。」

「其他櫥櫃的鑰匙妳全都試過了？」

「對，我能找得到的鑰匙全都試過了。」

「好，就來看看這些鑰匙中有沒有吻合的。」

他手裡那串鑰匙差不多有二、三十把，各種尺寸應有盡有，比如有一把巨大的黑色鐵鑰匙，我猜在安裝電子鎖前，這肯定就是柵門的原始鑰匙。另外還有許多短小的銅鑰匙，看起來可能是用來開書桌或保險箱的。

傑克挑了一把中型尺寸的鑰匙，儘管成功插進鑰匙孔，但發出鬆散的格格聲響，顯然對門鎖來說太小了。接著他換了一把稍大的鑰匙，尺寸吻合，但沒辦法轉到底。

他拿起那罐潤滑劑噴灑門鎖內部，然後再試一次，但仍然只能轉到四分之一的位置就停了。

「嗯……可能是卡住了，但如果不是這把鑰匙的話，我不想冒險施太大的力氣結果把鑰匙弄斷。我再多試幾把。」

我看著他又試了四、五把尺寸差不多的鑰匙，但結果比原本的更糟，要不是完全插不進去，就是連還沒轉動就卡住了。最後，他似乎下定決心，回到他當初挑的第二把鑰匙。

「這是整串鑰匙中唯一能夠轉動門鎖的鑰匙，所以我再用點力氣試試看。萬一不小心斷了，呃，我們就只得用鉗子盡量清除，然後請鎖匠來。祝我好運。」

「祝你好運。」我說，於是他開始在鑰匙上施力。

我發現我不加思索地躲到一邊，看著他開始施力，起初很輕柔，然後越來越用力，最後我看見連鑰匙都稍微彎曲變形，鑰匙頭跟著轉動、再轉動……

「住手！」我大叫。同一時間，一記刺耳的刮擦聲傳來，接著咔嗒，鑰匙成功轉了一圈，傑克滿意地發出讚嘆。

「有了！」他站在原地，擦掉手上的潤滑劑，然後轉向我，戲謔地鞠個躬。「女士優先？」

「不要！」我還沒想清楚，這兩個字就脫口而出，於是我擠出一聲大笑。「我是說……我不介意，看你吧。但我警告你，如果有老鼠，我會尖叫。」

這是一個謊言。我不怕老鼠。我平常鮮少害怕什麼東西。我覺得自己像某個老套的女性角色，躲在強壯的大男人後面。但傑克沒有夜復一夜，躺在床上，聽著頭頂傳來那緩慢又鬼祟的聲音，嘎吱……嘎吱……

「那麼，我就為了團體犧牲自己了。」他說著，向我微微使了個眼色。他轉動把手，門開了。

我不知道我在期待什麼。一道消失在黑暗中的樓梯。一條掛滿蜘蛛網的走廊。門一開，我發現自己忍不住屏住呼吸，隔著傑克的肩膀往前窺看。

我本來預期的景象都沒有實現。門後不過又是一個普通的壁櫃。灰塵密布，做工極差，可以輕易看見石膏板四周的缺口。空間比起我掛衣服的那間來得小也比較淺，但仍是壁櫥沒錯。裡頭有一根微微傾斜的空吊桿，與頂部相隔十五公分左右的距離，彷彿在等待衣架和衣服的來臨。

「喔。」傑克說著，把鑰匙丟到床上，一臉沉思。「真奇怪。」

「奇怪？你是說為什麼要把一個完好可用的壁櫃鎖起來嗎？」

「這也是，但其實我指的是那股氣流。」

「氣流？」我傻傻地重複他的話，他點點頭。

「看一下地板。」

我沿著他所指的地方一看，便明白了他的意思。木地板上一條條的汙痕，明顯是風從狹窄的縫隙之間吹出的塵土，往佈滿灰塵的褪色石膏板仔細一看，也能看見同樣的情形。我把手放在縫隙上方時，感覺到一陣微弱的涼風，以及昨晚透過鑰匙孔窺進黑暗中時，聞到的那股同樣的潮濕氣味。

「你的意思是……」

「妳沒有錯，後面的確有東西，只是被人封起來了。」

他繞過我，開始在工具箱東翻西找。突然間，我不確定自己是否想這麼做。

「傑克，我不認為——我是說，珊卓可能——」

「啊，她不會介意的。非得重新封起來的話，我會封得更工整。到時候她就會多一個可用的壁櫃，而不是一扇上鎖的門。」

他拿出一把小鐵撬。我開口準備說點別的——例如這扇門是在我房間，或我不想弄亂，或——

但已經太遲了。一陣嘎嘎吱吱的噪音傳來，接著是一面石膏板往房內倒下，傑克在千鈞一髮之間及時閃過。他撿起石膏板，倚在壁櫥邊，小心避開邊緣突出的生鏽鐵釘。我聽見他滿意地發出「啊……」的一聲，如今聲音充滿回聲。

「啊什麼？」我焦急地說著，想擠開他往裡瞧，但他的巨大身軀擋在門口，我只看得見一片漆黑。

「過來看一下。」他說著，退後一步。「妳瞧瞧。妳果然說得沒錯。」

出現了，正如我所想的一樣。木頭踏板、一張張垂掛的蜘蛛網、消失在黑暗中的樓梯。

我發現我的嘴巴很乾，吞口水時喉嚨發出咕嚕一聲。

「妳有手電筒嗎？」傑克問道。我搖頭，突然無法言語。他聳聳肩。

「我也沒有。我們只得將就用手機裡的手電筒了。小心不要踩到那些釘子。」說完，他踏進黑暗中。

我一時之間完全動彈不得，只是看著他消失在狹窄的樓梯間，手機在黑暗中發出細小的光束，腳步聲發出回音……嘎吱……嘎吱……

聲音與昨晚的非常接近，但也有點不同。這個聲音比較……紮實。真實得多、速度更快，還混雜了石膏板的聲音。

「天啊。」我聽見聲音從頭頂傳來，然後是：「蘿溫，快上來，妳一定要看看這個。」

我覺得喉嚨哽咽，彷彿準備要哭出來，但我知道我不會哭，那純粹只是恐懼在作祟，把我給嚇聲，無法問傑克上面是怎麼了，他找到什麼，是什麼讓他那麼急著要我去看看。

於是乎，我用顫抖的手打開手機上的手電筒，跟著他踏進黑暗。

傑克站在閣樓中央，瞠目結舌地看著四周。他已經關掉手機的燈。某個我無法立刻確定位置的地方，流洩出灰白色的微光。這附近肯定有一扇窗，但我在看的不是窗戶。我看的是牆壁、傢俱、那些羽毛。

無所不在。

散落在角落那張破敗的搖椅上、在佈滿塵土和蜘蛛網的嬰兒床上、在搖搖欲墜的娃娃屋上、在灰塵覆蓋的黑板上、在堆放牆邊的破瓷娃娃上。到處都是羽毛，而且不是來自於破掉的羽毛枕。羽毛又黑又厚實──我猜是烏鴉或渡鴉翅膀尾端的那種長羽毛。充滿死亡的惡臭。

但這還不是全部，甚至還不是最糟糕的部分。

最詭異的是牆壁──或者該說，是寫在牆壁上的東西。

用稚嫩的塗鴉字體，大大小小潦草寫在每面牆上的，是許許多多的字句。那些字歪斜凌亂，而且錯字連篇，我花了一兩分鐘才看懂。但正前方的那一句，在閣樓中央那座小壁爐上方直直盯著我看的那一句，寫得清楚明瞭。我們恨你。

這與昨天麥蒂用字母義大利麵拼出的句子如出一轍。在這個被封住鎖上且她絕對不可能來過的閣樓裡看見這行字，感覺就像肚子挨了一記悶拳似地令我震驚不已。我帶著某種病態的恐懼舉起手機上的光湊向其他字句。

鬼不洗歡你。

他門恨你。

我們西望你走開。

鬼魂很升氣。

他門恨你。

滾。

他門生汽了。

我門恨你。

我們恨你。

滾開。

我們恨你。

一遍又一遍，字體有大有小，從懷著強烈恨意刻在門口角落的小字，一直到我進來時第一眼在壁爐上方看見的巨大潦草塗鴉。

我們恨你。這幾個字光是漂浮在盤中的橘色醬汁上就已經夠糟的了。但這裡，以瘋狂的字跡胡亂寫在每面牆上的，就是純粹的惡意。我又一次在腦中聽見麥蒂那啜泣的微小聲音，彷彿是喘著氣在我耳邊說出了這句話——鬼魂不會高興的。

說是巧合太牽強了。但另一方面，這又是完全不可能的事情。這個房間不僅上了鎖，而且用木板封住了。唯一的入口必須經過我的房間。有其他人來過這裡，毫無疑問，而且不是麥蒂。當時我低頭看著麥蒂熟睡的身影不過短短幾分鐘後，就聽見了那些來來回回的踱步聲。

麥蒂沒有寫過那些話，但她對我複述過。這表示……她是不是在複述有人在她耳邊說過的話……？

「蘿溫。」聲音彷彿從非常遙遠的地方傳來，在我腦中刺耳的嗡嗡聲響掩蓋下難以聽清楚。

「蘿溫、蘿溫，妳還好嗎？妳看起來有點怪怪的。」

「我——我沒事。」我勉強回答，儘管語氣在自己耳裡聽來也很奇怪。「我很好。只是因為——天啊，這些到底是誰寫的啊？」

「小孩子在胡搞，妳不覺得嗎？還有，看，這解釋了妳聽到的噪音。」

他用腳輕踢角落的某樣東西。我定睛一看，發現是一堆腐爛的羽毛和骨頭，被厚厚的灰塵聚在一團。

「可憐的小傢伙想必是飛進那扇窗卡住了，為了逃跑把自己累得只剩半條命。」

他指向對面牆壁的一扇小窗，不過比一張紙稍大，被塵土弄得灰撲撲的，窗口半開。傑克放開我的手臂，邁步走去，把窗用力關上。

「喔——喔，我的天啊。」我發現我喘不過氣來。耳朵的嗡嗡聲越來越強烈。我是不是什麼恐慌症發作了？我摸找著可以穩住自己的東西，一把碰到死掉的昆蟲發出清脆的聲音，我不禁哽咽地抽泣一聲。

「聽著。」傑克認真地說，似乎已經下定決心。「我們離開這裡，幫妳倒杯喝的。我晚點再回來把那隻鳥清乾淨。」

他牽起我的手，堅定地帶我走向樓梯口。他厚實溫暖的大手牽在手中有種無法言喻的安全感，我暫且隨他把我拉出閣樓，拉下樓梯，拉回房子裡。但就在這時，我突然湧起叛逆之心。無論閣樓到底藏著什麼真相，我都不能倚賴傑克做我的救星。我不是個膽小害怕的孩子，不需要有人保護我去面對那扇上鎖門後的真相。

趁著傑克側過身，緩緩走在一疊搖搖欲墜的椅子和乾掉的油漆罐之間時，我從他手裡把手抽開。

一部分的我覺得自己不知好歹。畢竟，他只是想表示體貼。但另一部分的我知道，萬一落入這種角色，我可能永遠擺脫不了了，而我不能讓傑克這樣看待我——又一個歇斯底里、迷信盲目的女人，為了一堆羽毛和幼稚塗鴉而無法呼吸。

於是，趁傑克消失在通往二樓的階梯上時，我停下腳步，回頭朝那個漫天灰塵、充斥舊娃娃和舊玩具、損壞傢俱和過往童年殘骸的房間看了最後一眼，久久沒有離開。

「蘿溫？」傑克的聲音從樓下傳來，在狹窄的樓梯間顯得空洞、充滿回音。「妳要下來嗎？」

「要！」我說。我的聲音嘶啞，咳了一聲，感覺胸口緊收。「我來了！」

我匆匆跟上他，怕門突然關上，怕與灰塵、娃娃和死亡的氣味一起被困在這裡。但我來到樓梯口時，被某樣東西絆了一下，突然一陣急促的鏗鏘聲，一堆洋娃娃傾斜倒塌，瓷做的四肢彼此碰撞發出不祥的碎裂聲響，被飛蛾蛀爛的洋裝掀起塵埃。

「可惡。」我說著，驚恐看著那堆洋娃娃散落一地。

最後，一切安靜下來，只剩一顆斷頭緩緩滾到閣樓中央的聲音。我知道是地板受潮變形所導致的，但在那瘋狂的一剎那，我有種它在追我的錯覺，它將帶著天真無邪的笑容和空洞的眼神一路追著我到樓下。

但到頭來，就只是錯覺。幾秒鐘後，它面對著門，在地板中央搖搖晃晃停下來。一隻眼睛掉了出來，粉紅臉頰上有一條裂痕，讓笑容看起來帶著嘲弄的意味。

我們恨你，我在腦海深處聽見這幾個字，彷彿有人在我耳邊低語。

接著，我又聽見傑克的聲音，在樓梯底部呼喚我。我轉身，跟著他走下木製台階。踏進溫暖明亮的房子裡感覺宛如剛從另一個世界回來——大概就像去了一趟特別陰鬱又恐怖的納尼亞王國吧。傑克站到一邊讓我出來，然後關門鎖上。他鎖門時，鑰匙抗議地發出尖銳聲響。接著，我們同時轉身，彷彿心照不宣地下樓走進明亮、舒適的溫暖廚房。

我試著清洗茶杯，把水壺放回爐具上煮水的時候，發現自己的雙手在發抖。傑克觀察我幾分鐘之後，終於忍不住起身，朝我走來。

「坐下，換我幫妳弄杯喝的了。還是妳想喝些比較醒腦的東西？烈酒？」

「你是說像威士忌嗎？」我有點驚訝地說。他咧嘴一笑，點點頭。我發出顫抖的笑聲。「老天啊，傑克。我中餐都還沒吃呢。」

「好吧，那就喝茶。但我泡茶的時候妳乖乖坐在這裡。妳一天到晚追在孩子們後面收拾爛攤子，該換妳坐著休息一下了。」

但我頑固地搖搖頭。我不要變成那種女人。我不要跟另外四個褓姆一樣……

「不，我來泡茶。不過你倒是可以幫我——」我暫時停下，努力找件他能做的事，淡化我拒絕他幫忙的事實。「幫我找些餅乾。」

我記得那次三更半夜警報響起的餘波過後，我拿了果醬夾心餅乾給麥蒂和艾莉吃。糖可以撫平驚嚇，我聽見自己的聲音這麼說，彷彿自己是個飽受驚嚇的孩子，能夠藉由罪惡的糖果餅乾重新開心起來。

我想說，我平常不是這樣子的。這是真的。我不迷信，我不神經質，我不是那種處處看見預兆的人，也不是那種在十三號星期五看見一隻黑貓就會在胸前畫十字的人。那不是我。

但現在，我已經三天睡眠不足，無論我再怎麼努力說服自己，我真的聽見了那些聲音，清清楚楚。我也不管傑克怎麼想，那不是鳥的聲音。那隻慌張撞上窗戶、昏厥受困的鳥——是夠可怕了沒錯，但完全比不上那謹慎緩慢的嘎吱……嘎吱……聲，夜復一夜讓我無法成眠。何況，那隻鳥已經死了——死了很久。昨晚或其他夜晚，都有一陣子不可能發出聲音了。事實上，從氣味和腐爛的程度判斷，牠在上面大概已經有好幾個星期。

那股氣味……

發霉的氣味停留在我鼻腔內揮之不去。當我端茶走到沙發前，發現仍聞得到，即使我已經洗過手。那氣味沾上我的衣服、我的頭髮。我低頭一看，發現衣袖上有一條長長的灰色汙痕。

太陽躲進雲層。儘管有地熱系統，廚房卻不是特別暖和，但我還是脫下運動衫，放置一旁。我寧願凍僵也不想穿回去。

「給妳。」傑克在我旁邊坐下，讓沙發彈簧發出刺耳的噪音，接著遞給我一塊佐茶餅乾。我不加思索浸到茶裡，咬了一口，然後不由自主地打了個哆嗦。「妳很冷嗎？」

「有一點，還好。我是說，我有毛衣。我只是不能——我沒辦法——」

我吞口水，覺得像個傻瓜，然後朝衣袖在閣樓沾到汗痕的地方點了點頭。

「我沒辦法忘記那地方的味道。我想可能滲進了我的衣服。」

「我懂。」他靜靜地說。接下來，他彷彿能讀懂我的想法似地脫下自己沾滿蜘蛛網的外套，擺到一旁。他底下只穿了一件T恤，但相較於冷得發抖的我，他的手臂很溫暖，暖到我能感覺到他皮膚散發的熱氣。我們肩並肩坐在雙人小沙發上，雖然沒有觸碰彼此，但近得叫人尷尬。

「妳兩條手臂都是雞皮疙瘩。」他安靜說完，然後彷彿在給我時間移開似的，慢慢伸出一隻手，輕撫我的上臂。我抖了一下，但不是因為寒冷。好長一段時間，我幾乎有股無法遏止的衝動想閉上雙眼，靠在他身上。

「傑克。」我說。他清清喉嚨，同一時間，流理台上的嬰兒監控器傳來劈啪作響的哭嚎聲。是佩特拉。

「我最好趕快去找她。」我起身，把茶放在流理台上。因為一下子站得太快，忽然一陣暈眩的我，走起路來搖搖晃晃。

「嘿。」傑克跟著起身，一手抓住我的手臂扶住我。「嘿，妳沒事吧？」

「沒事。」這是實話，短暫的暈眩感已經過去。「沒什麼。我偶爾會低血壓。我只是——我昨晚沒睡好。」

呃。我已經跟他說過了。他會以為我精神錯亂了，在我眾多的弱點中再加上一條健忘症。我應該要更沉著才對，更堅強才對。我非得如此。

我強烈渴望抽根菸，但我交給珊卓的履歷上寫著我是「非吸菸者」，我不能冒險拆掉那條特定的線，否則一切都可能會散開。

我不自覺抬起頭，往廚房角落無時無刻在錄影的蛋形監視器看了一眼。

「傑克，我們準備跟珊卓怎麼說？」我問。此時，嬰兒監控器再度劈啪作響，這次哭聲更加堅定，我能聽見聲音同時從喇叭和樓梯傳來。「先等一下。」我說完，匆匆奔上樓。

十分鐘過後，我抱著換完尿布的佩特拉下樓，仍然脾氣暴躁，睡眼惺忪，看起來蓬頭垢面，一臉困惑，有如我內心的感受。我走進廚房時，她氣呼呼地瞪著傑克，好像小袋鼠緊抓我的上衣。但他一伸手搔她下巴，她就忍不住擠出微笑，當他進一步對她做鬼臉，她便爆出開懷大笑，然後彆扭地把臉別開，像每個孩子知道自己不由自主被逗樂時會有的反應。

她乖乖坐進高腳椅吃著蜜柑，接著我轉向傑克。

「我剛剛想說的是——我們得把閣樓的事告訴珊卓和比爾——對吧？還是你認為他們早就知道了？」

「我不確定。」傑克若有所思地說。他揉揉下巴，手指摩擦著深褐色的鬍碴。「他們算是完美主義者。那片封住壁櫥的木板看起來不像是他們的傑作，我也無法想像他們會把那堆狗屎留在上面。抱歉我說了難聽的話，佩特拉。」他一本正經地說，假裝對她微微鞠躬。「我的意思是那堆垃圾。就我所知，他們搬進來時把房子清空了——我是在他們買下房子幾年後才過來工作，所以我沒見過整修工程，但要是妳給比爾機會談起這項工程，他可以喋喋不休，講個沒完。我無法想像他們會那樣置之不理。不，我敢說他們不知道上面有閣樓。鑰匙挺生硬的，以為自己插錯鑰匙也不意外。我會強行轉開純粹是因為我是個頑固的傢伙。」

「可是……那座毒花園，」我緩緩說道，「他們確實就那樣置之不理，對吧？」

「毒花園？」他驚訝地看著我。「妳怎麼知道毒花園的事？」

「孩子們帶我進去的。」我簡略地說。「當時我不知道那裡有毒。但我的重點是他們確實幹了同樣的事，對吧？把門關上，當作沒那回事？」

「這個嘛，」傑克緩緩地說，「我……嗯，我覺得有點不一樣。他們從來沒有動手整理過後花園，而且閣樓沒有任何對人有害的東西。」

「牆上那些字又怎麼說？」

「啊，我同意，那是有點怪。」他喝下一大口茶，眉頭深鎖。「看起來像孩子的傑作，妳不覺得嗎？但根據瓊恩的說法，這棟房子在艾林庫爾一家搬進來之前，已經超過四十年沒有孩子住在這裡。」

「確實像出自孩子的手。」我的思緒飄到麥蒂身上，接著是艾絲佩，接著是我夜復一夜聽見的那像人製造出的沉重腳步聲。那不可能出自於一個孩子的腳。「或者……像是有個人假扮成孩子。」我緩慢加上一句，他點點頭。

「我想有可能是哪個蓄意搞破壞的傢伙想裝神弄鬼嚇人。這棟房子確實空了很長一段時間。可是話說回來……不對，這沒道理。蓄意破壞者不太可能在搞破壞之後用木板封住。這肯定是前一任屋主所為。」

「格蘭特醫生……」我猶豫片刻，絞盡腦汁為了這個打從我讀到報導後就一直在腦中盤旋的問題尋找適當的措辭。「你……我是說，你是不是……？」

「和他有親戚關係？」傑克問。他大笑一聲，搖搖頭。「天啊，沒有。格蘭特在這裡是菜市場姓。我是說，我們很久以前可能都是同一個宗族的，但現在我們家族之間已經沒有親戚關係。我來這裡工作前才第一次聽說這個男人。可憐的王八蛋殺了自己的女兒。故事是那樣說的吧？」

「我不知道。」我低頭看著佩特拉，看著她細軟的頭髮底下那柔軟脆弱的囟門。

「我不知道她發生什麼事。根據死因審理的結果，她誤食了有毒的莓果。」

「我聽說他為了做實驗，餵她少量的果醬。如果妳去問卡恩橋的居民，他們會這樣告訴妳。」

「天啊。」我直搖頭，儘管不確定是不願接受現實或覺得厭惡反感。聽見傑克用理所當然的爽朗語氣說出那句臆測，令人有種無法形容的不快。我不確定是什麼讓我更困擾——格蘭特醫生可能殺死自己的親生骨肉卻逍遙法外，還是當地的八卦流言明顯在缺乏確切證據的情況下給他冠上殺人犯的罪名。

不過要說有誰會毒死自己的孩子似乎都令人難以置信，而且與我在網路上看見的那張悲痛臉龐一點也不搭。他看起來像個被痛苦和絕望摧殘的男人，我突然出現想要替他辯護的強烈衝動。

「我看的那篇報導說艾佩斯不小心摘了桂櫻，誤以為是接骨木莓之類的，廚師也不清楚那些東西是什麼就做成了果醬。這件事我怎麼看都是一場意外。」

「這個嘛，這附近的居民會讓妳相信他——」他停下來，看了佩特拉一眼，似乎在考慮他本來要說的話是否恰當，即使佩特拉年紀太小了，根本什麼都不懂。我知道他的感覺。當著她的面討論這種可怕的事情感覺很沒道德。「嗯，算了，反正不是好事。」他喝光杯裡的茶，把杯子整齊放進洗碗機裡，然後勉強擠出一抹微笑，與他平時溫暖燦爛的笑容很不一樣。「珊卓和比爾買下這棟房子前之所以空了幾十年是有原因的。當地人很少有人想住在斯特朗別莊，就算有錢翻修也一樣。」

斯特朗別莊。報導裡出現過的這個名字讓我微微發毛，想起無論珊卓和比爾做過哪些翻修，這棟房子仍有個過去，而卡恩橋的居民沒有忘記。但傑克只是繼續往下講，絲毫不為所動。

「話說，妳希望我怎麼處理呢？」

「我？」我吃驚問道。「為什麼問我？」

「這個嘛，那裡開門面對的是妳房間。雖然我不是迷信的人，但我不會想睡在那地方的隔壁。」

我忍不住打了個冷顫。

「嗯哼，我也是。所以……我有哪些選擇？」

「我想我可以用木板封住，等珊卓和比爾回來之後留給他們決定。或者我可以試試……把閣樓稍微清理一下。」

「清理？」

「用油漆把那些字蓋掉。」他說。「但這表示讓那扇門保持開敞。我是說，我可以把門鎖上，但如果有打算再進去，重新用木板封住就不值得了。不知道妳怎麼想。」

我點點頭，咬著唇。我也不確定。說實話，我再也不想睡在這個房間了，我也不確定自己是否睡得著。一想到要躺在那張床上，聽著木板的嘎吱……嘎吱……聲，加上那些瘋狂的文字和我之間只隔著一扇上鎖的壁櫥門……我就心裡發毛。但重新把壁櫥封住似乎也沒有比較理想。

「我覺得我們應該重新上漆。」最後我說。「當然，前提是珊卓和比爾同意的話。我們不能——我們不能就這樣撒手不管。那太可怕了。」

傑克點點頭，接著從後面口袋拿出他剛剛擺放的那串鑰匙，將閣樓那把黑色長鑰匙拆下來。

「你在幹什麼？」我問，鑰匙正好咔一聲卸下。他遞出鑰匙。

「拿去。」

「我？可是我不想——」我用力嚥下一口口水，盡量不顯露出我心中強烈的厭惡。「我不想上去那裡。」

「我知道，但如果我是妳的話，知道鑰匙是在自己手中會感覺好一點。」

我緊抿雙唇，然後從他手中拿走鑰匙。鑰匙很沉，非常冰冷。我把它平放在手中，但令我驚訝的是，傑克說得沒錯。鑰匙握在自己的手中有一種……算不上充滿力量，但至少有一種握有掌控權的錯覺。那扇門上了鎖，而唯獨我有能力把鎖解開。

我把鑰匙塞進牛仔褲口袋，正打算說點什麼的時候，傑克再次點點頭，但這次是對著手錶。

「妳有注意時間嗎？」

我低頭看手機一眼。

「該死。」

我接女孩們放學遲到了。

「聽著，我得走了，但——但謝謝你，傑克。」

「謝我什麼？」他看起來真心驚訝。「給妳那把鑰匙？」

「不是。只是──我不知道，謝謝你認真看待我的問題，沒有讓我覺得嚇壞了的自己像個笨蛋。」

「聽著。」他的表情變得柔和。「那些文字也把我嚇壞了，而我還是住在後院的另一頭。但已經結束了，知道嗎？那扇門後面不會再有奇怪的聲音和文字，不會再有莫名其妙的事發生。我們現在知道了，是很詭異，而且有點悲哀，但都結束了，好嗎？」

「好。」我說著，點點頭。我早該知道這整件事太順利了，不可能是真的。

我在監獄時常覺得害怕，雷克斯姆先生。第一晚，我躺在那裡聽著其他女人的大笑、嘶吼和尖叫聲，努力去習慣這圍擠在四周的狹窄水泥牆，以及接下來更多、更多的夜晚。後來，有個女人在餐廳把我毒打一頓後，為了安全起見，我被移到監獄的另一區。我躺在陌生的牢房裡顫抖，想起她臉上的恨意，想起警衛等了太久才介入，一邊數著時間，直到隔天我得再次面對她們所有人的時候。而在這些夜裡，每當我做了夢，就會再次看見她的臉，鼻腔帶著血腥味驚醒，止不住地渾身發抖。

喔，天啊，我真的很害怕。

但我從來不曾像那天晚上在海瑟布雷別莊的時候那樣害怕。

謝天謝地，孩子們因為疲倦，早早開始打起瞌睡。算一算，她們三個到了八點半就全部睡著了。

於是，我在八點四十五分上樓回到位於頂樓的房間——我不再把這裡視作「我的」房間。我碰觸門把時，發現自己屏住了呼吸。我忍不住幻想有恐怖的東西飛出來襲擊我——也許是一隻鳥，拚命抓我的臉，或那些文字像癌症一樣從上鎖的門後蔓延出來，爬滿房間的牆壁。但等我總算逼自己轉動門把，用力推開的房門撞上牆壁發出砰的一聲時，裡頭什麼也沒有。壁櫥門是關著的，房間看起來就和初次見到時一模一樣，除了我和傑克匆匆離開閣樓時踩在地毯上所留下的一些灰塵。

儘管如此，我知道我不可能睡在這裡，所以我很快抱起枕頭，抓起睡衣，彷彿預期會發現有什麼陰險的東西在那裡等待著我。我在浴室換上睡衣，刷牙盥洗，然後捲起棉被，帶到樓下的視聽室。

我知道如果我只是躺下等待睡意襲來，大概會等上很長一段時間，說不定是整晚。同時不斷被閣樓的畫面侵擾，耳邊也會一再傳來牆壁上的那些文字。把自己投入到一部熟悉的影集裡似乎是不錯的選擇。如果耳裡充斥著罐頭笑聲，起碼不會一聽見任何風吹草動就嚇得半死。我不確定我是否可以安靜地躺在那裡，等待嘎吱……嘎吱……的聲音再次傳來。

六人行似乎是最適合的強度。我在巨大的寬屏螢幕上播放，把棉被拉到下巴……然後準備入睡。

醒來時，我整個人暈乎乎的，完全搞不清楚方向。夜裡，電視已進入待機模式，日光從視聽室的遮光窗簾底下照射進來。

腿上有一股沉甸甸的重量……不對……是兩股沉甸甸的重量，而我的胸口緊繃，氣喘吁吁。我使勁把自己撐坐起來，撥開眼前的頭髮低下頭，預期看見兩隻狗，卻只看見一隻毛絨絨的黑色大狗伸開四肢躺在沙發尾端。而另一個沉甸甸的小身軀是艾莉。

「艾莉？」我嗓音沙啞地說著，摸摸睡袍的口袋。吸入器在裡面，一如往常。但我把它拿出來之際，敲到某個陌生的東西。我頓時猛然想起那把鑰匙，以及昨天所有的瘋狂經歷。接著我把吸入器的吹口在睡袍上擦了擦，放進嘴裡，深深吸了一大口。緊繃感立即緩和下來。我深深吸下第二口，感覺胸口變得輕鬆，然後再度開口說話，這次提高了音量。「艾莉，親愛的，妳怎麼會在這裡？」

她眨眨眼醒來，一臉迷糊，後來想起自己在哪裡，抬頭對我微笑。

「早安蘿溫。」

「妳也早安。但話說，妳跑來這裡做什麼？」

「我睡不著。我做了一個惡夢。」

「嗯，好吧。可是——」

可是……什麼？我不確定該說什麼。她的出現讓我震驚。昨晚，她在我沒注意到的情況下，獨自在房子裡躡手躡腳兜了多久？她顯然有辦法一聲不響下床，一路走到一樓，鑽進我身旁的被窩裡。

然而，到這個節骨眼，我似乎也沒什麼可說。所以我揉揉惺忪的睡眼，抽出壓在兩隻狗底下的雙腿起身。

就在這時，有東西從棉被的摺縫之間掉出來，摔在地上發出陶瓷碎裂的悶響。

那聲音把我嚇了一跳。我是不是弄翻了一個被我遺忘的咖啡杯什麼的？我昨晚喝了熱牛奶，但我非常肯定我把杯子安全放在茶几上。事實上，沒錯，杯子仍好好地擺在杯墊上。所以說，到底是什麼東西發出的聲音？

一直等到我拉開窗簾、摺好棉被的時候，我才終於看見。那東西在沙發底下滾到一半停下來，面向我，邪惡的小眼睛和咧嘴的笑容彷彿在嘲笑我。

是閣樓那只陶瓷娃娃的頭。

我突然升騰而上的感覺，就好像有人拿了一桶冰水往我的頭頂和肩膀倒下去，那純然的恐懼有如傾盆大雨，讓我渾身濕透，癱瘓無力，只能呆站原地，動彈不得，不停顫抖喘息。

我聽見艾莉尖細的聲音在說話，彷彿從很遠的地方傳來。「蘿溫，妳還好嗎？妳沒事吧，蘿溫？妳看起來怪怪的。」

我費盡心力才把自己從崩潰邊緣拉回來，發現她正在和我說話，而我需要回答。

「蘿溫！」她的聲音嚇得快哭出來。她拉扯我的睡衣，小手冰冷地貼著我的腰間。「蘿溫！」

「我──我沒事，親愛的。」我勉強說道。我的聲音在耳裡聽起來奇怪又沙啞。我想一路摸黑走向沙發坐下，卻無法鼓起勇氣接近那……那帶著嘲弄笑容的玩意兒。

但我非過去不可。我不能把它留在那裡，就像一枚可憎的小小手榴彈，等著隨時引爆。

怎麼會這樣？那玩意兒怎麼會跑到這裡？傑克把門鎖上了，我親眼看他鎖上的。他早我一步下樓。鑰匙在我口袋裡。我能感覺到鑰匙貼著我大腿的體溫而暖呼呼的。會不會是我……我有沒有可能……？

不，這太荒謬了，絕對不可能。

然而，它卻貨真價實出現在那裡。

正當我站在原地控制情緒的時候，艾莉彎腰看看我在凝視什麼，接著發出細小的尖叫聲。

「是娃娃！」

她蹲低，像個學步兒把屁股翹得高高的，接著伸出手。我突然聽見一陣嘶吼，是我自己的聲音在大叫著說：「艾莉，老天啊，別碰！」還沒回神明白自己在做什麼，就不自覺把她一把抱起。

一陣短暫的沉默過去，艾莉全身重量掛在我的雙臂上，我也氣喘吁吁。接著，她身體突然繃緊，憤怒得發出長嚎，然後開始大哭，就像任何一個沒意識到自己做錯事的孩子，被責備後頓時驚訝又難過。

「艾莉。」我開口說，但她拚命在我懷中掙扎，氣得滿臉通紅，表情猙獰。「艾莉，等等，我不是有意——」

「放開我！」她大聲叫道。我下意識把她抱得更緊了，但她像貓一樣激烈扭動，指甲刺進我的手臂。

「艾莉——艾莉，冷靜點，妳弄痛我了。」

「我才不管！放開我！」

我費力跪下，一邊盡量別開臉閃避她拚命揮舞的雙手，讓她滑落地面。她哀號一聲，摔在地毯上。

「妳很兇！妳吼我！」

「艾莉，我不是有意要嚇妳的，可是那個娃娃——」

「走開！」她哭喊著說。「我恨妳！」

說完，她急忙爬起來，從客廳跑走，留我悲慘地揉著手臂上的抓痕。我聽見她踩在樓梯上的腳步聲，接著是一記甩門聲。

我嘆口氣，拖著腳走進廚房，打開平板。我點開攝影機，看見艾莉臉埋進床鋪，嚎啕大哭。

麥蒂疲倦地搓揉雙眼，因為被這樣吵醒而困惑又訝異。

可惡。昨晚，她主動來找我尋求慰藉——有那麼一會兒我以為我們的關係開始有所突破。如今卻被我搞砸了。又一次搞砸了。

而罪魁禍首全是因為那顆討厭的娃娃頭。

我必須把那玩意兒丟掉，但我莫名地就是無法觸摸它。到最後，我走進雜物間拿了一個垃圾袋。我把垃圾袋的內裡翻到外面，湊合著當成手套套在手上，然後跪下來，手伸進沙發底下。

我伸進那有點灰塵的陰暗空間時，發現自己可笑地憋住呼吸，摸黑尋找那堅硬的娃娃頭。我先碰到幾束披散的頭髮，因為那個陶瓷娃娃頂上幾乎無毛。我利用髮束把娃娃頭拉近，然後動作迅速確實地抓在手中，像撈起一隻死老鼠似的，或某種昆蟲，死後仍怕被螫。

我緊緊抓在手中——彷彿這麼做可以阻止它爆炸或逃出我的掌心。兩者都沒有發生。但正當我慎重其事地站在那裡時，我感覺到食指一陣刺痛，是一片碎玻璃，尖銳到扎進去時幾乎沒感覺。碎玻璃刺穿垃圾袋，扎進手指頭流出鮮血，現在以穩定的節奏一滴滴落在木地板上。我這才發現娃娃頭不是陶瓷做的，而是上漆的塑膠。

來到水槽前，我拔掉手指的玻璃，用廚房紙巾纏住傷口，然後才拿塊抹布把頭包起來，再放進另一個垃圾袋裡。我綁緊頂端，用力塞進垃圾桶的最深處，感覺自己像在埋葬一具屍體。往下壓的同時，我的手指隱隱抽痛，叫我皺眉蹙額。

「艾莉是怎麼了？」

那聲音嚇我一跳，彷彿在藏匿某個罪惡的證據時被逮到。我一個轉身，看見麥蒂站在門邊。她的臉上少了些平時的挑釁神情，再加上一頭亂髮，她看起來就像她原本的樣子——只是一個太早起床的小女孩，頂著剛睡醒的滑稽髮型。

「喔……是我的錯。」我懊悔地說。「我剛剛吼了她。她準備伸手去摸碎玻璃，我要阻止她，結果嚇到她了。我想她以為我在生氣……我只是不希望她受傷。」

「她說妳找到一個娃娃，但妳不肯讓她玩？」

「只是一顆娃娃的頭。」我不想和麥蒂深入事情的來龍去脈。「但那是玻璃製的，裂縫處很鋒利。我清理的時候就不小心割傷自己。」

我像呈證物一般伸出手。她嚴肅地點點頭，看樣子對我片面解釋很滿意。

「好吧。我早餐可以吃巧克力穀片嗎？」她問。

「也許吧。可是麥蒂——」我說著，突然打住，不太確定該如何表達我想問的問題。我們雖然和好了，但感覺仍十分脆弱，我怕破壞到我們之間的關係。然而腦中充斥著太多問題，我無法完全拋下這個話題。「麥蒂，妳有沒有——妳知道這個娃娃是哪裡來的嗎？」

「什麼意思？」她的表情困惑又天真。「我們有很多娃娃。」

「我知道，但這個是很特別的舊式娃娃。」

我無法鼓足勇氣，把那令人毛骨悚然的斷頭從垃圾桶撈出來，所以我拿出手機，搜尋「維多利亞娃娃」的圖片，往下滑找，最後找到一個與閣樓那個娃娃相似、但沒那麼兇狠的版本。麥蒂皺起眉頭，盯著照片看。

「有一次電視上出現一個很像的。那是一個賣古咚的節目。」

「古咚？」我眨眨眼。麥蒂皺著眉，點點頭。

「嗯，一些值很多錢的舊東西。有個女士想變賣一個舊娃娃換錢，但節目上的負責人告訴她那不值半毛錢。」

「喔……古董。我知道妳說的那個節目。但妳在現實生活中從沒見過像這樣的娃娃？」

「沒有。」麥蒂說著，轉身離開。我試圖解讀她的表情。她是不是有點太無所謂了？一個正常的孩子不是會有更多問題想問嗎？但後來我搖醒自己。這種一再質疑所有事情的態度快瀕臨妄想症了。小孩子很自戀，只關心自己的事。我在幼兒園看多了。別的不說，很多大人也沒什麼好奇心，不會去質疑像這樣的事。

我正想辦法把對話帶到牆上的字和麥蒂的字母義大利麵時，她突然改變話題，提起原本的問題，就像典型的小孩子，非常執著。

「所以，我早餐可以吃巧克力穀片嗎？」

「呃……」我咬著嘴唇。珊卓清單上所謂「偶爾為之」的食物每天被食用的頻率越來越高。但話又說回來，如果她不希望孩子去吃，就不應該把那種食物放在家裡，對吧？「我想可以，僅只今天，是這禮拜的最後一次了，知道嗎？明天要吃原味麥片嘍。上樓換制服吧，等妳下樓我會把早餐準備好。喔，妳能不能告訴艾莉我也弄了一碗給她，問她想不想吃？」

她點點頭，在我伸手拿水壺的同時消失在樓上。

我用沒受傷的手挖了些麥片粥送進佩特拉的嘴裡，就在這時，一張小臉出現在廚房門口，然後又立刻溜走，剩一張紙留在地面上。

「艾莉？」我叫道，但沒有回應，只有逐漸消失的腳步聲。我嘆口氣，確認佩特拉的安全帶已經繫好，接著走過去撿起那張紙。

令我驚訝的是，那是一張用印刷文字打成的信，格式像電子郵件，只不過沒有主旨，收件人那一欄也是一片空白。在郵件的標題下方，是一行沒有標點符號的文字。

慶安的歐文非常對不起我剛才抓你又從你身邊跑走又說我恨你請不要生氣不要像其他人一樣走掉對不起艾莉上p.s. 我自己換好衣服了

慶安的歐文？這幾個字讓我困惑蹙眉，但剩下的內容意思沒有出錯。我解開佩特拉的安全帶，把她放進角落的遊戲圍欄，然後撿起那封信。

「艾莉？」

一片寂靜。

「艾莉，我收到妳的信了。我真的很抱歉對妳大吼。我能不能也跟妳說聲對不起呢？」

漫長的靜默後，一個細小的聲音說：「我在這裡。」

我穿過視聽室，來到客廳。乍看之下，客廳空無一人，但後來有動靜引起我的目光，於是我緩緩走到客廳盡頭的角落，那裡盡是陰影，清晨的陽光尚未照射進來。她縮在沙發側面和牆壁之間最狹小的角落，除了那頭金髮和微微露出的鞋尖之外，幾乎完全看不見。

「艾莉。」我蹲下，拿出那張紙。「這是妳寫的嗎？」

她點頭。

「寫得真的很棒。妳怎麼會拼所有的字？是麥蒂幫妳的嗎？」

她微微一笑，低頭看著自己的腳，胖嘟嘟的臉頰因害羞和自豪而微微泛紅。

「我自己寫的。不過……橡實有幫忙。」

「橡實？」我一臉困惑，但她點點頭。

「妳按下橡實，然後把想寫的東西告訴它。它就會幫妳寫下來。」

「什麼橡實？」我完全一頭霧水。「妳可以弄給我看嗎？」艾莉從小角落擠出來，又羞又喜地紅著臉，準備展示她的聰明伶俐。她的制服裙上沾滿灰塵，鞋子穿錯腳，但我兩者皆不予理會，跟著她來到廚房。她拿起平板，打開Gmail，按下鍵盤旁邊的麥克風圖示。我頓時恍然大悟。圖示確實長得有點像風格唯美的橡實——尤其在你不曉得老式麥克風長什麼模樣的時候。對於像艾莉這樣的孩子——所謂的麥克風是媽媽手機上的小針孔——那個圖示肯定讓她覺得困惑。

現在她開始對著平板說話。

「親愛的蘿溫，我想用這封信說我非常抱歉，艾莉上。」她慢條斯理地說，盡其所能地用她那童稚的上顎把咬字發清楚。

慶安的歐文，文字如魔法般一一在螢幕上出現。我想用這封信說我灰——程式出現極為短暫的停頓，接著自動修正文字。

非常抱歉，艾莉上。

「然後妳按下這裡的點點，爹地書房裡的印表機就會把這些字印出來。」她自豪地說。

「我懂了。」我不確定自己想哭還是笑。我蹲下來擁抱她，與她和好。「妳非常聰明，這是一封很善良的信。我也非常抱歉。我不應該吼妳的。我保證我哪裡都不去。」

她摟著我，在我的頸子上用力呼吸，柔軟的臉頰貼著我。

「艾莉。」我輕柔地說，不確定該不該破壞我們好不容易建立起來的信任，但又不能不問。「艾莉，我能問妳一件事嗎？」

她沒說話，但我感覺到她在點頭，小小的尖下巴戳著我鎖骨到肩膀之間的柔軟筋腱。

「是不是妳……把那顆娃娃的頭放在我大腿上的？」

「不是！」她往後退，看著我，有點生氣，但沒我擔心的那麼嚴重。她激烈搖頭，頭髮如薊花的冠毛飛揚著。她睜大雙眼，我從她的眼神中看見一種急著被相信的渴望。但為什麼呢？因為她說的是實話？或是因為她在說謊？

「妳確定嗎？我保證我不會生氣。我只是……好奇那是怎麼跑到這裡來的，就這樣。」

「不是我。」她說著，拚命跺腳。

「好，好。」我稍稍退後，不想失去我好不容易取得的進展。「我相信妳。」她猶豫片刻，然後牽住我的手。「那……」我現在說話不敢太莽撞，但這件事太重要了，非得繼續問下去。「妳……妳知道是誰放的嗎？」

她別過臉，不肯看著我的雙眼。

「艾莉？」

「是另一個小女生。」最後她只說了這一句。不知怎地，我很明白從她嘴裡就只能問到這麼多了。

「麥蒂、艾莉，快點！」我站在玄關，手裡拿著鑰匙。麥蒂的鞋已經穿上，拿著外套飛也似地跑下樓。「喔，做得好，親愛的。妳自己把鞋穿好了！」她避開我伸長的手臂從旁跑開，但從一樓廁所出來的艾莉動作沒那麼快，我一把抱住她，像隻熊發出隆隆叫聲，親她的小肚子，弄得她又是尖叫，又是躺在地上大笑，最後目送她在她姊姊爬進車內後，跟著蹦蹦跳跳跑出大門。

我轉身去拿她們的書包，結果才一轉身，差點被雙臂交疊、站在通往廚房那道拱門前的麥肯齊太太絆倒。

「媽的！」髒話不加思索脫口而出。我微微臉紅，很氣自己又多了些讓她不喜歡我的理由。「我是說，天啊，我沒聽見妳進門，麥肯齊太太。抱歉，妳嚇我一跳。」

「我從後門進來的，我鞋子很髒。」她只說了這句，一面目送孩子們上車，但表情比往常多了一點溫柔。「妳……」她才開口就停下來，搖了搖頭。「沒事。」

「不，什麼事？」我說，覺得不爽。「如果妳有話要說就說吧。」

她噘著嘴，我則交叉手臂，等她開口。接著，出乎意料地，她露出微笑，那張頗為冷漠的臉頓時改頭換面，讓她看起來年輕好幾歲。

「我只是想說，妳把那些孩子照顧得非常好。好了，妳最好趕快出發了，否則就要遲到了。」

我從卡恩橋國小開車折返的時候，佩特拉就坐在我後方的安全座椅裡，一邊指著窗外，一邊對自己牙牙學語、說些聽不懂的話。我不自覺想起第一次與傑克從車站開回海瑟布雷的那趟路——傍晚的夕陽把群山照得金光閃閃，我們行經遍地是吃草的羊群和高地牛的田野，越過一座座石橋，特斯拉一邊發出安靜的嗡嗡聲。今日天色灰暗，細雨紛紛，景色看起來很不一樣——荒涼陰冷，完全沒有夏季之感。就連田野上的牛群也看起來鬱鬱寡歡，個個低著頭，雨水從牠們的牛角滴落。

當柵門向內打開，我們便開上蜿蜒的車道朝家門前進。就在這時，我突然湧上初訪此地的回憶——我坐在傑克旁邊的副駕駛座上，難得對生活充滿著期盼和希望。

我們轉過車道上最後一個拐彎處，外觀矮矮胖胖的灰色房子映入眼簾。我也記得第一次看見它的時候內心激動的情緒，美好、溫暖，充滿無限可能。

今天看起來卻截然不同。沒有充滿新生活、新生機的無限可能，而是有如維多利亞監獄般的灰暗冷峻——但我知道就連那也是一種謊言，房子正面對著車道的維多利亞風格只是故事的一半，如果繞到背面，我會看見一棟被拆開後用玻璃和鋼鐵重新拼補起來的房子。

最後，我的視線來到屋頂，石板被雨水打得濕滑。傑克關上的窗戶從這裡看不見，開口在屋頂內側的斜坡上，但我知道它就在那裡，想到這裡我不禁打了個冷顫。

車道上沒看見麥肯齊太太的車——她想必已經離開了——也四處不見傑克和那兩隻狗。不知為何，在發生了那麼多事情後，我無法獨自進入那棟房子。我停好車、把佩特拉從汽座解開時心想，如今我已經淪落到即使是抵擋狗把鼻子湊上我的裙子也成了求之不得的消遣，總好過靜靜守著那棟房子，外加每個角落都有蛋形的玻璃大眼監控著我。

至少在這裡，我可以盡情思考、感受和說話，不必留意我說的每一個字、我的每個表情、每個情緒。

我可以做自己，不必擔心出差錯。

「走吧。」我對佩特拉說。她的嬰兒推車放在後車廂。我打開推車，抱她進去，把遮雨罩夾在她上方。「我們來去散步。」

「我散步！」佩特拉大叫，雙手推著塑膠遮雨罩，但我搖搖頭。

「不行，寶貝，外面太濕了。而且妳沒穿雨衣。妳舒服待在裡面，保持乾燥。」

「水空！」佩特拉說，隔著塑膠罩往外指。「跳尼巴水空！」我花了一會兒時間才聽懂她在說什麼，但後來我跟隨她的目光來到積在馬廄前院那片碎石子地上的一大灘水坑時，才真正恍然大悟。

泥巴水坑。她想跳泥巴水坑。

「喔！像佩佩豬一樣，是嗎？」她拚命點頭。「妳還沒穿雨鞋，不過妳看——」

我越走越快，然後開始慢跑，連同推車一起衝過水坑，在我們四周濺起漫天水花，再滴滴答答打在我的防水外套和推車的遮雨罩上。

佩特拉開心得尖叫。

「還要！好多水空！」

房子側邊的不遠處有另一灘水坑，我也配合地奔了過去。灌木叢中央那條碎石子小徑上的水坑一樣沒能倖免。

等我們抵達菜園的時候，我已經全身濕透，笑到不行，但同時也開始冷得不得了，房子也變得越來吸引人。儘管房子充滿攝影機和故障的高科技裝置，但至少溫暖又乾燥。在這裡，我對前一晚的恐懼不只是傻氣，還很可笑。

「水空！」佩特拉大叫，一邊在推車裡上下晃動。「好多水空！」

但我搖搖頭，跟著大笑。

「不行，這樣夠了，親愛的。我全都濕了！看！」我繞到她面前站好，給她看我濕透的牛仔褲，於是她再次開懷大笑，小臉蛋隔著起皺的塑膠布顯得扭曲變形。

「多溫濕濕！」

多溫。這是她第一次試著叫我的名字。我感覺我的心揪了一下，因為愛，也因為傷心——傷心我無法告訴她的一切。

「對！」我說著，喉頭哽咽，但笑容是真心的。「對，蘿溫濕濕！」

等我把推車掉頭、準備回家，才發現我們走了多遠——差不多快把通往毒花園的那條小徑走完。我準備把推車推上陡峭的磚砌小徑時，回頭看了花園一眼——接著停下腳步。

從我上次來訪至今，有些地方變了。

有東西不見了。

我花了一會兒時間思索——接著恍然大悟。綁在鐵門上的棉繩不見了。

「等等喔，佩特拉。」我說，不理會她抗議著要「好多水空！」的吵鬧聲。我踩下推車的煞車踏板，沿著小徑跑回鐵門前，那扇多年前格蘭特醫生自豪地站在前方拍照的鐵門，那扇我親手綁上、故意把繩結綁得高高的、不讓小手搆到的鐵門。

那條白色的料理棉繩不見了。不只是鬆脫了，或被剪掉了丟在一旁，而是完全消失了。有人解開我仔細繫上的預防措施。

可是是誰呢？又為什麼要這麼做？

我緩慢走回越來越煩躁的佩特拉所在的斜坡上時，這個想法一直困擾著我，並在我把推車費力地推上斜坡、回到房子的坐落之處時依然揮之不去。

等我抵達房子的大門口，佩特拉已經氣得哭鬧不休。我低頭看錶，才發現她的點心時間早過了，事實上正接近午餐時間。推車的輪子沾滿泥巴，但後門的鑰匙被我留在雜物間裡，我別無選擇，只能從前門進去。我好不容易把她抱出推車外，一手艱難地收起推車，留在門廊上，另一手把佩特拉抱在腰間免得她跑去找更多泥巴水坑。接著，我用拇指在發亮的白色面板上一按，退後一步等大門安靜打開。

煎培根的香味立刻撲鼻而來。

「哈囉？」

我小心翼翼把佩特拉放在樓梯底部，關上大門，再脫掉我沾滿泥巴的雨鞋。

「哈囉？誰在那裡？」

「喔，是妳。」是蕾安娜的聲音。我抱起佩特拉，開始往廚房走的同時，她也來到門邊，手裡拿著一個滴著油的培根三明治。她看起來很狼狽，面無血色，眼底下掛著黑眼圈，彷彿睡得比我還少。

「喔，妳回來了。」我沒必要地說。她翻個白眼，大搖大擺與我擦身而過，朝樓梯口走去，順道咬了一大口三明治。

「嘿。」一坨褐色醬汁啪一聲滴到磁磚地上時，我在她身後叫道。「嘿！妳不能拿個盤子嗎？」

但她早已離開，輕快地跳上樓回房。

然而她經過時，我嗅到另外一股味道——很淡，被培根的香氣壓過，可是感覺怪怪的，格格不入，卻又很熟悉，才讓我當下愣在原地。

那是一股甜膩又帶點腐臭的氣味，瞬間把我拉回過去青少年的時光，儘管我仍想了半天。等我總算把回憶和氣味聯想在一起的時候，我很肯定那是便宜酒從某人毛細孔散發出的過熟櫻桃氣味。

該死，

該死。

一部分的我想要喃喃抱怨說那不干我的事——我只是個褓姆，受雇的原因是我對年幼孩童有一套——對青少年絲毫沒有經驗，也不曉得珊卓和比爾對所謂恰當的行為是什麼標準。現在十四歲的孩子開始喝酒了嗎？這樣的行為是可以的嗎？

可是另一部分的我知道，我現在是這個家的代理父母。不管珊卓是否有所顧慮，我見到的也夠讓我擔心的了。蕾安娜的行為也透露出許多危險信號。問題是，我該怎麼處理。我又能怎麼處理？

我幫自己和佩特拉做三明治，接著哄她睡午覺時，這些問題持續困擾著我。我可以去質問蕾安娜——但我相當確定她已經準備好一個藉口，即使她賞臉和我說話的話。

就在這時，我想起來了。凱絲。別的不說，她至少可以向我解釋那天晚上所有活動的來龍去脈，讓我大致有個概念，再決定該不該把這件事看得那麼嚴重。一群十四歲大的女孩在一場生日派對上……凱絲不是不可能供應了一些酒精飲料，而蕾安娜只是喝下超過她合理的量。

凱絲回覆的訊息仍留在我的訊息清單裡。我在清單上滑找，找到後直接撥出號碼。鈴聲響起的同時，我等待著。

「是？」聲音很粗啞，濃濃的蘇格蘭腔，而且百分之百是男性。

我眨眨眼，看著手機確定自己沒有打錯號碼，然後再放回耳邊。

「哈囉？」我小心翼翼地說。「請問哪位？」

「我是克雷格。」那聲音說。聽起來不像孩子，年紀起碼二十歲，說不定更大。而且絕對不像是任何人的媽媽，或爸爸，就目前的情況而言。「更他媽重要的是，妳他媽是誰啊？」

我太震驚了，嚇得啞口無言。一時之間只是呆坐在那裡，張口結舌，思索該說什麼。

「哈囉？」克雷格暴躁地說。「哈囉？」接著，他壓低聲音用氣音說：「他媽打錯電話的賤貨。」

說完，他掛斷電話。

我合上嘴巴，緩緩走回廚房，仍想搞清楚剛剛到底是怎麼回事。

簡單來說，不管那是誰的電話號碼，總之不是愛麗絲她媽媽的。這意味著……這可能意味著蕾安娜不小心寫錯了，只不過我傳訊息給那支號碼時，得到了回覆，確定是從所謂的「凱絲」那邊回傳的。

這表示蕾安娜一直在騙我。

這也表示，她非常有可能根本不是跟愛麗絲出去，而是極有可能和克雷格在一起。幹。

平板放在廚房中島上。我拿起後，準備要寫封電子郵件給珊卓和比爾。

問題是，我不知道該從何說起。要說的事情太多了。我應該從蕾安娜開始？還是麥蒂的行為？還是我應該表達我對閣樓的擔憂？那些噪音、我和傑克破門而入的情況，以及那些瘋狂的文字？

我想告訴他們的，是所有的一切——從依然殘留在我鼻孔裡的那腐敗臭味，到車道盡頭的垃圾桶裡那破碎的洋娃娃頭，還有麥蒂亂畫的監獄塗鴉，以及我和克雷格的對話。

有事不對勁，我想這麼寫。不對，刪掉，每件事都不對勁。可是……該怎麼說才對。我要怎麼告訴他們關於蕾安娜和麥蒂的狀況，又不會聽起來好像我在批評他們的教養方式。更別說我要怎麼提起我在這棟房子所見所聞之事，又不會被他們當成另一個迷信的褓姆而把我開除？畢竟，傑克一直在這裡來來去去，卻沒見過任何不尋常的事情。一個人要是從沒看過那間詭異又失常的閣樓內部，我又該怎麼說服他呢？

先想想主旨吧。任何我想得到的標題要不是極度不妥就是誇張可笑，最後我決定打下海瑟布雷別莊的最新情況。

好。很好。冷靜，切題。這樣很好。現在輪到郵件的內文。

親愛的珊卓和比爾，我寫道，然後往後一坐，啃著手指上OK繃的破損邊緣，思考接下來該怎麼說。首先，我應該告訴你們，今早蕾安娜已經平安到家。但關於她對前往愛麗絲家的說法，我有一些顧慮。

好，寫得好。清楚明瞭、切合事實，毫無指責意味。但該如何從這裡順利轉到他媽打錯電話的賤貨。

更別說還有

我們恨你。

他們生汽了。

滾開。

我們恨你。

最重要的是，我該如何解釋我再也不願意——也沒辦法——睡在那個房間裡，聽著樓上來來回回的腳步聲，呼吸著瀰漫塵土和腐敗羽毛的空氣。

到最後，我只是呆坐著凝視螢幕，想起頭頂上方的木地板發出緩慢的嘎吱……嘎吱……，也是在這個時候，我才聽見佩特拉暴躁的哭嚎聲從室內通話系統傳來。我看向時鐘，發現是時候接麥蒂和艾莉放學了。

去接小朋友放學，我在對話框打字傳給蕾安娜，我回來後我們得談一談。接著，我把郵件留在平板上沒發送，跑到二樓幫佩特拉換尿布，再匆匆把她塞進車裡。

差不多晚上九點之前，我都沒再想起那封電子郵件。傍晚過得很愉快——麥蒂和艾莉都很高興見到蕾安娜，她也對她們體貼又溫柔——與在我面前扮演的那高傲做作的私校屁孩有如天壤之別。她顯然宿醉得很嚴重，但她在視聽室陪她們玩芭比玩了幾個小時，吃了一些披薩，然後消失在樓上。我則忙著幫孩子梳洗哄睡，最後替她們蓋好被子，送上晚安吻，熄燈。

我下樓，準備好展開先前承諾過的談話，一邊想像完美褓姆蘿溫會怎麼做。堅定但明確，不祭出懲罰，不隨意指責，引導她開口說話。

但蕾安娜已經在廚房等我，手指敲打著流理台。我又仔細看了一眼她身上的穿著。全妝、高跟鞋、迷你裙和露出臍環的中空上衣。

喔，該死。

「呃。」我開口，但蕾安娜搶先一步說。

「我要出門了。」

一時之間，我不知道該說什麼。接著，我讓自己振作起來。

「我可不這麼想。」

「這個嘛，我就想。」

我微微一笑。我有本錢微笑。外面天色漸暗。特斯拉的車鑰匙在我的口袋裡，而距離這裡最近的車站至少有十六公里。

「妳打算踩著那雙高跟鞋走路去嗎？」我問。但蕾安娜回以微笑。

「不，有人會來接我。」

可惡、可惡。

「好了，聽著，蕾安娜，這非常好笑，但妳知道我是絕對不可能讓妳就這樣出門的吧？我得打電話給妳爸媽，告訴他們——」喔，管它的，指責就指責吧，我必須說些什麼讓她明白她被看穿了。「我必須告訴他們妳回家時一身酒味。」

我預期這句話的威力有如一拳重擊，但她幾乎沒有反應。

她只說了一句：「妳最好別這麼做。」

但我已經拿起手機。

晚餐前至今，我一直沒查看手機。而令我驚訝的是，螢幕上有封電子郵件的圖示在閃爍。是珊卓寄來的。

我立刻點開，唯恐是什麼與她談話前我應該知道的事。主旨映入眼簾之際，我困惑地眨了眨眼。

Re：海瑟布雷別莊的最新情況

什麼？我不小心寄出這封郵件了嗎？當初我用孩子們拿來打電動的平板登入自己的郵件信箱。我有股不好的預感，我大概是忘記登出了。有沒有可能是佩特拉或其中一個孩子不小心按下了傳送？

驚慌失措的我打開珊卓的回信，預期看見類似「？？怎麼回事？」的字眼，結果卻完全相反。

謝謝妳的近況更新，蘿溫，聽起來不錯。很高興聽見蕾安娜和愛麗絲玩得愉快。比爾今晚出發前往杜拜，我正在與客戶吃晚餐，但萬一有任何急事，請務必傳簡訊給我。我明天會盡量找時間與孩子們視訊。珊卓

這沒道理。直到我稍微往下滑，看見那封照理是我寄出的郵件，一切才豁然開朗。寄出時間為下午兩點四十八分，正好是我出門去接麥蒂和艾莉的整整二十分鐘後。

親愛的比爾和珊卓，

簡單報告一下家中近況。一切都很好，蕾安娜從愛麗絲的家平安回來了。她看起來玩得很開心。

我們過了一段非常美好的下午，她是你們的驕傲。麥蒂和艾莉要我說她們愛你們。

蘿溫

接著是一片沉寂，我轉向蕾安娜。

「妳這小王八蛋。」

「嘴真甜。」她拉長音調說。「小童幼兒園的人都允許妳這樣說話嗎？」

「小——什麼？」她怎麼知道我之前在哪裡工作？但後來我振作起來，拒絕被牽著鼻子走。

「聽著，別想轉移話題。妳這種行為是絕對無法令人接受的，而且很愚蠢。首先，我知道克雷格

的事。」蕾安娜聽到這裡，臉上閃過了一絲驚訝的表情。她很快恢復鎮定，幾乎是瞬間變回愛理不理的冷淡表情。然而我看見了，我止不住臉上那得意洋洋的微笑。「喔，對，他沒告訴妳嗎？我打給了『凱絲』。不用說，我第一件事就是要打電話給妳媽，解釋那封郵件是妳寄的，再來我要做的就是告訴她這個叫作克雷格的傢伙，說妳打算穿著一件連肚臍都遮不住的上衣，大搖大擺地跟這個我從沒見過的小子出去，看看她會怎麼說。」

我不知道我有何期待——也許是看見她瞬間變臉，大發脾氣，或甚至是目睹她開始大哭，求我放過她。

但以上兩者都不是她的反應。反之，她微微一笑，看起來頗甜美，完全不緊張。接著她說：「喔，我想妳不會這麼做。」

我霎時說不出話，後來才勉強開口說：「給我一個為什麼不會的好理由！」

「喔，妳太小看我了。」她說。「我可以給妳兩個。瑞秋．蓋哈特。」

喔，幹。

廚房頓時陷入一片死寂。

有那麼一會兒，我以為我的膝蓋要發軟跪下。我摸找到一張高腳椅，癱坐上去，感覺自己快喘不過氣。

我被逼到了絕路。我現在明白了。我只是不知道那條絕路會讓我死得多慘。

因為從這裡開始就對我非常、非常不利了。不是嗎，雷克斯姆先生？

這就是警方把我在案子裡的角色從一個碰巧遇見倒楣事的受害人變成一個握有動機的嫌犯。因為她說得沒錯。我不可能打電話給珊卓和比爾。

我不能那麼做，因為蕾安娜知道真相。

如果你已經讀過報上的一些文章，大概也不會很驚訝吧，雷克斯姆先生。因為你打從一開始就會知道艾林庫爾一案被逮捕的褓姆不是蘿溫．凱恩，而是瑞秋．蓋哈特。但對警方而言，這是極為震驚的爆炸性消息。或者不是，算不上什麼爆炸性消息。比較像派對上用杆子一打就爆出許多禮物噴在身上的那種皮納塔玩具。

因為我根本是拱手把這個案子交給他們的。

後來，警方非常著重於我是如何成功的，彷彿我是某種犯罪天才，鉅細靡遺地策劃了這一切。但他們不明白的是，這段過程簡單到簡直是引人犯罪，簡單到令人笑掉大牙。從來就沒有偽造簽字、沒有繁複的身分盜用、也沒有假文件。妳是如何取得那些偽造的身分證件的，瑞秋？他們不停追問，但事實是，根本就沒有偽造的文件。我只不過是從我朋友蘿溫的房間拿了她的褓姆文件給珊卓看罷了。無犯罪紀錄證明、英國教育標準局的褓姆資格、急救證照、履歷，所有文件上都沒有照片。我完全不需要偽造任何東西，而珊卓絕對不會知道站在她面前的女人並不是叫作她遞出證明文件上的那個名字。

我也企圖告訴自己，這不算是詐騙。畢竟，我確實有那些文件——至少大部分都有。我有無犯罪紀錄證明和急救證照。我和蘿溫一樣，在小童幼兒園的嬰兒室工作過，不過做得沒她久，也不是主管。我以前也做過褓姆，儘管經驗不多，我也怕我的推薦信不夠優秀。但基本上大同小異。名字只是……技術上的細節。我甚至也有無違規紀錄的駕照，就像我對珊卓所說的。我不能拿給她看的唯一問題是因為上面的照片。但我對她說過的一切——我宣稱過的所有資歷——都是真的。

除了我的名字以外。

當然，其中也有運氣的成分在。幸運的是，珊卓同意了我的要求，沒有聯絡小童幼兒園打聽情報。如果她這麼做，他們會告訴她蘿溫・凱恩早在幾個月前就離職了。很幸運地，她從來沒有催我補上駕照。

同樣幸運的是，她使用薪資委外服務，所以我不必親自交出蘿溫的護照正本，只要把她電腦桌面上的影本寄出就行了。她把影本和我們共同分擔的帳單都放在上面。

最幸運的是，只要帳號和清算代碼相符合，銀行似乎不在意匯款單上面的名字是誰。這是我始料未及的。我本來輾轉難眠，拚命思考該如何過這一關。聲稱我的帳戶在另一個名字之下？要求付現？或請珊卓把支票開給瑞秋・蓋哈特，然後求老天保佑她不會多問？當我發現這些都不重要，差點笑了出來。薪資只要透過轉帳支付，就算在收款人欄位寫上唐老鴨，錢一樣進得來。聽起來隨便得難以置信。

但說實話，一開始，我甚至沒有考慮到那個階段。我只是全神貫注在得到那場面試機會，站在海瑟布雷別莊裡，直視珊卓和比爾的眼睛。那才是我真正想要的。那是我回覆徵人啟事的唯一理由。但不知怎地，各種機會一再出現，有如盤子上包裝精美的禮物，求我拆開，佔為己有。

我不該這麼做的，我現在知道了，雷克斯姆先生。但你看不出來嗎——你難道看不出來那是什麼感覺嗎？

這會兒站在廚房裡，看著蕾安納當面嘲笑我，讓我突然感到一陣極大的恐慌，但隨之而來的是另一個奇怪的感受——幾乎可以說是如釋重負，彷彿我早知道這一刻終將來臨，快點一了百了也未嘗不是一種解脫。

有一瞬間，我考慮過虛張聲勢，問她是什麼意思，假裝從沒聽過瑞秋．蓋哈特這個名字。但只有那麼一瞬間。如果她挖得夠深，連我真名都查到了，不可能因為我激烈否認就被糊弄過去。

「妳怎麼發現的？」我改而問她。

「因為我跟我親愛的爸媽不一樣。每當家裡突然有新人出現，我是會不厭其煩做些調查的。網路上什麼都找得到，真的很驚人。現在學校都有教妳知道嗎？管理自己的數位足跡什麼的。我猜在妳那時代還沒有學過？」

挖苦的話說得很露骨，但我懶得回應，因為根本就不重要。重要的是她挖了多深，她的動機——以及她到底知道多少。

「我沒花多久時間就查到蘿溫．凱恩。」蕾安娜說。「她挺無趣的，對吧？沒什麼把柄。」把柄。原來這就是她的用意。蕾安娜一直在網路上尋找任何可以拿來當籌碼的不良言行。只是她一不小心發現了更大的秘密。

「我不懂。」她說著，嘴角揚起一抹笑。「所有資料都相符——名字、生日、在那間名字又蠢又做作的幼兒園——小童——就職的時間。」她嘲弄地說。「嗯。但後來突然出現一大堆泰國和越南的照片。所以我在車道上看見妳時，以為自己搞錯了，以前自己可能真的找錯人了。我花了幾小時才找到真正的妳，肯定是生疏了。可惜她沒有隱藏她的好友名單，妳也忘記刪掉妳臉書的個人檔案。」

靠，所以事情就是那麼簡單。只要滑找蘿溫在臉書上的好友名單，挑出我自願貼在上面讓全世界看見的那張臉就行了。我怎麼會那麼蠢？但老實說，我從沒想過有人如此費心把所有線索拼湊起來。更重要的是，我的出發點自始至終不是為了欺騙。這就是我企圖解釋給警方聽的重點。如果我真是為了打造一個虛假的第二人生，我難道不會費盡心思掩埋我的行蹤嗎？

因為這不是詐欺，不完全是。至少不是警方以為的那樣。這……其實只是一場意外，相當於朋友不在的時候借他們的車來開罷了。我從來沒打算讓這一切發生。

問題是，我無法告訴警方的，是為什麼我用假名來到海瑟布雷的原因。他們一再追問，一再深究，我也一直在做垂死的掙扎，絞盡腦汁編造理由——比方說，蘿溫的資歷比我的漂亮（這是實話），她的經驗比我豐富（這也是實話）。我想他們一開始肯定以為我有什麼見不得人的職場秘密——沒有正式的褓姆資格，或曾經是性罪犯之類的。想當然耳，事實並非如此。儘管警方費盡心力想找出一點蛛絲馬跡，但我的文件就是沒有毛病。

情況對我非常、非常不妙，即使是當時我也很清楚。但我不停告訴自己，如果連蕾安娜都沒有發現我來這裡的原因，那說不定警方也一樣找不到。

不用說，這想法很愚蠢。他們是警察。探究真相就是他們的工作。

他們調查了好一陣子，幾天，可能甚至是幾個禮拜，我不太記得了。他們不斷挖掘、刺探、盤問，導致過了一陣子之後，審訊的日子開始混在一起，難以區別。然而最終，他們拿著一張紙走進偵訊室，咧著嘴笑，表情有如愛麗絲夢遊仙境裡的那隻笑笑貓。

於是我知道了。我知道他們發現了真相。

我也知道我死定了。

但那是後來的事了。我有點講得太快。
我得先把另一件事說出來，最困難的那件事，至今我仍不敢置信的那件事。
而那件事我就是對自己也無法充分解釋。
我得告訴你那晚的慘劇。

蕾安娜走出大門後，我在玄關站了好一會兒，望著貨車車燈消失在車道上，一邊思索該怎麼辦。我該打電話給珊卓嗎？我要說什麼？坦白一切？厚著臉皮撐過去？

我看一眼手錶。時間剛過九點半。珊卓郵件上的那句話飄進我的腦海——比爾今晚出發前往杜拜，我正在與客戶吃晚餐，但萬一有任何急事，請務必傳訊息給我。

我不可能趁她和客戶吃飯吃到一半拿這些事騷擾她，更別提用訊息來傳達。喔，嗨，珊卓。希望一切安好。對了，蕾安娜剛剛和一個陌生男子出去，而我是用假名應徵這份工作。再聊嘍！

要不是情況那麼嚴重，想想其實滿好笑的。可惡，可惡。我能不能寄封電子郵件給她，把情況清楚解釋一遍呢？可能吧。不過真要這麼做的話，得趁蕾安娜發送錯誤消息前捷足先登。如今要替自己辯解又更困難了。

但正當我把平板拉到面前時，我明白我不能透過電子郵件。那是懦夫的解決方法。我欠她一通電話——好好解釋自己，就算不能面對面，起碼得親口說。但我到底能說什麼？

該死。

那瓶酒有如一張邀請函放在廚房的流理台上。我斟了一杯，企圖平復情緒。到了第二杯時，我朝佔據於角落的攝影機看了一眼。但我已經不在乎了。大禍即將臨頭。很快地，不管珊卓和比爾在影片看到什麼都不再是我的當務之急。

等我斟了第三杯的時候，打從心底知道這是刻意的自毀行為。等酒瓶只剩一杯的量，我已經非常清楚——我現在醉得沒辦法打電話給珊卓了，醉得除了上床睡覺沒辦法做任何理性的事。

來到二樓後，我在走廊上站了很久，手放在房間的門把上，集結勇氣要進去。但我做不到。門底下有一條黑色門縫。我腦中突然冒出一個不安的畫面，某個神秘莫測的可怕東西從門底滑行而出，跟隨我下樓，把我包裹在它漆黑的……

於是，我不自覺把手放下，一步步往後退，彷彿我轉身的話，那個神秘的東西真有可能現身追著我不放。抵達第一階樓梯後，我毅然決然一個轉身，頭也不回跑到一樓溫暖的廚房，為自己和自己的懦弱和一切感到羞恥。

廚房舒適明亮，但我閉上眼睛時，仍聞得到從我房門底下流出的閣樓冷空氣——我猶豫不決地站在原地，思索應該在沙發上鋪床或保持清醒等蕾安娜回來時，仍感覺得到手指被破裂娃娃頭割傷的地方在隱隱抽痛。我已經貼了OK繃，但底下的皮膚還是有腫脹感，好似感染正在發作。

我走到水槽前撕下OK繃，就在這時後門突然一陣敲門聲，嚇得我跳起來。

「是——是誰？」我大叫，努力不讓聲音顫抖。

「是我，傑克。」聲音從門外傳來，因風聲而顯得微弱。「我帶狗回來了。」

「請進，我只是——」

後門打開，帶進一陣冷風。我聽見他在雜物間的腳步聲，接著是他脫掉靴子扔在地墊上的砰一聲，最後是兩隻狗在他腳邊蹦蹦跳跳時的吠叫聲，他一邊努力要牠們安靜下來。終於，牠們在狗窩裡舒服地躺下，他走進廚房。

「我通常不會那麼晚帶牠們去散步，但我有事耽擱了。妳竟然還沒睡，我挺驚訝的。今天還好嗎？」

「不太好。」我說著，腦袋昏沉沉的。我這才再次發現我醉得有多厲害。傑克注意到了嗎？

「不好？」傑克揚起一邊的眉毛。「發生什麼事？」

「我和……」天啊，該從何說起。「我和蕾安娜有點小衝突。」

「什麼樣的衝突？」

「她回來後我們——」我停下來，不確定該怎麼說。在我對珊卓坦白前，總覺得不應該把事情的全貌告訴傑克。我也相信要是我拿蕾安娜的問題跟不是她父母的人討論，絕對違反了每一條保密原則。但另一方面，我覺得我起碼得把其中一部分份吐露給另一個成人聽，否則我可能會瘋掉。而且說不定當中藏有一些不為人知的過去，因為很明顯地，不是每件事都囊括在那紅色的大資料夾裡。「我們吵了一架。」最後我說。「我威脅要打電話給珊卓，而她——她——」我無法收尾。

「她怎麼了？」傑克拉來一張椅子，我一屁股坐下，感覺絕望再次席捲全身。

「她走了，她一個人出門——和某個非常不恰當的朋友在一起。我要她別去，但她還是去了。我不知道該怎麼辦——該怎麼跟珊卓說。」

「聽著，別擔心蕾安娜。她是個狡猾的小傢伙，挺獨立的。儘管珊卓和比爾可能會反對，但我強烈懷疑她會受到任何傷害。」

「可是萬一她真的出事了呢？萬一她在我的看管下遭遇什麼不測怎麼辦？」

「妳是褓姆，不是獄卒。不然妳該怎麼辦——用鎖鏈把她綁在床上？」

「你說得對。」最後我說。「我知道你是對的，只是——喔，天啊。」這三個字不由自主地從嘴裡脫口而出。「我好累，傑克。我無法思考，更糟的是，我的手每次碰到東西就痛得要命。」

「妳的手怎麼了？」

我低頭看著我輕放在大腿上的手，感覺傷口隨著每次心跳隱隱抽痛著。

「我不小心割到。」我現在不想解釋事情的來龍去脈，但一想到那顆咧嘴大笑的恐怖小臉，就讓我不由自主打了個冷顫。

傑克皺起眉頭。

「我能瞧瞧嗎？說實話，看起來不太好。」

我不發一語，只是點頭，伸出我的手。他非常溫柔牽起，移往光的方向。他用輕到不能再輕的力道按壓傷口兩側浮腫的皮膚，接著露出苦相。

「妳割傷後有在傷口上塗抹任何東西嗎？」

「只有貼OK繃。」

「我不是這個意思。我是說像消毒劑之類的？」

「沒有。你覺得有需要嗎？」

他點頭。

「傷口很深，皮膚腫成那樣不太妙，看起來已經被感染了。我去看看珊卓有什麼東西可用。」

他起身，椅子往後推時發出尖銳的聲響。他走進牆上有個小藥櫃的雜物間。我早些時候在那裡找到一些OK繃，但除了一堆佩佩豬的OK繃和幾瓶兒童發燒藥水外，沒注意到任何像消毒藥水或酒精之類的東西。

「沒東西。」傑克說著，走回廚房。「應該說，除了六種不同口味的發燒藥水外，什麼也沒有。到我那邊去吧，我的公寓裡有急救箱。」

「我——我不行。」我坐直身子，抽開手，把受傷的手指頭收進掌心，感覺傷口在隱隱抽痛。「我不能丟下孩子們。」

「妳沒有丟下任何人。」傑克耐心地說。「妳人就在後院的另一邊。妳可以帶上嬰兒監控器。夏天的時候珊卓和比爾天天坐在後院納涼，跟妳這樣沒什麼不同。要是聽到任何聲響，妳在她們醒來之前就能趕回去了。」

「呃……」我猶豫地說。各種閃過腦海的念頭被我早先喝下的酒淡化模糊。我可以請他把急救用品帶回這裡，對吧？但一小部分的我……好吧，是很大一部分的我……那部分的我感到很好奇。我想和傑克一起去。我想看他的公寓長什麼樣子。

而且雷克斯姆先生，真要我老實講的話，我想離開這棟房子。

如果妳真的覺得房子裡有危險，妳怎能單獨把孩子們留下？質問我的是那位女警官。她問問題的時候，嫌棄的態度表露無遺。

我企圖解釋。我企圖告訴她孩子們什麼也沒看見，什麼也沒聽見，企圖解釋所有的惡形惡狀似乎全是衝著我來的。聽到腳步聲的人是我。看到牆上那些訊息的人是我。夜復一夜被噪音和門鈴和寒意弄得無法入睡的人也是我。天殺的，珊卓甚至不相信我說的話。

沒有其他人，連傑克也沒有，親眼見過或親耳聽過我的所見所聞。

儘管發生了那麼多風風雨雨，如今我仍抱著半信半疑的態度，但是如果那棟房子真的有什麼東西，那完全是針對我而來。我，以及另外四個打包行囊逃之夭夭的褓姆。

我只想五分鐘的時間逃離這棟房子的支配。只要五分鐘就好，帶上口袋裡的嬰兒監控器和腋下那台裝有監視攝影機的平板。這難道很過分嗎？

那位女警似乎不買帳。她只是站在那裡，不敢置信地搖頭，看著坐在對面的那個愚蠢、自私又粗心的臭女人，不齒地癟嘴。

但你買帳嗎，雷克斯姆先生？你能明白夜復一夜關在那裡聽著來回走動的腳步聲有多艱難嗎？你能明白光是幾公里外的後院既沒什麼，卻又代表了一切嗎？

我不知道。我不確定我是否成功說服了你，是否成功解釋那是什麼感覺，真正的感覺。

我只能告訴你我拿起了嬰兒監控器和平板，跟隨傑克穿過廚房，讓他幫我扶著後門，等我們來到外頭後把門關上。他帶著我走過後院陰暗崎嶇的碎石子地、上樓來到他的公寓時，我能感覺到他的體溫。我跟在他後方上樓，看著他的肌肉在T恤底下收縮。

來到樓梯頂端後，他從口袋拿出鑰匙，打開門鎖，然後往後站讓我進去。

進到屋內，我以為傑克會摸找一塊控制面板，或拿出手機。相反地，他只是伸手輕輕按下某樣東西。等燈光在小公寓亮起後，我看見一個極度平凡、以白色塑膠製成的電燈開關。如釋重負的我一方面覺得自己實在荒謬，一方面又覺得太棒了，差點失聲大笑。

「你沒有控制面板嗎？」

「沒有，謝天謝地！這些馬廄就是設計給員工住的宿舍，沒理由把高科技浪費在我們這種人身上。」

「我想是吧。」

他按下另一個電源開關，我的眼前出現一個明亮的小客廳，陳設著一張褪色的棉質沙發和一些不錯的必備傢俱。木柴的餘燼在角落的小火爐裡隱隱燃燒，我能看見盡頭有間小廚房。廚房後面有另一扇門，我猜是他的臥室，但開口發問似乎有些失禮。

「好了，妳坐吧。」他指著沙發說。「我去拿藥膏，一會兒就回來。」

我點點頭，被照料的感覺真好，不過光是坐在這裡我就很高興了。趁著傑克在後方的櫥櫃裡東翻西找時，一邊享受爐火映在臉上的溫暖，一邊依偎在便宜又舒適的宜家沙發上。這張沙發就跟我和蘿溫在倫敦那間公寓裡的那張一模一樣。我記得這個系列叫愛克托，或類似的名字。那本來是蘿溫她媽媽的，後來傳給我們。十年保固，外加可拆洗的棉質布套。以傑克的例子來說，布套曾經是紅色的，後來隨著日曬和反覆洗滌，漸漸褪成略帶條紋的暗粉紅色。

坐在這張沙發上彷彿回到了家。待過海瑟布雷別莊有如人格分裂的華麗裝潢後，這個地方不僅讓人耳目一新，也特別討喜。

公寓蓋得堅固，風格一致——沒有從華麗的維多利亞風格突然變成簡潔的未來科技風，讓人暈頭轉向。每樣東西都讓人覺得溫馨自在，從茶几上那只馬克杯的汙漬，到擺放在壁爐架上的眾多照片——親朋好友和他們的孩子。有個小男孩出現不止一次，明顯是親戚，長得很相像。

我感覺我的雙眼慢慢闔上，兩晚沒睡的睏倦終究找上門來……就在這時，我聽見一記咳嗽聲，傑克站在我面前，一手拿著藥膏和消毒水，另一手拿著兩只玻璃杯。

「妳想喝點什麼嗎？」他問。我困惑地抬起頭。

「喝點什麼？不用了，謝謝。」

「妳確定嗎？我等等擦藥妳可能需要一些分散疼痛的東西，應該會滿痛的。我覺得傷口裡好像還有碎玻璃什麼的。」

我搖搖頭，但他說得沒錯。確實痛得要命。一開始他用消毒酒精輕擦傷口的時候痛，把鑷子深入傷口裡時更痛。我感覺到金屬摩擦到玻璃的異物感，以及沒清乾淨的玻璃碎片滑進手指裡的刺痛感。

「靠！」我不自覺脫口哀號，但傑克咧著嘴在笑，鑷子末端夾著沾了血的東西。

「好了，結束。妳一定痛得不得了。」

他在我旁邊坐下時，我的手還在發抖。

「妳知道嗎？妳撐得比最後幾個久得多。」

「什麼意思？」

「最後幾個褓姆。事實上，我說得不對。我記得凱佳撐了三個禮拜，不過從荷莉算起，每個褓姆都像蝴蝶一樣來來去去。」

「誰是荷莉？」

「她是第一個褓姆，她待得最久。在麥蒂和艾莉還小的時候就負責照顧她們。她待了將近三年，直到——」他說著停下來，似乎在考慮該不該往下說。「嗯，先別管那個了。然後是第二個褓姆蘿倫，她待了將近八個月，但在她之後的那個只撐了一個禮拜。而在凱佳前一個名叫瑪哈的褓姆，她第一晚就離開了。」

「第一晚？發生什麼事？」

「她叫了計程車，半夜離開了。泰半的東西都沒帶走，珊卓不得不把它們寄回去。」

「我不是這個意思。我是說，是發生了什麼事導致她離開？」

「喔，這個嘛……我不太清楚。我一直覺得——」他打住，低頭看著空杯，面色漲紅，頸背也紅了一片。

「說啊。」我催促道，但他搖了搖頭，彷彿很氣自己。

「該死，我說過我不會這麼做。」

「做什麼？」

「我不說老闆壞話的，蘿溫。我打從第一天就跟妳說過了。」

這個名字讓我猛然一驚，內疚不已，提醒了我對他隱瞞的一切。但我推開這個念頭，急切地想知道他本來打算要說什麼，沒時間擔心我自身的秘密。突然間，我非得知道到底是什麼因素驅使在我之前的那些女孩離開。是什麼嚇得她們落荒而逃？

「傑克，聽好了。」我說著，猶豫半晌，然後一隻手扶住他的臂膀。「這算不上背叛。我也是他們的員工，記得嗎？我們是同事。你不是對一個外人張揚私事。跟同事聊工作上的事是合情合理的。這是維持理智的方法。」

「喔？」凝視酒杯沉思的他抬起頭來，對我露出帶點苦澀的微笑。「是這樣嗎？嗯……我都已經說了一半，全部告訴妳也無妨。反正妳有權知道。我一直覺得把她們嚇跑的——」他深呼吸，心一橫，彷彿要做出某件討人厭的事。「可能是因為……比爾的緣故。」

「比爾？」這不是我預期聽到的答案。「怎——怎麼說？」

但話才剛出口，我就已經知道了。我記得他在我在這裡第一晚的行為，張大的雙腿，持續殷勤地倒酒，膝蓋沒必要地緩緩進入我兩腿之間……

「靠。」我說。「夠了，你不必說了。我可以想像。」

「瑪哈……她的年紀比較年輕。」傑克不情願地說。「而且非常漂亮。我猜他可能……呃……有吃她豆腐，而她不知道該怎麼辦。我之前懷疑過……有一次比爾一隻眼睛瘀青，是蘿倫還在這裡工作的時候。我想她可能……妳知道的……」

「揍了他一拳？」

「嗯。如果是真的，肯定是他自找的，否則她早就被開除了，妳懂嗎？」

「我想是吧。天啊，你為什麼不早說？」

「要開口說：喔，對了，順道一提，我老闆是個變態，有點難以啟齒，妳懂吧？很難在第一天提起這種事。」

「我能理解。靠。」我感覺到我的臉頰就像傑克的一樣發熱漲紅，雖說以我的情況，有一半是因為威士忌在作祟。「天啊，喔，真討厭。」

遭到背叛的感覺超乎想像，這我明白。這事我也不是不知道，畢竟他也曾經對我下手。但不知怎地，想到他一次又一次有系統地對他女兒的褓姆下手，不在乎他這麼做等於把她們逼走……我突然有種想要洗滌自己的衝動，把他碰過我的地方統統刷乾淨，即使我已經好幾天沒看到他，當初見面時，他也幾乎沒碰我。

艾莉那尖銳刺耳的嗓音緩緩傳進我的腦中。*我比較喜歡他不在的時候。他總是強迫她們做些她們不想做的事。*

她有沒有可能說的是自己的父親，對自己的妻子雇來照顧孩子的年輕女性下手？

「天啊。」我把臉埋進雙手。「真是個王八蛋。」

「聽著。」傑克聽起來很尷尬。「我有可能搞錯了。我沒有任何證據，這只是——」

「你不需要證據。」我難受地說。「他第一晚有對我下手。」

「什麼？」

「嗯哼。不到——」我用力嚥口水，咬緊牙繼續說。「不到可以上勞資法庭控告他的地步。全是一些曖昧的話，還有『不小心』擋住我的去路之類的。但我很清楚他在做什麼。」

「老天啊，蘿溫。我真的——真的很抱歉——我只是——」

他停下來，表情明顯流露著痛苦，我不禁為他感到難過。

「這不是你的錯，別道歉。」

「我當初應該說點什麼的！難怪妳一直神經兮兮的，聽見有人躡手躡腳的腳步聲——」

「不。」我堅定地說。「跟那沒有關係。傑克，我是個成年女性了，以前不是沒遇過騷擾，我應付得來。這跟閣樓的事完全無關。這——這是兩碼子事。」

「沒什麼好說的，就是噁心而已。」這會兒他氣得滿臉通紅，接著站起來，彷彿光是靜靜坐著無法克制脾氣。他走到窗邊，又往回走，別著臉站在原地，緊握著雙拳。「我想——」

「傑克，算了吧。」我連忙說。我跟著站起來，見他不肯轉頭看我，我抓住他的雙臂，把他轉過來面對我，接著——天啊，我根本不知道事情是怎麼發生的。

我想不出適當的形容詞，怎麼寫都像一本俗氣的言情小說。融化在彼此的臂彎裡、四片唇如海浪般貼在一起，全是那些愚蠢的陳腔濫調。

只是我們沒有融化，動作也毫不輕柔，而是激情、急切，強烈得無法自拔。我們相互親吻。我啃噬他，他也輕咬我的身體。我把十指伸進他的頭髮，他笨拙地解開我的鈕釦，接著是肌膚相親，唇舌交纏，然後——我不能再往下寫了。我不能寫，但我無法不去回想。我不知道如何停止。

完事後，我們躺在爐火前依偎在彼此的懷裡，全身大汗淋漓，又濕又黏。後來他睡著了，頭枕在我的胸前，隨著我的每次呼吸輕輕地上下起伏。有那麼一會兒，我只是凝視著他，看他腰部以下白皙如雪的皮膚，鼻梁上的雀斑，輕撫臉頰的黑色睫毛和摟著我肩膀的手臂。接著，我抬頭看向我倆上方的壁爐台，嬰兒監控器就放在那裡靜靜等候。

我不能回去，但我非回去不可。

最後，我感覺到我開始不敵睡意了，便知道我非下床不可，否則將面臨在這裡睡上整晚的風險，醒來後發現孩子們自己在做早餐，我則在寒冷清晨的曙光下狼狽地走回房子裡。

再加上還有蕾安娜這號人物。我不能冒險在她從哪個鬼地方回來的時候發現我人在這裡。我要對珊卓解釋的已經夠多了，無須再多一項夜間散步的議題。

因為我必須向她坦白一切。躺在傑克的懷裡時，我了解到這是唯一的可能……也許我很早以前就已經知道了。我必須冒著失去工作的風險，坦白說出一切。如果她開除我——嗯，我不能怪她。儘管我害自己陷入財務困境，儘管拿不到那些年終分紅，儘管信用卡的債務越積越多，儘管上述所說的這一切，我都得硬著頭皮接受，因為是我活該。

但如果給我機會解釋，如果讓我好好解釋為什麼做出這些事的原因，那麼也許，只是也許……

牛仔褲穿到一半的時候，我聽見一個聲音。不是從嬰兒監控器傳來的，而是公寓外頭，介於斷裂和重擊之間，就像一根樹枝從樹上掉落的聲音。我屏住呼吸，駐足聆聽，但沒有其他聲音傳來，嬰兒監控器也沒有響起洪亮的哭嚎，這表示那神秘的聲音沒有吵醒佩特拉和其他孩子。

即便如此，我還是拿出手機，點開應用程式。標註「佩特拉房間」的攝影機圖示顯示出她一貫大字形的睡姿，影片在小夜燈微弱的光線下顯得畫質很差，但形狀很清楚。就在我觀看的同時，她呻吟一聲，把大拇指塞進嘴裡。

女孩房的攝影機什麼也看不見。我幫她們蓋被子的時候，忘記打開夜燈，所以畫素實在太差，只看得見一片充滿顆粒感的黑色，偶爾出現灰色斑點干擾。但如果她們醒來了，一定會打開床頭燈，所以昏暗無光是好的徵兆。

我甩甩頭，扣好牛仔褲的釦子，套上T恤，然後彎下腰，非常輕柔地在傑克的臉頰親了一下。他沒說什麼，只是翻個身，含糊地喃喃自語，聽起來像「晚安琳恩」。

我的心跳頓時靜止了，但後來我搖搖頭。這句話有各種可能。晚安啦。晚安了啊。就算聽起來像「晚安琳恩」或麗姿，或其他的名字，那又怎樣？人人都有過去。說不定傑克也有。天知道我自己的秘密就夠多了，沒資格批評別人。

我早該一走了之。

我早該拿起嬰兒監控器，走到門邊，讓自己離開。

但在臨走前，我忍不住回頭看傑克最後一眼。他躺在那裡，映著火光的皮膚呈現金色。他閉著雙眼，嘴唇微張的模樣讓我忍不住想再次親吻他。

就在我回頭看的時候，我注意到另一樣東西。

是一朵紫色的花，擱在流理台上。我起初想不起來那朵花看起來眼熟的原因，也不明白為什麼目光會被它吸引。後來我才恍然大悟——那是我前幾天早上在廚房找到後放進咖啡杯想讓它復活的同一種花。當初把花留在廚房地板上的人是傑克嗎？不對——那天晚上他幫比爾跑腿去了不在家……是嗎？還是別的晚上？失眠讓日子過得模模糊糊，混作一氣，要想起哪個如惡夢般的漫漫長夜屬於哪天早晨變得越來越困難。

正當我蹙眉站在那裡思索之際，又注意到另一樣東西。一個甚至更不顯眼的東西，卻是讓我當場愣在原地、腸胃不安翻攪的東西。一圈棉線。完全無害——所以我為什麼那麼緊張呢？

我掉頭回去，撿起棉繩。

那是一束折了兩三段的白色料理棉繩，末端打著假平結突然看起來眼熟得可怕。而且棉繩被俐落地切成兩半——可能是用了非常鋒利的刀，或是我在毒花園撿到的同一把園藝剪刀。

無論是哪種工具，現在其實也不重要了。

重要的是，那是我高高纏繞在毒花園鐵門上、不讓孩子搆得到的棉繩——那束我綁在那裡保護孩子的棉繩。可是這在傑克的廚房幹什麼？又為什麼放在那束純潔無瑕的花朵旁邊？

我拿出手機打開谷歌，心裡難受得七上八下，彷彿我已經知道自己將找到什麼結果。我在搜尋欄位輸入「紫花 有毒」，點選圖片，結果第二張圖片就看到了，那奇特的垂墜形狀和鮮豔的紫色，絕對錯不了。Aconitum napellus（烏頭花）。我每讀一句，內心的噁心感就越發強烈。英國本土數一數二的劇毒花種。烏頭花對心臟和神經系統具有劇毒，該植物包括根莖葉和花瓣等部分都可能致人於死。多數死亡案例是由誤食烏頭花所致，但專家建議在處理枝條時也要格外小心，因為光是接觸到皮膚也可能引發症狀。

底下列了一連串與烏頭花相關的死亡及謀殺事件。

我關掉手機，轉頭看著傑克，不敢置信。從頭到尾難道真的都是他嗎？是他待在上鎖的花園裡修剪那些有毒植物，讓那個可怕的地方繼續存在。是他解開我為了保護孩子而綁上的安全措施。是他細心挑選了他所能找到最毒的花種，留在廚房地板的中間。雖然我只有用手觸摸——但找到那朵花的也極有可能是孩子，甚至是狗。

而我剛剛才跟他上床。

但為什麼？他為什麼要這麼做？他還幹了哪些好事？

難道就是他駭進系統、在三更半夜用震耳欲聾的音樂和恐怖的尖叫聲把我們所有人從睡夢中嚇醒的嗎？

難道就是他頻頻觸發門鈴，擾我清夢？製造嘎吱作響、毛骨悚然的輕盈腳步聲讓我夜不成眠的人也是他嗎？

最糟的是，會不會就是他在上鎖的閣樓裡寫下那些不堪入目的字眼，然後再用石膏板封住，只為了在時機成熟之際「重新發現」那閣樓？

我發現我的呼吸變得急促，把手機塞回口袋時，雙手也抖個不停。突然間，我非離開不可，不惜任何代價離他越遠越好。

如今我也懶得保持安靜，猛地打開公寓的門，走進夜裡，走前再用力把門帶上。外面又開始下雨。我埋頭狂奔，感受著打在臉頰上的雨水、喉嚨裡的哽咽，以及因淚水而模糊的視線。

雜物間的門仍舊沒上鎖，我開門讓自己進去，背靠著門，用上衣擦拭雙眼，努力控制住自己的情緒。

幹。幹。我這輩子跟男人有什麼孽緣嗎？為什麼碰到的全是一群渣男？

我站在那裡努力平息急促的呼吸時，突然想到先前穿衣服的時候聽見的微弱聲音。房子與我離開前一樣沒有異狀，玄關沒有蕾安娜踢掉的高跟鞋，樓梯底部也沒有亂丟的手提包。但我其實也沒有太多期待。如果她真回來了，我照理會聽見停車的聲音。大概是狗發出的聲音吧。

我再次抹抹雙眼，脫掉鞋子，緩緩走進廚房，感覺到地熱系統穿透水泥地的暖意。英雄和克勞德昏昏欲睡地窩在籃子裡，輕聲打呼。我一進來，牠們立刻抬頭看，然後等我在吧檯前坐下時又倦倦地低下頭。我把臉埋進雙手，絞盡腦汁思索該怎麼辦。

我沒辦法上床睡覺。無論傑克說過什麼，蕾安娜仍不在家，我就是忘不了這個事實。我應該做的是——事實上，我必須做的是——寫封電子郵件給珊卓。一封正式的信，鉅細靡遺地解釋發生過的一切。

但首先，我還有另一件事得做。

因為我越想就越覺得傑克的行為不合邏輯。不只是毒花園——而是所有的一切。每次事情出錯的時候，他總是剛好在附近。他似乎擁有每個房間的鑰匙，以及居家管理系統中有些他照理不該擁有的權限。那晚喇叭傳出震天價響的音樂時，他怎麼會知道覆寫程式的方法？他怎麼碰巧就有閣樓的鑰匙？

無論他說過什麼，他的姓氏畢竟是格蘭特。萬一這當中有些我沒注意到的關聯怎麼辦？他會不會是格蘭特醫生失散已久的親戚，準備回來把艾林庫爾一家趕出他的祖厝？

不——最後那個假設太誇張了。這可不是在演什麼十九世紀農夫的復仇戲碼。傑克把艾林庫爾一家趕出他們自家房子有何好處？一點好處都沒有。最多不過是換上另一對英格蘭夫妻取代他們的位置。況且，被盯上的似乎不是艾林庫爾夫婦，而是我。

因為事實是，如果加上荷莉，就有五名褓姆離開了艾林庫爾一家。不對，不是離開，而是一個接著一個有組織地被趕走的。要不是我在海瑟布雷別莊的親身體驗，我可能會相信始作俑者是比爾那雙不安分的手。這棟房子，有某人或某個東西，正在刻意以長期騷擾的方式把褓姆一一趕走。

我只是不曉得那人是誰。

眼窩後方開始隱隱抽痛，反映著手上的疼痛——早先黃湯下肚的微醺感已經漸漸變成宿醉的前兆。但我現在還不能屈服。我手腳不穩地慢慢從高腳椅滑下來，走到水槽前洗把臉，努力不讓自己睡著，為了等會兒要做的事保持清醒。

但正當亂髮滴著水，兩手撐著水槽站在那裡之際，我看見一樣東西。一樣離開時不在那裡的東西，我很肯定——至少我是這麼認為，現在似乎什麼都說不準了。

放在水槽右邊的，是我快喝光的那瓶酒。只是現在瓶子裡已經一滴不剩。本來應該還有一杯的量，如今卻空空如也。而在廚餘處理機邊緣的溝槽裡，有一顆被壓扁的莓果。

那有可能是藍莓或覆盆子的殘骸，被壓得不成原形，但不知為何，我知道兩者皆非。

我非常緩慢地把手伸向廚餘處理機，一顆心七上八下。

我探入處理機的洞口，最後在底部碰到某樣東西。有些硬、有些軟，我抓起一大把時，整隻手陷了進去。

是一坨軟爛的莓果。紅豆杉、冬青、桂櫻。

儘管用了大量的水沖洗排水管，但我仍然可以清楚聞到殘留在酒裡的莓果氣味。

這沒道理，這一切都沒道理。我離開時，那些莓果不在酒瓶裡——怎麼可能呢？瓶子是我親手打開的。

這表示，有人趁我不注意的時候把莓果放了進去。今晚，有人在孩子睡著後來到這間廚房。

只是後來……後來又有其他人把莓果給倒掉。

房子裡就像有兩股力量，一個拚命要把我趕走，另一個則在保護我。但是誰——這到底是誰做的？

我不知道。不過要是真找得到答案的話，我知道得去哪裡找。

我打直腰桿，感到一陣胸悶，於是伸進口袋拿出吸入器吸了一大口，卻仍沒能舒緩那份緊繃感。我動身前往樓梯，開始一步步往上走進黑暗裡時，發現呼吸變得越來越急促。

離三樓越來越近，我就不禁想起上次站在門前，手握著門把，卻怎麼也無法再進一步——無法面對那扇門後的漆黑。

但現在，我開始懷疑長期纏擾海瑟布雷別莊的，其實是活生生的人。這次，我下定決心要轉動門把，開門找出證據——在我把今晚發生的事告訴珊卓時拿得出來的證據。

但來到三樓時，我發現我根本不必開門，因為我的門……我房間的門，是敞開的。然而門本來是關著的。

我還清楚記得當初站在門前低頭看著底下的門縫，卻無法鼓起勇氣轉動門把的畫面。

如今，門開了。

房間依舊寒冷，甚至比我上次在夜裡發著抖醒來、發現恆溫器失靈而空調不斷吹出冷風時還要冷。然而這次我發現不只是房間冷，還能感覺到一陣微風。

頃刻間，我那堅定的決心有如烈焰中的塑膠一點一滴蜷縮，在體內消失殆盡，熔化成一團黑掉的硬核。

微風是哪裡吹來的？是通往閣樓的門嗎？要是那扇門又是敞開的——儘管鎖頭和鑰匙都在我的口袋裡，儘管傑克在後院幾公里外的公寓裡熟睡著——我想我一定會放聲尖叫。

接著，我讓自己冷靜下來。

這簡直是瘋了。世界上根本就沒有所謂的鬼魂，沒有所謂的鬧鬼。閣樓除了灰塵和五十年前的無聊孩子留下的遺物外，什麼也沒有。

我走進房間，按下面板上的按鈕。

什麼事也沒發生。我按下另一個方塊，很確定昨晚就是它讓檯燈發亮的。仍舊沒有反應，倒是一座看不見的風扇開始運轉。有好長一段時間，我只是站在黑暗中，苦思到底該怎麼辦。我聞得到從閣樓的鑰匙孔吹來的混濁冷風，也聽得見某個聲音——不是過去的嘎吱……嘎吱……，而是嗡嗡作響的低沉機械聲，叫我十分困惑。

就在這時，我突然湧上一陣莫名的怒火。

不管那聲音是什麼，不管上面到底有什麼東西，我都不能讓自己嚇成這樣。有某個人，或某個東西，正想盡辦法要把我趕出海瑟布雷別莊，我是不會輕易屈服的。

我不知道是血管裡殘餘的酒精給了我勇氣，還是知道反正明天打電話給珊卓後，我大概也準備要回家了，總之我拿出口袋裡的手機，打開手電筒，大步穿過房間來到閣樓門前。

就在這時，那嗡嗡作響的機械聲又一次響起。是從頭頂傳來的。聲音很耳熟，但我說不上為什麼。聽起來像一隻非常生氣的黃蜂，但給人一種呆板的機械感，讓我不覺得是活的東西。

我摸找從昨天起就一直放在牛仔褲口袋裡、堅定不移地貼著腿的鑰匙，接著把它抽出來。

我放輕力道把鑰匙插進門裡一轉，轉起來很僵硬——但已經沒有上次那麼僵硬。除鏽劑發揮了功效，儘管感覺到阻力，但門鎖安靜地轉開了，沒有像上次傑克硬開時發出金屬相接的刺耳聲響。

接著我伸出手，把門打開。

裡面的氣味和我上次記憶中的如出一轍——陰冷潮濕、充滿霉味，瀰漫著死亡和絕望的氣息。

不過上面確實有什麼東西，我現在看出來了，某個透著朦朧白光的東西，照亮覆蓋於樓梯間的蜘蛛網。然而很明顯地，在我和傑克之後，還沒有人上來過這裡，我之所以會知道，不只是因為口袋裡的鑰匙——還有我上次走過的路徑上有許多煞費苦心重新編織的完整蜘蛛網。要是有人來過這裡，一定會破壞掉這些蜘蛛網。也因為如此，我不得不一步一步謹慎地走，一邊在面前拚命揮手，免得那些有黏性的蜘蛛絲沾上我的眼睛和嘴巴。

那道光是怎麼回事？是從那扇小窗戶照進來的月光嗎？可能吧，雖然窗戶骯髒不堪，真是月光的話，我一定會很驚訝。

來到樓梯頂端，我悄悄深吸一口氣，做好準備，接著踏進閣樓。

我立刻注意到兩件事。

第一，閣樓與我上次看到的狀態別無二致，就是前一天我跟隨傑克下樓前，回頭看的那最後一眼。唯一消失的東西是從那堆物品之中滾到閣樓中央的那顆娃娃頭。那顆頭不見了。

第二，確實是月光照進了閣樓，出奇明亮，因為窗戶——傑克關上的那扇窗戶——又打開了。他當初顯然沒有閂好，才在夜裡被風吹開。我氣呼呼地大步走過嘎吱作響的木地板，比傑克更用力把窗戶關上，然後摸黑尋找窗閂。最後，我終於找到一個——鑽了許多洞的舌片鎖。上面佈滿厚厚的蜘蛛網，我逼不得已把它們撥開之際，摸到蜘蛛網上死去已久的獵物酥脆的觸感。我扭動窗閂使其歸位，確保窗戶再也沒辦法自行打開。

終於，窗戶鎖緊了。我退回屋內，擦拭雙手。我關上窗戶的瞬間，光線立刻變暗。佈滿黴菌的玻璃窗阻隔一切，只剩一線微光。然而轉身返回樓梯口，用手電筒的細小光束在木地板上照亮一條狹窄的道路時，我又注意到別的東西。另一個光源。這次是更加微弱的藍光，從窗戶對面的一個角落發出來的。那個角落完全籠罩在陰影下，不可能有光線的存在。

我往閣樓的另一端走去，一顆心怦怦作響。那是通往樓下另一個房間的入口嗎？還是別的東西？無論光源是什麼，總之是藏在一個行李箱後方。我粗魯地把行李箱拉到一邊，不再試圖保持安靜。我已經不在乎被誰發現我在這裡，我只有一個本能——找出到底發生什麼事。

眼前所見讓我吃驚地退後一步，接著在灰撲撲的地板上跪下湊近看。

藏在那只舊行李箱後面的，是一堆物品。一本書、一些巧克力棒的包裝紙、一只手環、一條項鍊、一些小樹枝和幾顆莓果，是有點爛掉了沒錯，但還不到乾掉的地步。

以及一支手機。

我在閣樓另一端看到的光線就是從這支手機來的。我一拾起，手機再次發出嗡嗡聲，我這才發現這就是早些時候我聽到的奇怪噪音。手機明顯剛剛更新過，卡在想要重新開機的循環模式下，失敗，然後又重來一次，次次發出嗡嗡聲響。

這是一支舊型號的手機，跟我幾年前的那支很類似。我試了每次手機快沒電時會用的小妙招，同時長按音量和電源鍵。螢幕停了一會兒，打著圈圈，接著變黑。我按下重新啟動。

但就在我等待手機重新啟動的時候，有樣東西吸引了我的目光。是一道銀光，從我為了撿手機而撥到一旁的那堆垃圾裡發出來的。

就在那裡，與剩餘那堆毫無價值的垃圾一起散落在木地板上，手機的光映在其中一抹曲線上閃閃發亮。

是我的項鍊。

我不敢置信地撿起來，心跳得好快。我的項鍊。我的項鍊。它怎麼會在這裡？在這片漆黑之中？

我不知道自己在廚房坐了多久。我手捧著一杯茶，讓項鍊的細鍊子垂在指間，企圖弄明白這一切。

我也把手機帶下來，但少了密碼，我無法打開查看手機的主人是誰。我只看得出來手機很舊，看起來似乎連結到無線網路，但裡頭沒有SIM卡。

不過讓我困惑的不是手機。那是很奇怪沒錯，但在充斥著腐敗羽毛的一片漆黑中找到我的項鍊，感覺並非偶然。我應該要思索的是蕾安娜的狀況，應該要擔心她人在哪裡，以及等她走進家門後，我們之間必然上演的爭執。我應該要思索的是珊卓，權衡自己的選擇，以及想想該怎麼說——該怎麼告訴她事實真相。

我是在思索這兩件事沒錯，但這些念頭裡裡外外纏繞著的，是我的那條項鍊。我推斷各個時間點，企圖理解項鍊怎麼會跑到一條被無數完整蜘蛛網封住的樓梯上方，消失在一間上鎖的房間內，尤其唯一的鑰匙還躺在我的口袋裡。我和傑克第一次闖進來的時候，這條項鍊就在閣樓了嗎？但這解釋不了任何事。那個壁櫃已經被封住好幾個月，甚至好幾年了，不是我上次打開才發生的情況。那些灰塵的痕跡、一張張密集的蜘蛛網，在在表明已經很久很久沒有人利用樓梯進來過閣樓了。另外，窗戶根本不夠大，擠不進我的頭和肩膀，而且窗外就是陡峭的石板屋頂。

找到項鍊後，我搜遍了房間的每個角落，尋找是否有暗門或通往閣樓的入口——但一無所獲。維多利亞木地板之間毫無縫隙，牆壁上除了通往石板屋頂的窗戶外什麼也沒有。我甚至移開所有的傢俱，抬頭查看天花板的每個角落。我非常確定進出這裡的唯一辦法就是經由我房間的樓梯走上來。

月亮依舊高掛空中，但爐具上方的時鐘已經來到凌晨三、四點。差不多就在這時，我總算聽見輪胎輾過車道的碎石子聲，門廊外的輕笑聲，及有人用拇指啟動面板鎖時、大門自動打開的聲音。小貨車駛遠後，門跟著悄悄關上。我聽見小心謹慎的腳步聲，然後是失足絆一跤的碰撞聲。

我的腸胃翻攪不已，但我逼自己保持鎮定。

「妳好，蕾安娜。」我讓語氣保持平靜，同時聽見踩在玄關石板地上的腳步聲赫然靜止，接著是蕾安娜知道自己被逮個正著後厭惡地咒罵一聲。

「靠。」

她步履蹣跚地走進廚房，臉上的妝花了一半，緊身褲破了長長的洞，渾身濃濃的酒味，聞起來像是好幾支甜酒混在一起的味道——我想有吉寶蜂蜜香甜酒，還有馬里布椰子蘭姆酒，再加上其他東西，紅牛能量飲嗎？

「妳喝醉了。」我說。她發出難聽的大笑。

「五十步笑百步。我從這裡就看得見回收桶裡的酒瓶。」

我聳聳肩。

「有道理，但妳知道我不能就這樣放過妳，蕾安娜。我必須告訴妳的父母。妳不能想出門就出門。妳才十四歲。萬一發生了什麼事，而我不知道妳人在哪裡或跟誰在一起怎麼辦？」

「好吧。」她說著，癱倒在廚房中島上，把餅乾罐拉向自己。「隨妳便，瑞秋。後果妳自己看著辦吧。」

「我不在乎。」我說。她拿出一塊餅乾，把罐子推開，我也拿了一塊，平靜地浸到茶裡，儘管我努力克制，雙手仍微微顫抖著。「我已經打定主意了。我要去告訴妳媽媽。要是因此失業，我也不在乎。」

「如果妳因此失業？」她嘲諷地大笑出聲。「如果？妳簡直有妄想症。妳用了假名來到這裡，我猜資歷八成也是假的。妳到頭來沒被告上法院就算幸運了。」

「可能吧。」我說。「但我願意冒這個風險。現在快上樓，把臉上的妝擦一擦。」

「去妳的。」她滿口餅乾，邊說邊噴了我一臉的餅乾屑。我不禁皺起臉，拚命眨眼，一邊撥掉眼睛的碎屑。

「妳這小賤貨！」我費盡心力壓抑的脾氣突然一下子爆發。「妳有什麼毛病啊？」

「我有什麼毛病？」

「對，妳。妳們每個人都是。為什麼妳們恨我恨成這樣？我對妳們做過什麼？妳們真的想要孤零零地被留在這裡嗎？因為如果妳們繼續對待員工像個該死的混蛋，就準備迎接這樣的下場吧。」

「妳他媽懂個屁啊。」她突然變得跟我一樣生氣，厲聲說完，把高腳椅往後一推，椅子翻倒在水泥地上，發出響亮的鏗鏘聲。「妳可以給我滾出去。我們不想要妳，我們不需要妳。」

反駁的話在嘴邊呼之欲出，但不知怎地，當她站在那裡，廚房的聚光燈打在她凌亂的金髮上，如火焰般閃閃發亮，表情因為憤怒和痛苦而扭曲之際，看起來與麥蒂是如此相像，與我是如此相像，我不禁感到一陣心痛。

我記得自己十五歲那年，超過門禁時間回家，雙手扠腰站在廚房裡對著我媽大吼：「我才不在乎妳會不會擔心。我又沒要妳熬夜等我，我不需要妳照顧！」

當然了，這是謊言。百分之百的謊言。

因為我所做的每一件事，每次考試拿的高分，每次違規的門禁時間，每次打掃房間或不打掃房間——目的都只有一個。讓我的母親注意到我，關心我。

整整十四年，我費盡千辛萬苦想當個完美的女兒，卻怎麼也不夠。無論我的字寫得多整齊，拼寫測驗考得多高分，美術作品做得多優秀，仍舊遠遠不足。我可以花一整個下午替一幅畫著色送給她，她卻只會注意到我打噴嚏時不小心畫出邊框的唯一一個地方。

我可以整個星期六把房間打掃得一塵不染——她卻只會抱怨我沒有把玄關的鞋子擺好。

我怎麼做都不對。長得太快、衣服太貴，朋友太吵。一下子說我太胖，一下子又說我挑食。我的頭髮太亂、太厚、太難整理，綁不出她喜歡的辮子和馬尾。

於是，我從孩子轉變成青少年後，開始反其道而行。我已經試過當個完美的女兒——該是時候做個不完美的女兒了。我徹夜不歸，我喝酒，我讓成績變差。我從乖巧順從變得叛逆難搞。

結果沒有差別。不管我怎麼做，都不是她心目中的女兒該有的樣子。我的所作所為不過是替我們倆肯定了一件事。

那就是我毀了她的人生。這一直是懸在我們之間不言自明的事實，讓我把她抓得更緊，也讓她離得更遠。最後，我再也無法忍受頻頻在她臉上看見那個事實。

我在十七歲時離家，除了幾張普通的高中文憑和一份在克拉珀姆的互惠生工作外，身上什麼也沒帶。那個時候我的年紀已經夠大了，沒有所謂的門禁，也沒有人帶著責備的眼神熬夜等我回家。

但其實我距離無須受人照顧的階段仍非常、非常遙遠。

或許蕾安娜也是一樣。

「蕾安娜。」我向前一步，盡量不讓語氣顯得憐憫。「蕾安娜，我知道自從荷莉——」

「不准妳說她的名字。」她咆哮。她往後退，被高跟鞋絆了一下，在那瞬間，她看起來就像她原本的樣子——只是一個裝扮成女人的小女孩，穿著一身對她而言太過成熟、幾乎還駕馭不了的衣服。她的臉糾作一團，看起來像在生氣，但我猜她是忍著不要哭出來。「不准妳在這個家提起那該死的蕩婦。」

「誰——荷莉？」我嚇了一跳。她的話中有話，隱藏過去我沒注意到的情緒，但如今瀰漫在空氣中。不管是什麼情緒，都與我一直以來從蕾安娜身上感受到的那股憤世嫉俗的忿恨大不相同。那句話明確、惡毒、針對荷莉一個人，而蕾安娜說話的同時聲音顫抖不已。

「怎麼——發生了什麼事？」我問。「是因為她拋棄妳們嗎？」

「拋棄我們？」蕾安娜發出某種嘲弄的大笑聲。「才不是，靠。她沒有拋棄我們。」

「那是怎樣？」

「那是怎樣？」她模仿我的倫敦口音，狠狠挖苦我，放軟她字正腔圓的發音，把尾音拖得長長的。「妳非知道不可的話，她偷走了我該死的父親。」

「什麼？」

「是的，我親愛的爹地。她和他搞上整整三年，還要麥蒂和艾莉打勾勾替他們掩護，對我媽說謊。而妳知道最慘的是什麼嗎？我一直等到我朋友來我們家住的時候點出事實，我才恍然大悟。我一開始不相信她——所以我故意佈局想找出真相。我爸的書房沒有監視器——妳有注意過嗎？」她發出一記短促的苦笑。「很好笑吧。他可以監視我們其他人——他的隱私卻神聖得不可侵犯。我拿了佩特拉的嬰兒監控器，偷偷塞在他的書桌底下，然後我聽見他們的對話——我聽見他對荷莉說他愛她，說他要離開我媽，要她有點耐心，他們會一起住在倫敦，就如他保證過的。」

喔，幹。我想張開雙臂摟住她，擁抱她，告訴她沒關係的，那不是她的錯，但我動彈不得。

「我也聽見了她的聲音，又是哀求，又是哄騙，說她再也等不下去了，說她想和他在一起——我聽見她想對他做的所有事情——那簡直——」她暫停片刻，厭惡得無法言語，接著又振作起來，交疊雙臂，擺出一張對她而言過於老成的悲壯表情。「所以，我用計陷害那個婊子。」

「什麼——」但我無法把話說完。我連一個字都吐不出口。

蕾安娜微微一笑，但表情扭曲，像在隱忍淚水。

「我把她引到監視器前，然後不斷激怒她，直到她出手打我。」

喔，老天。所以麥蒂就是從這兒學來的。

「後來我要她滾出去，否則我就把影片放在YouTube上，保證她再也無法在這個國家找到工作。在那次之後——」

她停下來，倒抽一口氣，試著繼續往下說。

「那次之後——」

但她無法把話說完。她不需要。我知道事實，知道她打算說什麼。

「蕾安娜。」我走向她，伸長了手彷彿試圖要安撫一隻野獸，我的聲音也在顫抖著。「蕾安娜，我發誓，我一輩子都——不，八輩子都不可能會和妳父親上床。」

「這妳無法保證。」如今她的臉頰紅腫，兩行淚往下流。「她們來到這裡的時候全是這麼想的。但他一而再再而三這麼做，她們也經不起失去工作的壓力。而且他有錢，他願意的話甚至可以表現得很迷人，妳知道嗎？」

「不。」我搖著頭。「不、不、不。蕾安娜，聽著。我——我無法解釋，可是——不，這是不可能的。總之，我絕對不可能這麼做。」

「我不相信妳。」她哽咽地說出這幾個字。「他是累犯了，妳知道嗎？在荷莉之前。而且那次他是真的離開了。他有了別的家庭，別的孩子，一個嬰兒。我有一次聽見我媽媽在說。後來，他離——離開她們——他就是這種人。如果我不阻止他的話——他就——就——」

她沒辦法把話說完，聲音碎成一次次的抽泣。我頓時恍然大悟，心痛地伸出雙手扶著她的肩膀，企圖讓我們雙方冷靜下來，拉近我們的關係，企圖用我那顫抖的嗓音與她攤開來好好溝通一番。

「蕾安娜，聽好了，我可以向妳保證——妳可以百分之百信任我。我用——用我的性命發誓，我絕對不會和妳父親上床的。」

因為——

話已經到了嘴邊。

我絕對不會和妳父親上床的，因為——

我恨不得能把這句話說完，雷克斯姆先生。我恨不得直截了當說出來，好好向她解釋。但我仍掛念著隔天對珊卓解釋我之所以欺騙她的原因。在我向她媽媽坦白前，我不能把真相告訴蕾安娜。我必須坦承我不是蘿溫，而我能夠全身而退不被解雇或告上法庭的唯一機會，取決於珊卓是否會同情並理解我用假名來到她家的原因。

不過你也不需要我把這句話說完，對吧，雷克斯姆先生？你知道原因是什麼。至少我想你會知道，如果你有讀報紙的話。你之所以會知道，是因為警方知道了。他們發現了真相。因為他們根據手邊情況推敲出來，你現在八成也正在這麼做。

你知道我之所以絕對不會和比爾．艾林庫爾上床，是因為他也是我的父親。

我跟你說過了，雷克斯姆先生，對吧？我說過我意外撞見那則徵人啟事時，根本不是在找工作。事實上，我在做的是完全不同的事，是我以前做過很多次，但始終茫然未果的事。

我在搜尋我父親的名字。

我一直都知道他是誰，有陣子我甚至知道他人住在哪裡——克朗奇區的一棟半獨立式的高級房屋，配有自動滑動通往車道的電動鐵門，前院停著一輛閃亮的 BMW 轎車。我十幾歲的時候，假借和朋友去牛津街逛街的名義去過那裡一次。我記得嘴裡的味道，記得我雙手顫抖地把交通卡遞給公車司機查看，記得從克朗奇區走到那裡的每一步。

我抱著恐懼和憤怒的複雜情緒，站在那扇大門外好長一段時間，不敢按門鈴面對那個我素未謀面的男人，那在我母親懷胎九月之際離開她的男人。

他寄過一陣子的支票，但他不在我的出生證明上，而且我猜母親自尊心太強，不願意向他追究，逼他付贍養費。

反之，她重新振作起來，在保險公司找到一份工作，遇見她最後結為連理的男人。訊息十分清楚——他才是她自始至終應該要在一起的男人。

於是，在我六歲的時候，我們搬進了他那棟小平房。

那是他們的家。是她的和他的。從來不是我的。從我拿著行李箱搬進樓梯上方那個小房間，被厲聲警告不准刮傷玄關踢腳板的那天起，直到十一年後我拿著另一個大行李箱搬出去的那天，那棟房子都不是屬於我的。

那是他們的家，而我——我卻一天到晚出現在那裡敗壞他們的興致。這個會呼吸的活物，不斷提醒著母親的過去，提醒著那個離她而去的男人。每一天，她都得看著我邊吃著早餐麥片，邊透過「他」的眼睛凝視她。每次她把我那頭濃密的粗硬髮梳成馬尾，她梳的是「他」的頭髮，不是她飄逸的細軟髮。

那全是我從他身上遺傳到的特質。另外，還有他在我一歲生日寄給我的項鍊，我和他第一次也是最後一次的聯繫。那是一條有我名字縮寫的項鍊——瑞秋的R。

廉價的劣質貨，我母親這樣形容，但那並沒有阻止我逮到機會就戴上項鍊。起初是週末，及放假時的每一天。等我開始當互惠生之後，就把項鍊塞進T恤和塑膠圍裙底下，於是項鍊開始二十四小時陪伴我，磨損的金屬貼在胸前暖呼呼的。

她打電話告訴我那個消息的時候，我正在海格區做褓姆的工作。她說她和我繼父準備賣掉房子，移居西班牙過退休生活。就這樣。我對那棟房子並沒有任何特別的情感——那是一棟方方正正的六〇年代住宅，而且我在那裡從來不曾開心過。

但那裡曾經是……呃，如果不能說是我的家，至少也是我唯一能稱之為家的地方。「當然了，我們很歡迎妳過來玩。」她說，嗓音很尖，有點防備，彷彿很清楚自己在做什麼。我想，那就是壓垮我的最後一根稻草。*我們很歡迎妳過來玩*。這是你會對遠方親戚或不是特別喜歡的朋友所說的話，心底恨不得他們不會接受你的邀約。

我叫她滾。我對此並不自豪。我告訴她我恨她，說我為了處理我的家庭教育已經看了四年的心理醫生，又說我這輩子再也不想聽到她的消息。

我不是認真的。當然不是認真的。即使是現在，即使在這裡，在查恩沃斯的我，她仍是我放在監獄通話名單上的第一個人。但她不曾打電話過來。

那件事的兩天後，我回到了克朗奇區。

我年值二十二歲。這次我並不生氣。我只是……我只是非常、非常傷心。我失去了我唯一的親人——尋找其他東西替代她的渴望一點一滴吞噬著我，無論那東西多貧乏、多不夠格都無所謂。

「你好……比爾。」我前一晚站在房間的鏡子前，練習這幾句話。我的臉已經洗淨，沒有上妝，讓我看起來年輕得多，也更脆弱無助，儘管這並非我的本意。我發現我說話音調異常地高，彷彿想要吸引他的同情似的。我不知道他要的是哪種女兒——但我已經準備好盡力成為那個人。

「你好，比爾。你不認識我，但我是瑞秋。我是凱薩琳的女兒。」

我來到大門前按門鈴時，心臟在胸口怦怦直跳。我等著大門打開，等著對講機傳來沙沙的說話聲。但毫無動靜。

我再按一次，這次按得比較久。最後，大門終於打開，一個穿著連身工作服的嬌小女人，手裡拿著抹布，沿著石板車道走來。

「妳好？」她大概四十或五十多歲，聲音帶著濃濃的口音，我想是波蘭腔，或是俄羅斯腔。總之是東歐那邊的。「請問有什麼事嗎？」

「喔……妳好。」我的心跳加速，以為自己就要因為緊張而昏過去了。「妳好，我想找艾林——」我嚥了一口口水。「艾林庫爾先生。比爾．艾林庫爾。他在嗎？」

「他不在。」

「喔，好吧，請問他什麼時候會回來？我能再過來一趟嗎？」

「他走了。現在是新的家庭。」

「妳——這是什麼意思？」

「他和他太太去年搬走了。搬到其他地區。在蘇格蘭。現在住在這裡的是新的家庭，卡特萊德夫婦。」

喔。幹。

感覺彷彿挨了一記悶棍。

「妳……妳有地址嗎？」我聲音顫抖地問道，但她搖了搖頭。她的眼神充滿憐憫。

「抱歉，我沒有。我只是負責打掃的。」

「妳——」我用力吞口水。「妳剛剛提到他老婆，艾林庫爾太太。可以請問一下——她叫什麼名字嗎？」

不知道為什麼，這突然對我很重要。我只知道線索已經斷了，任何蛛絲馬跡都比沒有來得好。清潔工哀傷地看著我。她以為我是誰？被拋棄的前女友？前任員工？或許她猜到了真相。

「她叫珊卓。」最後她非常安靜地說。「我得走了。」說完，她轉身回到屋內。

我也轉身離開，開始踏上漫長的步程返回地鐵站，省下公車錢。我的鞋底破了個洞。當我走到公車站牌的時候，天開始下雨。我知道我已經錯失我的機會。

在那之後，我好幾年沒再想過認真尋找。後來有一天，我閒來無事在谷歌輸入「比爾．艾林庫爾」，結果就出現了。那則徵人啟事。一棟在蘇格蘭的房子，一個叫珊卓的妻子，以及一個家庭。

突然間，我不能不管。

這彷彿是宇宙為我安排好的——為了給我一個機會。

過了那麼多年，我現在根本不希望他做我的爸爸。我只是想……嗯，想看一看吧。但很明顯地，我不可能用自己的名字一路來到蘇格蘭，同時向他隱瞞我的身分，引發排山倒海的期望和被拒絕的潛在可能。即使已經事過境遷將近三十年，比爾不太可能忘記他第一個女兒的名字，那登記在他孩子母親底下的名字。而且蓋哈特這個姓氏很罕見，他肯定一眼就看得出來，

但我不需要用我自己的名字。事實上，我有個更好的名字，更棒的身分，準備好等著我去用。一個可以讓我無條件走進大門的名字，到那時我就能隨心所欲。因此，我拿起蘿溫隨便放在她房間裡的文件——那些差點就要浪費掉的文件。那些文件非常、非常接近我自身的資歷，其實

根本算不上詐欺。

接著，我遞出申請。

我沒預期會得到那份工作。我甚至不確定我想不想要那份工作——直到我親眼看見那棟房子。我本來只是想走進那扇門，見見那個多年前拋棄我的男人。但等我看見海瑟布雷的時候，我就知道了，雷克斯姆先生。我知道一次的拜訪不可能滿足我了。我想成為這一切的一分子，睡在柔軟的羽絨床上，窩進天鵝絨沙發裡，在大雨般的蓮蓬頭底下淋浴享受——簡而言之，就是成為這個家的一分子。

而且我很想，非常、非常想見到比爾。

後來，他沒出現在面試場合上的時候，我知道只有一個方法能實現這件事。

我非拿到這份工作不可。

可是，等我成功了……等我第一晚見到比爾、明白他是什麼樣的男人後，天啊，這彷彿是這整件事的隱喻，雷克斯姆先生。一切都串在一起了。這棟房子的美麗和奢華，以及高科技外表底下潛流的毒藥。壁櫥上那扇維多利亞風格的堅固木門及其光滑的銅製鎖眼蓋——以及從鎖眼透出的那股陰冷惡臭的死亡氣味。

那棟房子有地方生病了，雷克斯姆先生。不管比爾搬來這裡時是否已經病了一陣子，把病毒一起帶來，還是他感染了這棟房子的病毒進而變成我第一晚遇見的那個男人，掠奪成性的惡毒男人，我都不會知道了。

我只知道一個巴掌拍不響，要是你抓破海瑟布雷別莊的牆壁，用指甲在孔雀壁紙上劃出痕跡，或撬開光滑的花崗岩地磚，住在比爾．艾林庫爾皮膚底下那相同的邪惡力量也會隨之滲出。

「別去找他。」這是母親完全關閉這個話題前，少數對我提到有關他的事。「別去找他，瑞秋。不會有什麼好下場的。」

她說得對。天啊，她說得對極了。我真恨不得當初有聽她的話。

「來吧。」最後我說。「上床睡覺了，蕾安娜。妳累了，我也累了，我們都喝多了……明天早上再說吧。」

我會打電話給珊卓，好好解釋一番。我會想到辦法的。宿醉的前兆讓我的頭開始隱隱作痛，疲倦也讓我覺得睡眼惺忪。現在的我腦筋駑鈍難使，但我會想到辦法的。想不到也得想到。我不能這樣下去，不能這樣被蕾安娜要脅。

有那麼一會兒，我跟在蕾安娜後面上樓時，腦海突然浮現一個可笑的畫面，珊卓張開雙臂歡迎我，對我說我完整了他們的家庭，告訴我——但不可能。這簡直荒謬至極，我知道。即便是心胸再寬大的女人，面對一個素未謀面的繼女都得花點時間調適，何況是以這種方式、在這樣的情況下得知真相……這個嘛。我不是傻瓜，我知道對話的發展不可能順利，困難重重可能已經是最好的情況。

嗯，正所謂自食惡果。我幾乎百分之百確定會被開除——我實在看不出來有任何轉圜餘地。但我相當肯定比爾不會對他久未聯絡的女兒提起告訴，畢竟他給我母親的贍養費幾乎少得可憐，沒多久就消失無蹤。這會讓艾林庫爾夫婦顏面盡失。這件事會在檯面下解決，而我將自由地繼續過生活。獨自一人繼續過生活，

跟海瑟布雷別莊離得遠遠的。

我只是得放下過去的一切，學會釋懷。

來到三樓後，我才想起自己的房間在這裡，想起自己必須在這裡睡覺。蕾安娜轉開被她胡亂塗鴉的房門，漫不經心地把鞋子踢掉。

「晚安。」她說，彷彿沒事發生過，彷彿今晚的事只不過是一場平凡的家庭糾紛。

「晚安。」我說完，深吸一口氣，打開房門。那支奇怪的手機沉甸甸地放在口袋裡，而我的項鍊——我曾擔心比爾．艾林庫爾可能會認出來的那條項鍊——溫暖地掛在我的脖子上。

進入房間後，通往閣樓的門正如先前一樣關好鎖上。我正準備拿些寢具到樓下的沙發上，趁天亮前補眠幾個鐘頭，這時突然一陣狂風，吹得外面的樹沙沙作響。窗簾跟著一下子狂亂掀起，蘇格蘭那瀰漫著新鮮松香氣味的夜晚充斥整個房間。

房間依舊冷得難受，就像那晚早些時候一樣。於是我頓時恍然大悟。寒意從來不是來自於閣樓——肯定是窗戶一直開著的緣故。過去，我一直專注於找出那扇上鎖門後的真相，導致我從來不曾對窗簾看上一眼。

至少這股寒冷得到了解釋。與靈異事件無關——只是夜裡的冷空氣罷了。

但問題是，我不曾開過那扇窗。自從前幾天晚上我用力把窗關上後，至今連碰都沒碰過。而現在，我的腸胃突然翻攪得非常厲害，讓我感到極度作嘔。

我轉身奔出房間，猛力把門一甩後下樓，對蕾安娜睏倦的「搞屁啊？」置之不理。來到二樓，心臟在胸口怦怦直跳的我打開佩特拉的房門，木板摩擦著厚地毯發出唰唰聲，接著我等待雙眼慢慢適應昏暗的燈光。

她在那裡，張大了手腳，睡得很熟。我感覺到我的脈搏稍微平靜下來，我還得去查看其他人才能放心。

我沿著走廊來到標記著艾莉公主和麥蒂皇后的門前。

門是關著的，我非常小心轉動門把，再輕輕推開。房裡沒有開夜燈，黑得伸手不見五指，遮光窗簾甚至把月光也阻擋在外。我責備自己竟忘記開夜燈，但等雙眼漸漸適應黑暗後，我能聽見微弱的打鼾聲，於是我感覺到心跳稍微放慢，呼吸也順暢許多。謝天謝地。謝天謝地她們沒事。

我躡手躡腳穿過厚地毯，摸著牆壁找到夜燈，再折返回去找到開關，接著打開夜燈。她們都在。艾莉緊緊縮成一顆小球，彷彿在躲避什麼似的，麥蒂鑽進棉被裡，我只能看見她在棉被底下的身形輪廓。

我轉向房門，慌亂的心平靜下來，一邊嘲笑自己的疑神疑鬼。

後來……我再次回過身。

我知道這很荒謬，但我非檢查不可，我得親眼看看……

我踮腳走過地毯，拉開棉被，發現……

……一個枕頭，推擠成一個孩子蜷曲的睡姿。

我開始心跳加速，驚悸不安。

我第一件事就是查看床底下，然後是房間裡的每一個櫃子。

「麥蒂。」我用我敢發出的最大音量輕聲說，不想吵醒艾莉，但能聽見自己聲音裡的焦急。

「麥蒂？」

沒人回應，連一絲微弱的咯咯笑聲都沒有。只是一片死寂，一片死寂。

我奔出房間。

「麥蒂？」這次我提高音量叫道。我搖動浴室門，但門並沒有上鎖。門一開，只見裡頭空空如也，月光灑落在冰涼的磁磚地上。

「麥蒂？」

珊卓和比爾的臥室同樣沒人，僅見平滑無痕的床鋪、月光下的大地毯、如哨兵般垂掛在每扇高窗兩側的白色窗簾。我打開衣櫃，但微弱的自動照明燈亮起時，卻只照映出一排排整齊的西裝和一架子的高跟鞋。

「怎麼回事？」蕾安娜睏倦的聲音從樓上傳來。「媽的是怎樣？」

「是麥蒂。」我朝樓上叫道，努力不讓聲音流露恐慌。「她不在床上。妳能看看樓上嗎？麥蒂！」

佩特拉開始蠢蠢欲動，被我一再地高聲喊叫給吵醒。我聽見她不停咿咿啞啞，準備放聲大哭，但我沒停下來安撫她。我非得找到麥蒂不可。她是不是趁我和傑克在一起的時候下樓找我？這個想法讓我為之一驚，隨之而來的又是另一個讓我更不安的念頭。

她有沒有——喔，天啊。她有沒有可能跟蹤我？我當初為了方便回來，沒把後門上鎖。她會不會到後花園去找我了？

我的腦海閃過一幕幕可怕的畫面。那片池塘。那條小溪。就連馬路都彷彿危機四伏。

我飛奔下樓，不理會佩特拉，把腳塞進我在後門看到的第一雙防水長靴，衝進月色下。

鋪有鵝卵石的後院空無一人。

「麥蒂！」我有如熱鍋上的螞蟻，扯著喉嚨大叫，聽見自己的聲音碰到馬廄的石牆傳來回音。「麥蒂？妳在哪裡？」

沒人應答，我突然冒出一個比林地、比危險的泥巴池更可怕的念頭。毒花園。

那座被傑克・格蘭特拆掉安全措施且沒有上鎖的毒花園。

那裡已經害死了一個小女孩。

老天啊，我祈禱著，準備往後花園的方向、往那條穿過灌木叢的小徑狂奔，雙腳因為長靴太大而頻頻打滑。拜託千萬別再害死另一個。

但我才繞過房子側面，就找到她了。

她面朝下趴在我房間窗戶的下方，穿著睡袍手腳張大躺在鵝卵石地上，鮮血濕透了潔白的布料，多得我無法想像她的嬌小身軀能容納那麼多血。

鮮血有如糖漿般濃稠，我跪在血泊中把她抱起來時沾上了膝蓋和雙手。我輕輕搖著她，感覺她那小鳥般脆弱的骨架，懇求她，向她辯稱一切都會好起來的。

但這自然是不可能的。

她永遠不會再好起來了，再怎麼做也是無濟於事。

她已經死了好一陣子。

接下來幾個小時，警方要我一遍又一遍敘述事發經過，猶如用指甲一遍又一遍抓著傷口，讓傷口重新滲出鮮血。然而，即便他們問了那麼多問題之後，記憶仍斷斷續續的，就像被一陣陣閃電打亮的夜晚，四周仍是一片漆黑。

我記得尖叫聲，抱著麥蒂的屍體度過了彷彿一世紀的時間，直到先是傑克到來，接著是蕾安娜，懷裡抱著佩特拉，見到眼前的慘劇時差點把她摔落。

我記得她看見妹妹的屍體時，那可怕的哭嚎聲。我想我一輩子都忘不了了。

我記得傑克帶蕾安娜進屋，然後企圖把我拉開，說她死了、她死了，我們不能隨便移動屍體，蘿盈。我們必須把她留給警方處理。但我無法放開她，我只是不停流淚哭泣。

我記得大批警方在柵門邊閃爍的藍光，我記得蕾安娜的表情，蒼白、震驚，努力想理解是怎麼回事。

我記得自己渾身是血，坐在天鵝絨沙發上，以及警方不斷問我發生了什麼事、發生了什麼事、發生了什麼事。

而我至今仍然不知道。

我仍然不知道，雷克斯姆先生，這是真的。

從警方問出的問題來看，我知道他們是怎麼想的，也知道他們施加於我的劇本是什麼。

他們認為麥蒂來到我的房間發現我不見了，認為她看見了不法之事——也許是她走到窗邊，看見我從傑克的公寓偷偷溜出來。或是他們認為她在我的所有物中找到某樣東西，跟我的真名或真實身分有關的東西。

我不知道。畢竟，我需要隱瞞的事情好多好多。

他們認為我回來時發現她在我的房間，意識到她所目睹的情況，於是我打開窗戶，然後——

我說不出口，連下筆都很困難。但我非說不可。

他們認為我把她丟出窗外。他們認為我站在窗邊，隨著窗簾在旁吹動，看著她在鵝卵石地上流血致死，然後回到樓下喝茶，冷靜等待蕾安娜回家。

他們認為我故意把窗戶開著，營造出她可能是自己摔下去的意外。但他們很確定她不是意外摔落。我不知道為什麼——我想可能跟她摔落的位置有關——距離房子太遠，不像是腳滑，以弧度判斷僅有可能是被推落的，或縱身一跳。

麥蒂有沒有可能是自己跳下去的呢？這個問題我已經問過自己成千上萬次。

事實是，我就是不知道。

我們可能永遠不會知道。因為諷刺的是，雷克斯姆先生，那棟房子明明佈滿數十台攝影機，卻沒有半台錄到麥蒂那晚發生什麼事。她房間的攝影機什麼也沒錄到。鏡頭指向孩子的床鋪，而不是房門，所以門口甚至連個影子都沒錄到，無法判斷麥蒂是幾點離開的。

至於我的房間……喔，老天……至於我的房間，也是警方堆疊成山用來對付我的眾多證據之一。

「如果妳不是作賊心虛，為什麼要把房間的監視攝影機遮住？」他們不停這樣問我，一遍、一遍、又一遍。

我試圖告訴他們——試圖解釋身為一個年輕女性，獨自住在一間陌生的房子裡，還有一群陌生人監視妳是什麼感覺。我試圖告訴他們，廚房、視聽室、客廳、走廊上，甚至是孩子們的房間有攝影機我都可以接受。但我需要某個讓我可以不受監視、不被關注，讓我可以做我自己的地方，只要一個地方就好。讓我可以不必成為蘿溫，而是瑞秋——就那麼短短幾個小時。

「你會希望自己的房間裡有一台攝影機嗎？」我直言不諱地詢問警官，但他只是聳聳肩，彷彿在說：親愛的，現在受審的不是我。

但老實說，我確實遮住了攝影機。要是我沒遮，我們可能會知道麥蒂究竟發生了什麼事。

因為，她不是我殺的，雷克斯姆先生。我知道我已經說過了。我在寄給你的第一封信中就告訴過你了。她不是我殺的，你一定要相信我，因為這是事實。但望著窗外的蘇格蘭下著毛毛細雨，一邊在狹窄的牢房裡寫下這些字，我不知道，我無法得知。你相信我嗎？我是否有說服你？我多希望我能說服你來到這裡。我已經把你放在訪客通行的名單上。你願意的話，明天就可以過來。這樣我就能直視你的雙眼，告訴你——我沒有殺她。

但我沒能說服警方。我也不認為我說服了蓋茲先生。

到最後，我甚至不確定我是否說服了自己。

因為要是那天晚上我沒有離開她，沒有花上幾個鐘頭和傑克在一起，待在他的公寓、他的臂彎，這一切都不會發生。

我沒有殺她，但她的死我有責任。我的小妹妹。

如果不是妳殺了她，那是誰？幫幫我們，瑞秋。告訴我們妳認為是怎麼回事，警方問道，一遍又一遍，但我只能搖頭。因為事實是，雷克斯姆先生，我不知道。我推測了上千種可能——一種比一種瘋狂。麥蒂像鳥一般跳進夜空中，蕾安娜以某種辦法提早摸黑回家，瓊恩．麥肯齊躲在閣樓裡，傑克．格蘭特趁我在樓下等待蕾安娜的時候躲過我溜進屋內。

因為到頭來，傑克也有秘密，你知道嗎？那些秘密不如我所想像的重要或充滿戲劇性——他和肯威克．格蘭特醫生並沒有親戚關係，就算有，他和警方都沒能追溯到兩人之間的關係。我把他廚房裡的那束棉繩和那朵烏頭花的事告訴警方時，不像我，他很快就給出合理的解釋。看樣子，傑克認出了放在餐桌上那只咖啡杯裡的紫花——起碼他是這麼以為。於是，他帶著那朵紫花到毒花園比對。當他發現他的推測屬實，廚房裡的花不僅有毒，甚至能致人於死，他便拆掉我用棉繩所做的臨時安全措施，以鎖頭和鍊條取代。

不，傑克那深不可測的秘密比這個要平凡得多。而這個秘密非但沒能免除我的罪，反而讓我罪加一等——增加了我想要隱瞞與他上床的原因。

傑克已經結婚了。

警方發現我並不知情的時候，幸災樂禍地對我徹底說清楚講明白，逮到機會就提醒我，彷彿想看見我心痛萬分的模樣。但老實說，我根本不在乎。就算傑克在愛丁堡已經有老婆和一個兩歲大的孩子又如何？他沒有給過我任何承諾。況且，面對麥蒂的死亡，這些似乎都無關緊要了。

不過我不得不承認，自從我來到這裡，沒有一天不想起他，沒有一天不納悶為什麼，為什麼他沒有跟我提過他的妻子？他的小兒子？為什麼他們分隔兩地？是財務方面的因素嗎？——他定期寄錢回去給他們嗎？如果艾林庫爾夫婦支付他的薪水有我一半那麼多，那他為了財務理由接下這份工作就非常合理了。

但或許不是。或許他們早就分居了，疏遠了。或許她把他趕出家門，而這份附有公寓的工作有可能是展開新生活的最好辦法。

我不知道，因為我從未有機會問他。我被帶進警局偵訊之後，就再也沒有見過他。後來我受到警告，最後羈留候審。他從未寫信、從未打電話、從未來探監。

我最後一次看到他，是我全身仍沾滿麥蒂的血，跌跌撞撞坐進警車後座的時候。那時的他緊緊抓住我的雙手，手勁強而有力。

「一切都會沒事的，蘿溫。」這是他對我說的最後一件事。在車門關上，引擎發動前，我聽到的最後一句話。

這是一句謊言。從頭到尾都是謊言。我不是蘿溫。而一切再也不可能沒事了。

但讓我不斷回想的，是我第一次見到麥蒂的那天，她雙手緊緊環抱著我，臉埋進我的上衣時，對我說的話。

不要來，她曾經說過。這裡不安全。

然後是我們分開時，她抽抽噎噎說的最後那句話。雖然後來被她否認，但在過了幾個月之後，我仍然肯定我沒有聽錯。

鬼魂不會高興的。

我不相信鬼魂，雷克斯姆先生。從來就不信。我不是迷信的人。但夜復一夜聽見上方閣樓的踱步聲不叫迷信。半夜在冷如冰庫的房間驚醒，全身發抖，吐氣時在月光下化作白煙也不叫迷信。滾到波斯地毯上的那顆洋娃娃頭是真實的，雷克斯姆先生。像你和我一樣真實。閣樓牆上的文字也是真實的，正如我現在寫給你的這些文字一樣真實。

因為我知道，我非常清楚我在警方那邊的命運是何時注定的。不只是假名和那些盜用文件。不只是因為我是比爾久未聯絡的女兒，為了對他的新家庭執行某種變態的復仇計畫而回來。跟這些都沒有關係。

而是悲劇發生的第一晚，我穿著染血的衣服，因悲痛和恐懼而全身發抖告訴他們的那一席話。因為在那第一晚，我情緒崩潰，把發生過的所有事情一五一十告訴他們。從夜晚的腳步聲，一直到我打開閣樓的門踏進去時感覺到的那股滲透人心的邪惡感。

比起後來發生的一切，那才是決定命運的一刻。

他們就是在那一刻拍板定奪的。

我在這裡有很多時間思考，雷克斯姆先生。從我寫這封信給你開始，我花了很多時間去思考、去琢磨、去把事情想明白。我對警方說出真相，而真相卻毀了我。我知道他們看見了什麼——一個喪心病狂的女人，嘴裡的故事漏洞百出，堪比彈痕累累的路標。他們看見的，是一個握有動機的女人。一個與家人疏遠的女人，以瞞騙的手段來到他們家的屋簷下，展開某種邪惡又可怕的復仇。

我想我知道發生了什麼事。我有很長的時間可以把零碎的線索拼湊起來——敞開的窗戶、閣樓裡的腳步聲、愛女兒愛到害她死去的父親，和一而再再而三離開自己骨肉的父親。

最關鍵的是，我一直到最後才串聯起來的兩條線索——那支手機，以及我第一天臨走前，麥蒂那張懇求的蒼白小臉痛苦地低聲說出，鬼魂不會高興的。最後，警方就是靠這兩件事把我給定罪的。手機上有我的指紋，加上麥蒂對我說過的那些話，於是她的話就像骨牌效應一發不可收拾。

但到頭來，我怎麼想或我有哪些理論都不重要。重要的是陪審團怎麼想。聽著，雷克斯姆先生，我不需要你相信我告訴你的每一件事。我也知道要是你在法庭上提起我信中的故事，說不到一半就會被人笑掉大牙，再也得不到陪審團的信任。這不是我把這一切告訴你的原因。

但我試過只透露故事的一部分——而這麼做卻害我被關進這裡。

我相信能拯救我的是真相，雷克斯姆先生，而真相是我沒有、也不可能殺了我妹妹。

我之所以選擇你，雷克斯姆先生，是因為我問這裡的其他女人我應該請誰擔任我的辯護律師時，你的名字出現的頻率比任何律師都高。最後，我問了某人原因，她說因為他是出了名的有辦法幫那些翻盤無望的人擺脫困境。

我知道我是什麼樣的人，雷克斯姆先生。我已經沒有希望了。

有個孩子死了，而警方、大眾和媒體，都希望有人為此付出代價。而那個人必須是我。

但我沒有殺那個小女孩，雷克斯姆先生。我沒有殺了麥蒂。

我愛她。我不想為了一件我沒做的事而在監獄度過悲慘的餘生。

拜託，請你相信我。

瑞秋・蓋哈特敬上

二〇一九年八月八日

理查．麥亞當斯

阿什當營造公司，內部郵件。

理查，這裡有件事挺有意思的。我們的人在查恩沃斯監獄重建工程現場拆牆的時候，發現了這一疊舊信件。看樣子有個囚犯把這些信藏了起來。他不知道該拿它們怎麼辦，所以交給了我。我說我會到處問問。我只稍微瞄了最前面幾封，但看起來是一個囚犯在開庭前寫給她律師的一些信件——我不曉得為什麼信都沒寄出去。找到的那傢伙把內容翻閱了一遍，說是滿知名的一個案子。他是住在附近的當地人，他記得當初那條新聞。

總之，他覺得隨便扔進廢料桶有點奇怪，假使這些信件是證據或有法律效用之類的話，他這樣丟掉，怕最後淪於觸法。老實說，我不認為這現在還重要——但為了讓他心安，我說我會確保這些文件受到妥善處置。你上頭有沒有人可以請教一下？還是你覺得可以直接忽略丟掉？不太想被一大堆文書工作纏身。

他們也找到幾封寫給她的信，我同樣隨手放進包裹裡，以防信件之間有關聯。

總之，能夠交給你全權處理的話，我不甚感激。謝了。

菲爾

二〇一七年十一月一日

親愛的瑞秋，

呃，用這個名字稱呼妳感覺真奇怪，但也只能這樣了。

首先，我必須說我對之前的事感到很抱歉。我猜想妳沒料到我會這麼說，但我真的很抱歉，我不怕大聲承認。

妳要了解的是，我已經照顧這些孩子整整五年的時間——而我看著這些褓姆來來去去的次數，比吃過的飯還多。不得不眼睜睜看著那蕩婦荷莉背著艾林庫爾先生的妻子和他搞外遇的人是我，而在她拋下傷心欲絕的孩子們離開後，收拾殘局的人也是我。在那之後，我不得不眼睜睜看著褓姆們一個個來了又走，每次都傷透了那些可憐孩子的心。

她們每次出現，總是又一個年輕漂亮的少女，讓我不禁感到心涼。夜裡我會躺在床上思索——我該不該告訴艾林庫爾太太她丈夫是什麼樣的人，荷莉又是什麼樣的女人，以及她之所以離開的真正原因？而每次我都發現自己做不到，於是我嚥下我的怒火，告訴自己下一次會不一樣。

所以我得坦承，當初一見到妳，發現艾林庫爾太太又雇用了一個年輕漂亮的少女時，我的心沉到了谷底。因為我知道他會幹出什麼好事。無論妳是哪種女孩，像荷莉那種善用機會的也好，或那種畏懼他的也罷，我知道等妳拍拍屁股離開後，最後受苦的又會是那些可憐的孩子，這次說不定還會把他一起帶走。這讓我非常生氣。沒錯，我不怕向妳承認。但我對於威脅妳這回事確實覺得羞愧——我不應該遷怒在妳身上，想起過去對妳說過的一些話，我也真心感到抱歉。因為無論警方怎麼說，我知道妳寧死都不可能傷害那些小傢伙。我把這句話告訴了訪談我的警官，我希望妳知道這一點。我說，我不喜歡那個女孩，我也不打算掩飾，但她不可能傷害小麥蒂，你找錯人了，年輕人。

總之，這是我寫信給妳的部分原因。把這些話告訴妳，一吐為快。

但還有一個原因是艾莉也寫了一封信給妳。她把信放進信封黏好才交給我。她要我保證不會偷看，我也說我不會。我遵守了承諾，因為我認為人人都該遵守承諾，即便對象是孩子。但我必須拜託妳，如果那封信有任何妳認為我或她母親應該知道的事，一定要告訴我們。

不必麻煩寫信到海瑟布雷，因為房子已經關閉了。天知道艾林庫爾太太要煩惱的事已經夠多了，可憐的女人。她離開她老公了，警方有跟妳說嗎？她帶著孩子們，搬回南部和她家人一起住。艾林庫爾先生也搬走了——他好像被官司纏身，跟他公司裡的一名實習生有關，起碼鎮上的人是這麼說的。聽說他不得不賣掉房子支付官司費。

不過我在這封信最底下寫了我家地址，如果妳有任何疑慮，請寫信給我。我會盡一切所能幫忙。我有信心妳會這麼做，因為我相信妳和我一樣深愛那些孩子。我相信妳不會讓艾莉受到任何傷害，對吧？我向上天祈禱，努力聆聽祂的答案。而這件事我相信妳，瑞秋。但願妳不會讓我失望。

妳誠摯的

瓊恩・麥肯齊

卡恩橋，商店街，15a

寄件者：
收件者：
主旨：

慶安的歐文但他們說你的名字叫瑞秋是真的嗎

我很想你我對發生的事灰常非常抱歉尤其是因為那拳是我的錯但我不能告訴別人尤其是媽咪或爹地因為他們會很生氣然後爹地會像之前一樣走掉麥蒂總說他會

是我蘿溫是我推了賣地因為她要把你趕走就像她把其他人趕走那樣她用媽咪的舊手機搞鬼她拿走她們的東西她從你房間爬到屋頂的閣樓窗戶閣樓是她的秘密基地她常常去那裡可是她說我太小爬不上去她趁半夜用幸福把她們吵醒她拿Youtube影片用幸福的喇叭播放聽起來就像有人在閣樓走來走去但那只是影片她從閣樓拿了洋娃娃的頭叫我放在你的大腿上真的很對不起因為我說不是我但其實是我是我放的

她醒來你不在賣地要用月亮櫻毒你但我追上她把酒倒進水槽結果麥蒂灰常生氣她說她說她要再爬進閣樓窗戶啟動所有警報讓你惹上麻煩因為你不見了我追上她然后窩叫她別這麼做她說不要我一定要做否則她會把爹地待走我說不會蘿溫人很好我不想她走她不會那樣可是賣地說我就是要尼不能阻止我然後她爬上去我就推她我不是故意的我真的很對不起

拜託拜託拜託不要告訴警察蘿溫我不想坐牢我真的很對不起可是你為了我做的事而被罵不公平所以你能不能說不是你說你知道是誰做的但你不能說因為那是秘密但不是你

我們明天要去新家爹地現在不能去可是我希望你能我愛你請快點回來愛你的艾莉艾倫庫爾五
歲再見

Storytella 131

徵人啓事
The Turn of the Key

徵人啓事 / 露絲．韋爾作 ; 周倩如譯. -- 初版. -- 臺北市 : 春天出版國際文化有限公司, 2022.04
面； 公分. -- (Storytella ; 131)
譯自 : The Turn of the Key
ISBN 978-957-741-518-9(平裝)

873.57

ISBN 978-957-741-518-9
Printed in Taiwan

作　者　露絲．韋爾
譯　者　周倩如
總編輯　莊宜勳
主　編　鍾靈

出版者　春天出版國際文化有限公司
地　址　台北市大安區忠孝東路四段303號4樓之1
電　話　02-7733-4070
傳　眞　02-7733-4069
E－mail　bookspring@bookspring.com.tw
網　址　http://www.bookspring.com.tw
部落格　http://blog.pixnet.net/bookspring
郵政帳號　19705538
戶　名　春天出版國際文化有限公司
法律顧問　蕭顯忠律師事務所
出版日期　二〇二二年四月初版

定　價　370元

總經銷　楨德圖書事業有限公司
地　址　新北市新店區中興路二段196號8樓
電　話　02-8919-3186
傳　眞　02-8914-5524
香港總代理　一代匯集
地　址　九龍旺角塘尾道64號 龍駒企業大廈10 B&D室
電　話　852-2783-8102
傳　眞　852-2396-0050